Marie Sophie Schwartz

Die Leidenschaften

Marie Sophie Schwartz

Die Leidenschaften

Unveränderter Nachdruck der Originalausgabe von 1865.

1. Auflage 2022 | ISBN: 978-3-36841-345-3

Verlag: Outlook Verlag GmbH, Zeilweg 44, 60439 Frankfurt, Deutschland
Vertretungsberechtigt: E. Roepke, Zeilweg 44, 60439 Frankfurt, Deutschland
Druck: Books on Demand GmbH, In de Tarpen 42, 22848 Norderstedt, Deutschland

Die Leidenschaften.

Eine Erzählung

von

Marie Sophie Schwartz.

Aus dem Schwedischen

von

Dr. Otto gen. Reventlow.

Stuttgart.

Franckh'sche Verlagshandlung.

1865.

Druck von Gebrüder Mäntler in Stuttgart.

Erste Abtheilung.

Es liebt sich selbst, Genuß und seine Ehr',
Der Mann; dafür er Alles opfert hin;
Das Weib hat nicht für solche Opfer Sinn;
Für ihn sie opfert sich — und das ist mehr.

Tegnèr.

In München in der Steinhauser Straße liegt ein großes Haus von finsterem Aussehen. Die immer heruntergelassenen Fenstervorhänge und das fortwährend verschlossene Thor gaben zu der Vermuthung Anlaß, daß dasselbe verlassen oder seit Jahren nicht bewohnt gewesen sei. Fühlte aber Jemand sich durch Neugierde versucht, sich darüber Auskunft zu verschaffen, so erhielt er die unerwartete Aufklärung, daß die Eigenthümerin des Hauses, eine reiche Wittwe, seit mehreren Jahren dort allein wohne.

Im Frühling des Jahres 18— trug sich in dem Schlafzimmer der Eigenthümerin Folgendes zu:

Dieses Zimmer, welches sorgfältig möblirt war, hatte doch ein schwerfälliges und steifes Aussehen. Im Bette mit den dicken, dunkeln Vorhängen lag ein Weib von ungefähr einigen und vierzig Jahren. Ihr Gesicht und Hände waren abgezehrt, so daß sie denen eines Skeletts glichen. Sie würde mehr einer

Leiche als einem lebenden Wesen ähnlich gesehen haben,
wenn nicht das Feuer der großen, schwarzen Augen
verrathen hätte, daß in dieser zerbrechlichen Hülle eine
Seele wohne, welche noch der Stürme und Qualen
der Leidenschaften fähig sei.

An ihrem Lager saß ein bildschöner junger Mann,
welcher aufmerksam, aber betend auf das horchte,
was die Kranke sprach. Nachdem sie mit einem langen
und, wie es schien, schmerzlichen Bekenntniß zu Ende
gekommen, ruhte sie einige Augenblicke; dann fuhr
sie aber wieder fort:

„Du siehst, mein Sohn, aus dieser peinlichen
Beichte, daß ich eine große Sünderin bin, daß auf
meinem Gewissen Verbrechen von entsetzlicher Art
lasten; aber es war für Dich und Deine Unabhängigkeit nöthig, daß ich sie beging. Du wirst also
auch Alles das vergeben können, wozu mich meine
grenzenlose Mutterliebe verleitete.“

Der Sohn neigte sein bleiches Gesicht über ihre
Hand und führte diese stillschweigend an seine beben-
den Lippen.

„Schwöre mir, daß Du die Unglückliche und ihr
Kind ausfindig machst und ihnen denjenigen Theil
von Deinem Vermögen übergibst, den ich für sie bestimmt habe. Schwöre mir es beim Bilde des Erlösers!“ sprach die Mutter und reichte ihm ein kleines
Crucifix, welches innerhalb des Bettes hing.

„Ich schwöre es Dir, meine Mutter; aber wo
und wie soll ich sie suchen?“

„In Schweden! Dorthin gelang es ihr
während des Prozesses sich zu flüchten.“

„Woher weißt Du das?"

„Caspar, welcher während des Prozesses der sie am meisten belastende Zeuge war, theilte mir unter einem Anfall von Gewissensbissen, während welcher er nahe daran war, sich selber anzugeben, mit, daß er es gewesen, der nach Verkündigung des Urtheils ihr und dem Kinde Gelegenheit zur Flucht verschaffte. Wie Du aus dem Vorangeschickten weißt, ließ ich ihn die Welt verlassen, bevor mein Geheimniß über seine Lippen gekommen," fügte die Mutter in düsterem Tone hinzu.

„Weißt Du, daß sie lebt?"

„Ich hoffe es; denn als ich nach Caspar's Tod nach Schweden reiste, um sie aufzusuchen und unschäd= lich zu machen — — —"

„O, meine Mutter, wollten Sie auch sie tödten?" fiel der Sohn schaudernd ein.

„Sie stand auf meiner Lebensbahn als eine drohende Gefahr, welche ich aus dem Wege räumen mußte. Ich entdeckte auch ihren Aufenthaltsort; aber am folgenden Tage war sie verschwunden. Ich setzte auch meine Nachforschungen fort, jedoch vergebens. Meine Krankheit trieb mich nach München. Was Du übrigens als Anleitung zu wissen brauchst, findest Du in dem Aufsatz, den ich Dir übergab, und in den Aufzeichnungen, welche Caspar nach ihrer Flucht im Gefängniß fand. Sobald ich aufgehört habe, von meinen Gewissensbissen und von den schrecklichen Bildern verzehrt zu werden, welche bis zu meinem Tode meine Seele quälen werden, so machst Du Vor= bereitungen zu Deiner Abreise und verschaffst Dir so

viele Kenntniſſe in der ſchwediſchen Sprache, daß Du
ohne Dolmetſcher Deine Nachforſchungen anſtellen
kannſt. O! wenn die Menſchen wüßten, welche ent=
ſetzliche Leiden das Verbrechen mit ſich bringt, ſie
würden gewiß nie mit einem Fuß dieſe gefährliche
Bahn betreten. Jahre lang habe ich auf meinem
Lager gelegen, von den Anklagen und drohenden
Geſtalten meiner Opfer verfolgt, welche nach Rache
riefen, ohne daß ich um ein Ende meiner Qualen zu
bitten wage; denn welche entſetzliche Rechenſchaft ſteht
mir noch auf der andern Seite des Grabes bevor!
Ich müßte wenigſtens den Troſt mit mir nehmen,
daß ich einen kleinen Theil deſſen wieder zu ſühnen
verſuchte, der noch gut zu machen war. Meine Schuld
iſt noch ſo groß, daß ich nicht hoffen kann, Abſolution
zu erhalten."

Es trat eine Pauſe ein. Der Sohn ſtützte
ſeinen Kopf auf die Hand; auf ſeinem Geſichte
wechſelten Abſcheu und Schmerz. Die Mutter be=
trachtete ihn mit ihren düſtern Augen; der Ausdruck
von Reue, welcher ſich einige Augenblicke vorher in
denſelben gezeigt, verſchwand und ſie blickte wieder
ſtolz vor ſich hin.

"Morgen, mein Sohn, kommt für Dich der
wichtige Tag, an welchem Du Beſitzer eines fürſtlichen
Vermögens wirſt, und durch Deine näheren Ver=
wandtſchaftsverhältniſſe zu einer mächtigen Familie
eine Bahn betrittſt, welche Dich zur Ehre und zum
Ruhme führen wird."

Ein ſchwerer Seufzer hob die Bruſt des Soh=

nes; aber er erhob sich, schaute mit einem kecken und
stolzen Blick empor und sagte:

„Ja, morgen werde ich eines großen Reichthums
theilhaftig und habe eine glänzende Zukunft vor mir."

„Möchte ich doch diesen Tag erleben! Schicke
nach meinem Beichtvater," sprach sie mit matter
Stimme.

Er stand auf.

In der Thüre begegnete er einem Manne im
mittleren Alter, von hoher, gerader Gestalt und von
einem edlen, aber strengen Aeußeren. Dieser ging,
ohne ein Wort zu sagen, an dem jungen Manne
vorbei.

„Gehe, mein Sohn, ich will mit Tristan allein
sein," sagte die Mutter, als jener stehen blieb.

Der Sohn ging.

„Das Bekenntniß, welches Du vor Deinem
Kinde abgelegt, habe ich gehört. Ich horchte hinter den
Thürvorhängen versteckt . . . ."

„Nun gut? . . . ." Die Kranke zitterte.

„Ich bin nicht Dein Richter und auch nicht Dein
Beichtvater; ich habe Dir nichts zu sagen."

„Du bist mein Bruder."

„Leider!"

„Du kannst Dein Versprechen an meinen Sohn
nicht zurücknehmen wollen. Er kann ja nicht für
meine Verbrechen."

„Nein, — aber meine Tochter kann nie die
Schwiegertochter einer Giftmischerin werden."

„Aber die Hochzeit ist ja auf morgen festgesetzt.

Du kannst nicht zurücktreten," rief die Kranke in Verzweiflung.

„Ich kann und werde thun, was ich muß," antwortete der Bruder unbeweglich kalt und verließ das Zimmer.

Als er fort war, stand die Schwester auf und murmelte:

„Noch lebe ich, und noch einmal muß das Schicksal mir gehorchen."

Jeder ihrer Züge drückte etwas Unheilverkündendes und Entschlossenes aus. Sie streckte die Hand aus und läutete.

Ein Bedienter trat ein.

„Gehe und bitte meinen Sohn, daß er mich sofort besuche."

An einem schönen Sommernachmittag wanderten zwei junge Mädchen die Logaardstreppe hinunter und stiegen in eines der Böte, welche nach dem Thiergarten fahren. In diesem saß vorher schon ein junger Mann am Ruder.

„Also, liebe Thora, bekomme ich jetzt jenes Wunderthier zu sehen," bemerkte die Aelteste, ein langes und schlankes Mädchen von ungefähr neunzehn Jahren, mit einem lebensfrischen und beweglichen Gesichte, lebhaften, aber grauen Augen, einem rosenrothen und immer lächelnden Mund, glänzend weißen Zähnen und blendender Haut.

„Ja, heute Abend ziehen Onkel und sie hinaus nach dem Thiergarten," antwortete die andere,
die höchstens siebzehn Jahre alt war. Aber ihr Aeußeres verdient eine nähere Beschreibung. Auch sie war
von hohem Wuchs, aber außerordentlich schlank. Das
Gesicht vom feinsten Oval zeichnete sich durch eine hohe,
gewölbte und breite Stirne, sowie durch ein Paar
große dunkle Augen aus. Die Farbe derselben konnte
man jedoch nicht näher bestimmen, denn sie waren
weder schwarz, braun oder blau, sondern spiegelten wech-
selweise alle diese Farben wieder; aber der Ausdruck
in ihnen enthielt eine ganze Welt von noch schlum-
mernden Gefühlen. Die Nase war fein und gerade;
der Mund klein, mit schwellenden purpurrothen Lippen,
und zeigte zwei Reihen hübscher weißer Zähne. Die
Haut war rein und weiß wie Alabaster, aber von
jener matten Blässe, welche nicht Kränklichkeit, sondern
ein heroisches Temperament andeutet. Diese regelmäßigen Züge wurden von einer Fülle rabenschwar-
zer Locken eingefaßt. Im Gesichtsausdruck lag etwas
Veränderliches und Launisches, welcher es immer in
einem neuen und reizenden Lichte erscheinen ließ.

Fügt man noch hinzu, daß Hände, Füße, Hals
und Schultern wie nach einer Antike geformt waren,
so muß sie schön gewesen sein, wie der Schöpfer sich
das Urbild des Weibes dachte, damit dieses durch seine
Reize den Mann fesseln konnte.

Lassen Sie uns das unterbrochene Gespräch
wieder aufnehmen.

„Aber, liebe Thora," fragte die Aeltere, „wie
ist er in Tante's Haus gekommen?"

„Das theilte ich in meinem Briefe an Dich mit, Nina."

„O nein, damit befaßtest Du Dich gar nicht; Du schriebst nur: „Komme, komme, dann wirst Du eine große Neuigkeit erfahren. Jetzt bin ich hier, voll Erwartung all' des Außerordentlichen, was Du mir zu erzählen hast."

„Aber doch nicht hier im Boote," meinte Thora lächelnd.

„Nein," ich werde wohl meine Neugierde im Zaum halten müssen.

„Du bleibst doch jetzt bei uns den Sommer über?"

„Nur auf unbestimmte Zeit, bis das Aufzeichnen der Fahrnisse meiner Großmutter stattfinden soll, wo ich dann nach Ektorp hinausfahren muß."

Die Mädchen plauderten so fort, bis sie durch einen heftigen Stoß gestört wurden, welchen das Boot durch einen der Pfähle an einem der Schiffsholme erhielt. Der junge Steuermann hatte seine Augen ausschließlich auf Thora gerichtet gehabt, so daß er vergessen, auf den Cours Acht zu geben, welchen das Boot nahm.

Bei der Verwirrung, welche daraus erfolgte, wandten sich die Augen Aller nach ihm.

„Ich bitte um Entschuldigung," sprach er zu den Mädchen; „aber der Fehler war nicht allein der meinige," fügte er lächelnd hinzu.

Thora lächelte auch bei dieser Erklärung und dachte: „Mein Fehler war es wenigstens nicht;" aber sie irrte sich.

Nachdem das Boot wieder in Gang gekommen,

ging die Fahrt ohne weitere Unterbrechung fort, bis zum allgemeinen Kreuzweg.

Die Mädchen setzten von dort Arm in Arm ihren Weg bis zur Blockhaus=Landspitze fort.

In einer Entfernung von einigen Schritten folgte ihnen der junge Mann.

Sie gingen durch das Gitterthor zu einem kleinen reizenden Landsitz, dessen Namen nicht hierher gehört; wir können ihn deßhalb Rosenhügel nennen.

Nachdem sie im Wohnhause verschwunden waren, flüsterte ihr zurückgebliebener Begleiter:

„Sie ist es! Denn hier wohnt die Majorin Alm. Alles, was man von ihrem Aeußeren sagt, wird von ihr selbst übertroffen. Morgen mache ich einen Besuch bei ihnen."

Darauf wanderte er ein Stück weiter nach und ging hinein in eines der neueren Häuser, welche hier aufgeführt worden sind.

Wir verlassen ihn dort und folgen statt dessen den Mädchen.

Ein kleiner, eleganter Salon war das erste Zimmer im Parterre von Rosenberg. Rechts befand sich ein kleinerer Speisesaal und links ein kleines, nettes Cabinet. Die Wohnung, eine Treppe hoch, bestand aus den Schlafzimmern der Majorin Alm und der Mädchen, sowie aus einem Arbeitskabinet mit einem großen Balkon davor.

Im Salon saß, als Thora und Nina eintraten, am offenen Fenster ein älteres Frauenzimmer mit noch hübschen Gesichtszügen und einer stolzen und edlen Haltung. Ihr Aeußeres verrieth eine jener

Glücklichen, welche wenig oder gar nicht die verheerenden Wirkungen von Mißgeschick und Sorgen erfahren haben.

Mit einem herzlichen Nicken grüßte sie die Mädchen.

„Willkommen, Nina!" sagte die Majorin; „das war hübsch von Dir, daß Du zu Thora hinauskamst; sie hat sich so sehr nach Dir gesehnt. Wo ist Karin? Ich schickte sie mit, um Deine Kleider zu holen und Euch zu begleiten."

„Beste Tante! Ich hielt es nicht aus, auf. sie zu warten, sondern bat, Deine Karin nachkommen zu lassen," antwortete Thora und warf sich ganz ungenirt in einen Lehnstuhl.

„Mein liebes Kind, was Du warm bist! Warum bestandest Du darauf, zu gehen, als ich haben wollte, daß Du fahren solltest?" sagte die Majorin und ging auf Thora zu, deren Locken sie bei Seite schob und ihre schneeweiße Stirne küßte. Das Mädchen schlang seine Arme um den Leib der Tante und versicherte lachend, daß es mit ihr keine Gefahr habe.

Eine Stunde darauf saßen Thora und Nina im Grase draußen auf dem Hügel und plauderten.

„Nun, Thorachen, rücke denn doch vor allen Dingen heraus mit jenem deutschen Lieutenant. Ich befinde mich ordentlich unwohl, wenn ich nur an ihn denke, so neugierig bin ich."

„Mag es denn sein, um es überhoben zu werden, Dich leiden zu sehen," antwortete Thora lächelnd. „Wie Du weißt, war Onkel Anton den ganzen verflossenen Winter nach dem Auslande verreist. Im

Frühling, das heißt im Mai, erhielt die Tante einen
Brief, datirt Hamburg, in welchem er sie von seiner
nahe bevorstehenden Rückkehr in Kenntniß setzte und
ihr zu gleicher Zeit mittheilte, daß er mit einem Lieu=
tenant Behrend Bekanntschaft gemacht, welcher in
einer Familienangelegenheit nach Schweden zu gehen
beabsichtige und sich wahrscheinlich längere Zeit hier
aufhalten werde. Der Lieutenant hätte den Wunsch
geäußert, es überhoben zu werden, in einem Hotel
zu wohnen, und dann hätte der Onkel mit seiner
gewöhnlichen Dienstfertigkeit ihm unser Haus ange=
boten. Jetzt bat der Onkel die Tante, die kleine Woh=
nung zwei Treppen hoch in Ordnung zu bringen,
welche der Onkel sonst selbst bewohnte, die er aber jetzt,
mit Ausnahme eines einzigen Zimmers, dem Lieu=
tenant abtrat. Sie waren eine Woche nach der An=
kunft des Briefes zu erwarten. Ich that Alles, was
ich konnte, zur Verschönerung des Zimmers des
erwarteten Ausländers, indem ich dort ein Paar
meiner besten Oelgemälde aufhing. Am Tage, an
welchem das Dampfschiff Gauthjod ankommen sollte,
war Alles zum Empfange des Fremden bereit; aber
es war ein Sturm ausgebrochen, so daß das Schiff
erst am Montag ankam. Mittlerweile hatte ich vor
lauter Neugierde Fieber. — Der Onkel brachte seinen
Reisekameraden und dessen Bedienten nach den Zim=
mern, welche für sie bestimmt waren, und ich wurde
zu mehrerer Stunden weiterem Warten verurtheilt.
Niemals ist die Zeit mir so lang vorgekommen; sie
glich einer ganzen Olympiade. Gegen Abend kamen
einige Damen zum Besuch bei der Tante. In ganz

schlechter Laune setzte ich mich an eine Stickereiarbeit und beschuldigte in meinem Innern den Lieutenant, welcher so lange auf sich warten ließ, des Mangels an Lebensart u. s. w.

Endlich um sieben Uhr kam der Onkel mit ihm und stellte seiner Schwester, der Majorin Alm, und seiner Nichte Thora Falk den Herrn Lieutenant Behrend vor.

Ich erhob meine Augen zu dem neuen Gast.

O, Nina! Wie soll ich Worte finden, um sein Aeußeres zu beschreiben! — Du weißt, daß ich in Phantasie und Herz eine Künstlerin bin; aber niemals, nicht einmal in meinen Träumen, habe ich etwas so vollkommen Schönes, wie sein Gesicht gesehen. Stelle Dir ein Paar Augen vor, welche schwarz wie die Nacht und glühend wie die Sonne sind, eine Stirne, auf welcher der Geist thront, eine römische, edel gebogene Nase, ein tief schwarzes Haar, eine stolze, männliche Haltung und eine Apollogestalt — dann hast Du doch nur einen schwachen Begriff von seinem Aeußern; denn wie sollte man den lebhaften und feurigen Ausdruck in seinen Zügen wiedergeben können? Sein Aussehen ist bis auf die etwas dunkle Haut ein rein südländisches."

„Ich höre zwar aus Deiner unvergleichlichen Beredtsamkeit, daß Du das Menschenkind wunderschön findest; aber daraus folgt keineswegs, daß ich dasselbe thue," fiel Nina lächelnd ein.

Thora fuhr in ihrem Bericht fort:

„Zu unserer Ueberraschung sprach er leidlich schwedisch, obgleich ziemlich gebrochen. Nachdem er

eine Weile mit meiner Tante converſirt hatte und
dabei, wie ich glaube, ſeine Augen auf mich gerichtet
gehabt, ſtand er auf, trat an's Fenſter, an welchem
ich ſaß, und nahm mir gegenüber Platz."

„Ich bin der Güte und dem ungewöhnlichen
Talent der Mamſell Falk meine wärmſte Erkenntlichkeit
für das Vergnügen ſchuldig, welches die Gemälde in
meinem Zimmer mir gewährt. Kapitän Ahlrot hat
mich davon in Kenntniß geſetzt, daß ſie von Ihrer
Hand ſind. Sie zeugen von einer Geſchicklichkeit, die
man keineswegs Ihrem Alter zutrauen ſollte," be=
merkte der Lieutenant.

„Niemals hatte ich mich früher ſo glücklich ge=
fühlt, dieſes Talent zu beſitzen, niemals von Jemandes
Lob ſo geſchmeichelt gefunden, wie von dem ſeinigen.
Während er ſprach, waren meine Augen auf die
ſeinigen gerichtet und meine Bewunderung über die
Schönheit derſelben war ſo groß, daß ich zu antworten
vergaß. Was er dabei dachte, weiß Gott allein; aber
ſein Blick bekam einen Ausdruck, den man unmöglich
aushalten konnte. Ich ſchlug erröthend meine Augen
nieder. Wir ſchwiegen Beide. Nach Verlauf einiger
Augenblicke fing er an von gleichgiltigen Dingen zu
ſprechen. Die Nacht darauf tanzten der Lieutenant
und ſeine ſchwarzen Augen in meinem Kopfe herum
und verjagten allen Schlaf. Seitdem ſind wir täglich
zuſammen geweſen, und er hat ſich immer ſehr zuvor=
kommend und artig gezeigt. Vor einer Woche reiſten
er und der Onkel nach Upſala; wir erwarten ſie aber
heute zurück und daß ſie gegen Abend hier ſein werden.

Den Sommer über, während die Tante hier draußen
gewesen, haben der Onkel und der Lieutenant das Haus
unterhalb des Hügels gemiethet. Jetzt kennst Du die
großen Ereignisse."

Nina schwieg eine Weile und ihr heiteres Gesicht
sah sehr nachdenklich aus, als sie endlich antwortete:

„Es gefällt mir nicht, daß die Tante jenen
Fremden in ihr Haus aufnahm; denn man hört zu
gut, daß Du in vollem Zuge bist, Dich in ihn zu
verlieben, und Gott allein weiß, ob er Dir Glück
bringen kann."

„Liebste Nina, spreche nicht so ernst — ganz
wie die selige Tante es zu thun pflegte. Tante weiß
besser als Jemand, was sie thut; aber sieh', da haben
wir Cordula."

Ein junges Mädchen von einigen und zwanzig
Jahren kam von der Landspitze her und ging den Hügel
hinauf, wo Thora und Nina saßen. Sie war klein
von Wuchs, aber stark gebaut. Die breiten Schultern
und die hohe, gewölbte Brust gaben ihr etwas Männ=
liches. Das Gesicht fiel beim ersten Anblick durch seine
scharfen Züge auf. Die großen und dunklen Augen
lagen wegen des sehr stark hervortretenden Untertheils
der Stirne, die mit ein Paar gewölbten schwarzen
Augenbraunen geziert war, etwas tief. Der kleine
Mund hatte einen harten Ausdruck. Die Haut war
bleich und das Haar dunkel. Das Ganze hatte das
Gepräge eines entschlossenen und düsteren Charakters.
Selten schlich sich ein Lächeln über die ernst geschlos=
senen Lippen, und niemals öffneten sie sich zu einem
heiteren Scherz. Es hatte den Anschein, als wäre das

Gesicht während irgend eines entsetzlichen Ereignisses versteinert; jedoch lag darin kein Schmerz, sondern nur eine kalte und verschlossene Düsterkeit, welche einem wolkenbedeckten Himmel in einer Herbstnacht vor dem Ausbruch eines Sturmes glich. Ihr Aussehen contrastirte auf eine auffallende Weise mit dem heiteren, jugendlichen und sorglosen Wesen der anderen Mädchen.

Nachdem Cordula Nina gegrüßt, nahm sie stillschweigend neben ihr Platz.

„Wo bist Du gewesen, Cordula, ich vermißte Dich bei meiner Heimkehr?" fragte Thora freundlich.

„Oh, das glaube ich kaum," antwortete Cordula mit einer gewissen Bitterkeit im Tone; „warum solltest Du mich vermissen? Uebrigens bin ich da unten im Hause gewesen und habe Papa's Zimmer in Ordnung gebracht.

„Und auch Lieutenant Behrends?"

„Das glaubte ich, daß Du selbst thun würdest, liebe Thora."

Hier wurde das Gespräch durch zwei Herren zu Pferd unterbrochen, welche die Allee im Galopp hinaufkamen. Hinter ihnen fuhr eine Droschke, in welcher ein Paar Damen saßen.

„Siehst Du, Nina, dort kommt er mit Onkel."

Nina richtete ihre Augen auf die Reiter, welche am Ende der Allee ihre Pferde anhielten.

Niemand gab in diesem Augenblick auf Cordula Acht; aber ihr Gesicht nahm, als sie ihren Blick auf die Ankommenden heftete, einen fast wahnsinnigen Schmerzensausdruck an. Mit einer gewaltsamen An-

strengung führte sie die Hand über die Stirne, als
wollte sie irgend eine widrige Erscheinung verscheu=
chen. Sie athmete kurz und rasch; aber dieser aufge=
regte Zustand dauerte nur einige Sekunden, dann stand
sie auf und bemerkte in einem entschlossenen Tone
gegen Thora:

„Ich gehe, um Tante davon in Kenntniß zu
setzen, daß wir Fremde bekommen, denn in der
Droschke sehe ich Frau H. und ihre Schwester."

Sie ging den Hügel hinunter nach dem Wohn=
hause.

Eine Stunde später war die ganze Gesellschaft im
Hofe unter den großen Lindenbäumen versammelt, wo
einige Erfrischungen von Cordula servirt wurden.

Kapitän A h l r o t, der Bruder der Majorin, war
ein kleiner Mann mit röthlichem Gesichte, wohlwollend,
jovial und beweglich, im Alter von ungefähr einigen
und fünfzig Jahren; er war dienstfertig, mitleidig und
ohne Mißtrauen.

Lieutenant A x e l B e h r e n d entsprach vollkom=
men dem Bilde, welches Thora von ihm entworfen.

Er conversirte eine Weile mit der Majorin und
den übrigen Damen; näherte sich aber bald Thora,
welche in einiger Entfernung von den Andern auf einem
Gartenstuhl saß.

„Mit Worten läßt es sich nicht schildern, wie
unendlich lang diese Tage gewesen, welche ich zugebracht
habe, ohne Sie zu sehen," sagte der Lieutenant und
setzte sich.

Thora erröthete, schlug die Augen nieder und be=
merkte, um irgend etwas zu sagen:

„Ist die Gegend hier nicht schön?“

„Daran habe ich noch nicht gedacht,“ antwortete
der Lieutenant.

Nina, welche den Wechsel in Thora's Gesicht und
den Ausdruck in des Lieutenants Augen beobachtete,
ahnte, daß dieses Gespräch unterbrochen werden mußte;
sie ging deßhalb hin zu ihnen und sagte in scherzen=
dem Tone:

„Ich habe einen Unwillen gegen den Lieutenant
gefaßt.“

„Das wäre ein weniger christlicher Einfall einem
Fremden gegenüber, welcher noch nie das Glück gehabt,
Sie früher zu sehen. Auf welche Weise habe ich denn
solche Gefühle bei Mamsell Adler hervorrufen können?“

„Der Herr Lieutenant ist weder Schuld daran,
noch haben Sie es verdient; derselbe entstand nur da=
durch, daß Sie einen Brief mitbrachten, welcher mich
zwingt, schon in ein paar Tagen den Rosenhügel zu
verlassen. Ich halte Sie deßhalb für einen Unglücks=
propheten. Uebrigens ist ja auch der Haß eine Phan=
tasie, und es amüsirt mich, der meinigen zu folgen.“

„Ich fordere Sie heraus, mich zu hassen,“ und
dabei heftete der Lieutenant einen eigenen Blick auf Nina.

„Grade dann thue ich es am meisten,“ rief
Nina lachend.

„Ich glaube, Ihr erklärt einander Krieg?“ fiel
Thora ein.

„Warum nicht? Vielleicht gilt der Streit Mam=
sell Thora,“ antwortete der Lieutenant. „Ich bin es
nicht, der den Handschuh hingeworfen, sondern Mamsell
Adler; aber als Militär gebietet mir die Ehre, denselben

aufzuheben; besonders da die Feindseligkeit von einer so hübschen Dame eröffnet worden ist."

„Es ist also abgemacht, daß wir unser Bestes thun sollen, einander zu haffen?"

„Durchaus nicht! Ich behaupte, daß Mamsell Adler mich nicht haffen kann, und Sie das Gegentheil; darauf bezieht sich der Streit. Aber ist es wirklich wahr, daß der Brief, den ich Ihnen von Doktor Adler überbrachte, Sie zu einem so raschen Aufbruch veranlaßte?"

„Oh, es ist nur die Rede von einer Reise auf's Land von einigen Tagen," antwortete Nina.

———

Spät Abends saßen die drei Mädchen zusammen in ihrem gemeinschaftlichen Schlafzimmer.

„Nun, Mina, wie gefällt er Dir?" fragte Thora eifrig.

„Er ist wirklich hübsch; aber mein Ideal würde er trotzdem nie werden, denn unter dem schönen Aeußeren wohnt eine egoistische Seele. — Er hat etwas Unheilverkündendes."

„Wie doch Nina schwätzt! — es wohnen Treue und Ehre in seinem Blick," rief Thora hitzig; „oder was meinst Du, Cordula?"

„Er ist mehr als hübsch; denn er ist ganz gefährlich, Thora!" antwortete Cordula mit Nachdruck.

„Ihr seid alle beide närrisch."

„Ach, daß Du niemals von ihm betrogen werden mögeſt. Ich werde es nicht wagen an das Feuer in ſeinen Augen zu glauben; aber Du biſt ſchon von der Leidenſchaft verblendet, und es iſt nicht der Mühe werth mit Dir zu reden," ſagte Nina.

Am folgenden Morgen wanderten zwei junge Leute längs dem Ufer des Thiergartenkanals.

In dem einen erkennen wir den Steuermann der Mädchen auf dem Fährboot wieder; ſeine Züge waren regelmäßig; aber der Ausbruck in den dunkelblauen Augen verriethen ein veränderliches Gemüth. Die volle Breite der Stirne nach oben zeugte von einem excentriſchen Charakter. Das Haar fiel in einer Menge dunkler Locken um die Schläfen hinab; und der wohler= haltene Bart deutete auf eine aufmerkſame Fürſorge für den äußeren Menſchen. Sein Kamerad war ein junger Mann von alltäglichem Ausſehen.

„Nun komme," äußerte der Erſtgenannte, „Du verſprachſt mir ja eine kleine Mittheilung über Deine Verwandten auf dem Roſenhügel, denen ich heute Abend vorgeſtellt werden ſoll.

„Mehr als gern, Brüderchen, die ſollſt Du ſofort haben: Wie Du weißt, ſo bin ich ein Schweſterſohn von dem Manne der Majorin Alm; meine Mutter iſt auch eine intime Freundin von ihr. — Die Majorin iſt meh= rere Jahre Wittwe geweſen, lebt von den Zinſen eines

bedeutenden Vermögens und zusammen mit ihrem Bru=
der, dem Capitain Ahlrot, in ihrem gemeinschaftlichen
Hause in der Regierungsstraße. Sie hat drei Schwe=
stern gehabt, die alle gestorben sind; aber ihre Geschichte
kenne ich nicht genau. Die älteste war mit einem
Baumeister verheirathet und starb vor zwölf Jahren,
nachdem sie ein Jahr Wittwe gewesen. Sie hinterließ
einen Sohn, den jetzigen Doktor Heinrich Adler und
eine Tochter Nina. Diese beiden Kinder wurden von
der Großmutter, der Stiefmutter der Tante Alm und
des Kapitäns erzogen. Die andere Schwester war
die Mutter von Thora Falk; obgleich Niemand recht
darüber Bescheid weiß. Sei nun dem wie ihm wolle,
das Sichere an der Sache ist, daß der Graf Falken=
hjelm der Vater des Mädchens ist. Die Majorin
läßt sich nie auf eine Erklärung darüber ein, sondern
beantwortet alle Fragen mit: ‚Thora ist die Tochter
meiner Schwester;‘ und das in einem Tone, welcher alles
weitere Fragen verbietet. Die nahe Verwandtschaft
des Grafen mit Thora muß jedoch ein Geheimniß zwi=
schen mir und Dir bleiben. In einem Alter von
zwei Jahren und schon vor dem Tode des Majors
wurde Thora von meiner Tante als ihr eigenes Kind
aufgenommen; obgleich die vermeintliche Mutter, die
unverheirathet war, damals noch lebte und sich bei des
Majors aufhielt. Sie starb einige Jahre darauf.
Der Graf hat mit fürstlicher Freigebigkeit für ihre
Erziehung gesorgt. Das Schicksal der dritten Schwester
kenne ich gar nicht; nur das weiß ich, daß sie gegen den
Willen der Mutter von Hause abreiste. Sie wird
von den Verwandten nie erwähnt. Außerdem hat

auch Kapitain Ahlrot eine Adoptivtochter, welche sich
seit drei Jahren im Hause der Majorin aufhält. Sie
heißt Cordula. Siehe, da hast Du das ganze Ge=
schlechtsregister."

„Dieß ist indessen nicht genug; Du mußt mir auch
einen Begriff von dem Charakter dieser Personen geben,
sonst würde meine Vorstellung von ihnen eine höchst
unvollständige werden."

„So gut ich kann, soll das auch geschehen: Die
Majorin hat einen stolzen, etwas herrschsüchtigen Cha=
rakter. Sie wird von Allen gefürchtet und man fühlt
sich nie geneigt ihr zu wiedersprechen. Uebrigens ist
sie freigebig, beständig in der Freundschaft, von einem
vortheilhaften Aeußeren und imponirendem Benehmen.
Sie hat zwei Schwächen, die eine für ihren Bruder und
die andere für die Tochter ihrer Schwester Thora, deren
Wünsche sie alle erfüllt. Der Bruder, Capitain Ahl=
rot ist ein frommer, heiterer, gutmüthiger und vielleicht
etwas einfältiger Mann, welcher aber gegen seine
Adoptivtochter keine übertriebene Zärtlichkeit an den
Tag legt; dagegen vergöttert er Thora ganz und gar.
Dieses von Allen verzärtelte Mädchen ist schön wie
ein Engel, verzogen wie ein hübsches Kind, unbe=
ständig wie Aprilwetter, geistreich und lebhaft, wie
eine glücklich von der Natur begabte Französin und
hat viel versprechende Anlagen, eine ausgezeichnete
Künstlerin zu werden, welcher Aufgabe sie sich auch
ausschließlich zu widmen gedenkt. Ihre Bilder zeugen
von einem außerordentlichen Talent. Füge noch zu
all dieser Herrlichkeit bei siebzehn Jahren, daß sie mit
einem bedeutenden Vermögen als Mitgift so gut wie

vater- und mutterlos ist, so hast Du sie à preudre —
falls es Dir gelingt, ihr Herz zu gewinnen."

„Die Beschreibung ist lockend genug; aber noch
einnehmender ist sie selbst; ich habe sie bereits gesehen."

„Oh was! Wo denn?"

„Wir waren gestern fern von der Stadt auf
einem Fahrboot zusammen, und haben dann denselben Weg hierher gemacht. Als sie auf dem Rosenhügel einkehrte, ahnte ich, wer sie sei, und . . . ."

„Und Du wurdest sofort in sie verliebt?"

„Grade nicht verliebt; aber . . . ."

„Aber beinahe?"

„Setze Deine Charakterschilderungen fort; denn
noch bleiben übrig: Doktor Adler mit Schwester und
Mamsell Cordula."

„Heinrich Adler, mit seiner Schwester von seiner
Großmutter erzogen, ist ein ernster und strenger
Kamerad und sieben Jahre älter als Nina. Sein
Charakter ist entschlossen, fest und stolz; er besitzt aber
auch einen klaren und ausgebildeten Verstand. Seine
Studien hat er ungewöhnlich rasch gemacht und ist
jetzt Arzt an einem der Krankenhäuser der Hauptstadt.
Nina hielt sich bei der Großmutter bis zum letzten
Frühling auf, wo die alte Frau starb, und verweilte
vor der Erbschafts-Auseinandersetzung 2c. auf Ektorp,
wird aber später zum Bruder ziehen und von der
kleinen Erbschaft leben, welche die Alte ihr hinterlassen
hat. Er wird auf dem Rosenhügel erwartet, wenn
er nicht schon da ist. Nina hat ein offenes, heiteres
und weibliches Wesen, einen gewissen Stolz, ein
scharfes Urtheil und ein warmes, festes und durch die

Erziehung unerschütterlich gewordenes religiöses Gefühl, welches ihr künftig Muth und Kraft verleihen wird, um sowohl das Unglück zu ertragen wie den Versuchungen zu widerstehen. Außerdem ist sie gut und treu und dem, an den sie sich angeschlossen, ergeben; auch besitzt sie eine wunderschöne Stimme."

„Nun, und dann Cordula?"

„Lieber Emil, die kann ich nicht schildern. Mein Herz wird zwar zu ihr hingezogen, wie von einem Magneten; aber mein Verstand sagt mir, daß wir ebenso von einander getrennt sind, wie die beiden Pole. Ihr abgeschlossenes Leben ist wie ihr Charakter in ein undurchdringliches Dunkel gehüllt. Während der drei Jahre, wo sie im Hause der Tante gewesen, ist nicht ein Wort über die Zeit vor dieser Periode über ihre geschlossenen Lippen gekommen. Sie ist kalt, wortkarg, unzugänglich; aber doch . . . ."

„Findest Du sie reizend?"

„Gewiß nicht; aber mein aufrührerisches Herz will sie durchaus lieben . . . ."

„Und das kalte Aeußere beleben. — Aber noch eine Sache: Weiß Thora, wer ihr Vater ist?"

„Im vorigen Jahre scheint der Graf, welcher sich damals in Stockholm aufhielt, sich in dieser Eigenschaft ihr zu erkennen gegeben zu haben; aber kurz darauf unternahm er eine längere Reise in's Ausland."

„Ist der Graf verheirathet?"

„Er ist seit neunzehn Jahren Wittwer."

Am Abend desselben Tages saß die Majorin Alm in dem hübschen Hofe, als ihre Schwägerin, die Frau Kämmerin Grill mit ihrem Sohn Knut und einem fremden jungen Mann zum Besuch kam.

Herr Emil Liljekrona, Künstler und agregirt bei der Akademie der freien Künste 2c. wurde von Frau Grill vorgestellt.

Nachdem verschiedene Complimente gewechselt und einige Erfrischungen servirt worden waren, wandte sich Liljenkrona an Nina und Thora und sagte:

„Ich muß Sie um Verzeihung bitten für die unge= schickte Weise, auf welche ich gestern das Fährboot steuerte."

„Aber Herr Liljenkrona konnte ja nichts dafür," antwortete Thora lächelnd.

„Mamsell Falk deuten auf die unpassende Weise, auf welche ich mich entschuldigte, und doch lag einige Wahrheit darin; denn der Fehler war nicht der mei= nige allein."

„Wessen denn?" "

„Der Ihrige, meine Gnädige!" antwortete Liljen= krona lachend zu Thora's Verwunderung.

„Der meinige? Aber, mein Gott, ich hatte ja nichts mit dem Steuerruder zu thun."

„Sie waren dort, und dieser Umstand war Schuld an der ganzen Unordnung; denn wie war es möglich, die Augen nur auf den Curs zu richten, den das Boot nehmen sollte."

„Das ist eine Entschuldigung, die durchaus nicht angenommen werden kann," antwortete Thora erröthend, und hüpfte fort und zu Knut hin.

„Warum stehst Du hier gleich einer Statue und
betrachtest das Haus?" fragte Thora und gab ihm
einen leichten Schlag auf die Achseln.

„Weil ich müde wurde, Dich anzusehen," ant=
wortete er verdrießlich und ging seiner Wege.

„Wie aufgeregt Falk doch ist," klang die Stimme
des Lieutenants Behrend hinter Thora.

Sie wandte sich um und begegnete seinem Blicke;
derselbe war aber so finster, daß es Thora übel zu
Muthe wurde.

„Ein hübscher Mann, der Herr Liljekrona," fügte
er hinzu, „und mit einer besonderen Fähigkeit, Freude
um sich zu verbreiten. Ich bin nie so glücklich gewesen,
Sie früher so heiter zu sehen."

„Im Gegentheil, ich bin immer heiter," fiel Thora
ein, welche sich durch den Ton verletzt fühlte.

„Nicht immer so von ganzem Herzen."

Thora wurde purpurroth und antwortete mit
einem leichten Anstrich von Humor:

„Dann ist der Herr Lieutenant nicht besonders
scharfsehend."

„Wirklich? Sie finden ihn vielleicht langweilig."

„Nein, unterhaltend, heiter und...."

„Liebenswürdig?"

„Nein!"

Thora blickte auf zu ihm; schlug aber sofort ihre
Augen vor dem Blitz nieder, welcher aus den seinigen
leuchtete. Beide schwiegen.

„Werden Sie nicht böse," flüsterte der Lieute=
nant und beugte sich zu ihr herab.

Thora eilte von ihm fort, ohne zu antworten.

Einige Tage darauf verließ Nina den Rosenhü=
gel, um nach Ektorp zu fahren, wo ihre Anwesenheit
wegen der Erbschaftsangelegenheiten nach ihrer Groß=
mutter nothwendig war.

Emil Liljekrona miethete sich für den Sommer
bei Frau Grill, der Mutter seines Freundes Knut, ein.

Ein Monat verging, während welcher Zeit die
Familie Grill und Alm täglich zusammen waren.
Nina war nur auf einen kurzen Besuch draußen im
Thiergarten gewesen.

Emil Liljekrona's Aeußeres verrieth eine beständige
Unruhe. Cordula war verschlossener und düsterer als
gewöhnlich, und Thora lebte nur in den Stunden, in
welchen Axel in ihrer Nähe war; in der Zwischenzeit
träumte sie. Aber wie stand es mit Lieutenant Axel?
Sein Blick wurde mit jedem Tag bedeutungsvoller und
verweilte immer länger auf Thora. Seine ganze Seele
mit allen Leidenschaften derselben schienen in seinen
Augen zu liegen, wenn sie denjenigen Thora's begeg=
neten, oder auf dem schönen Mädchen ruhten. Es war
ein Monat verflossen, ohne daß Axel daran zu denken
schien, daß es außer dem Rosenhügel und dessen Be=
wohner irgend einen anderen Ort in der Welt gäbe.
Nur selten machte er einen flüchtigen Besuch in der
Stadt.

Am 14. Juli war Thora's siebzehnter Geburts=

tag. Die Majorin feierte denselben mit einem Ball, welcher im Pavillon arrangirt wurde.

Axel engagirte Thora zum ersten Walzer. Von seinen Armen umschlungen schwebte sie durch den Salon nach den reizenden Melodien von Strauß.

Während des Tanzes bat Axel:

„Sehen Sie mich an, Thora. O, sehen Sie mich ein einziges Mal an!"

Thora sah auf zu ihm mit einem strahlenden und heißen Blick.

„Walzen Sie nicht mit irgend einem Anderen. Versprechen Sie mir das?" bat Axel weiter.

„Ich verspreche," stammelte Thora.

„Danke, angebeteter Engel!"

Jetzt war der Walzer zu Ende.

Halb besinnungslos ließ Thora sich neben Frau Alm nieder.

„Mein süßes Kind, wie Du entsetzlich echauffirt bist," sagte die Tante und führte das Taschentuch über ihr glühendes Gesicht.

„Ach! ich bin so heiß, so heiß, ich muß frische Luft schöpfen," antwortete Thora und eilte hinaus.

Indem sie sich auf eine Bank im Garten niederwarf, suchte Thora ihre Gedanken zu sammeln; aber ihre aufgeregten Gefühle machten es ihr unmöglich. Den Kopf zurückgelehnt und mit verschlossenen Augen saß sie in einen inneren Chaos versenkt, als sich Schritte näherten. Das Herz wollte die Brust sprengen bei dem Gedanken, daß er es sein könnte; sie wagte nicht die Augen aufzuschlagen. Aber der Klang eines rein schwedischen Organs traf ihr Ohr und benahm

ihr den Irrthum. Emil stand ganz bleich vor ihr
und fragte ganz ernst, ob er die Ehre haben könnte,
die nächste Française mit ihr zu tanzen. Thora ant=
wortete ja und stand auf.

„Ein Wort, Mamsell Thora, nehmen Sie sich
in Acht, sich von jenem Fremden bethören zu lassen,"
sagte Emil und ergriff ihre Hand.

„Warum eine solche Warnung gerade von Herrn
Liljekrona, welcher eine neuere Bekanntschaft ist?" ant=
wortete Thora etwas stolz.

„Mag es so sein, aber ich bin doch Ihr Lands=
mann und darum ein zuverlässigerer Freund."

Emil begleitete Thora nach dem Pavillon.

Sie walzte nicht mehr.

Nina kehrte im Laufe des Abends von ihrem
Bruder Doktor Adler begleitet nach der Stadt zurück;
aber ihre Seele war voll Unruhe wegen Thora. Ver=
gebens hatte sie Frau Alm's Aufmerksamkeit auf die
Neigung geleitet, welche, wie Jedermann sah, zwischen
Thora und Axel im Entstehen war. Die Majorin
hatte Nina geantwortet, daß Lieutenant Behrend sehr
reich und also eine ganz gute Partie für Thora sei.

————

Als Thora spät Abends in ihr und Cordulas
Zimmer eintrat, fand sie diese weinend auf ihrem Bette
liegend. Ein solcher Gefühlsausbruch war etwas
höchst Ungewöhnliches bei dem verschlossenen Mädchen;

deßhalb ging Thora, der Stimme ihrer Herzens folgend, hin zu ihr und fragte zärtlich:

„Was ist es, meine kleine Cordula, hat sich etwas Unangenehmes ereignet, daß Du weinst?"

Cordula erhob sich heftig, schlang ihre Arme um Thora's Leib und sagte:

„Ich weinte über Dich, Thora, und über Deine Liebe, welche Dich in das größte Unglück stürzen wird, weil Du sie für ihn hegst. O! wenn Du wüßtest, was er ist! — Eine Zusammensetzung von allem Grausamen und Abscheulichen. Fliehe ihn, Thora! Sein bloßer Athem ist ein Gift, welches entsetzliche Qualen mit sich bringt.

„Rasest Du?" rief Thora erschrocken.

„Nein, ich rase gewiß nicht; ich entsetze mich bei dem Gedanken, daß Du vielleicht einst seine Gattin werden könntest."

„Aber, mein Gott, was veranlaßt Dich, so von Axel zu sprechen?" antwortete Thora und machte sich von ihr los.

„Thora, ich bin weder schwach noch weich, das weißt Du wohl; aber in diesem Augenblick bitte ich Dich darum, mir zu glauben. Lieutenant Behrend's Liebe wird Dein, wird unser Aller Unglück; fliehe, während Du noch kannst."

„Warum sollte ich Deinen Worten glauben; sie haben ja keinen Grund für sich; Du kennst ihn nicht mehr als ich?"

„Aber ich sehe weiter als Du; ich lese in seiner Seele. Es ist das Erstemal, Thora, daß ich mich

Jemandem nähere; verachte nicht meine wohlgemeinte Warnung."

„Nein, gewiß nicht; aber ich finde sie lächerlich," antwortete Thora freundlich, „und ich bitte Dich, Cordula, dergleichen Grillen aus dem Kopf zu schlagen. Schlafe Du ruhig und glaube mir, daß alle Deine Einbildungen in Betreff Axels nur eitel Hirngespinnste sind."

„Du kümmerst Dich also nicht um das, was ich gesagt habe?"

„Ja, so sehr, daß ich Dir für Deine wohl= wollende Absicht danke; aber . . . ."

„Aber Du glaubst an ihn?"

„Ja, freilich. Gute Nacht, Cordula!"

„Gute Nacht! Du erwachst doch einmal aus Deinem goldenen Traume," antwortete Cordula in einem so düster spöttischen Tone, daß derselbe Thora schaudern machte.

Einige Augenblicke darauf schlief Thora den ruhigen Schlaf eines Kindes und träumte, daß sie mit Axel walze.

Aber Cordula wachte, die Seele voll von düstern Bildern.

———

Am Tage darauf fuhren die Majorin, Cordula und Axel nach der Stadt. Onkel Anton und Thora blieben allein auf dem Rosenhügel zurück.

Nachdem sie zu Mittag gegessen, fragte der Onkel:

„Willst Du mich zum Fischen begleiten?"

„Nein, ich danke; laß mich um Alles von jener Quälerei verschont sein, wozu mir alle Geduld fehlt," antwortete Thora lachend.

„Wie Du willst, liebes Kind; amüsire Dich auf eigene Hand; denn ich rudere hinaus."

Damit richtete der Kapitän seinen Cours nach dem Seeufer, wo sein Boot lag und schaukelte.

Thora nahm eine Zeichenmappe, und setzte sich in den Pavillon, um zu zeichnen. So war eine Stunde verflossen, als sie ein Pferd in der Allee galoppiren hörte. Die Wangen brannten schon hochroth, als sie nach der Thüre eilte, um zu sehen, wer es sei; aber die Krümung des Weges hinderte sie daran. Sie blieb jedoch eine Weile stehen und lauschte. Einen Augenblick darauf stand Axel von Befriedigung strahlend vor ihr.

„Endlich," rief er, und ergriff ihre Hände, „treffe ich Thora allein. O! wie sehr habe ich mich nach dieser Stunde gesehnt, wo ich sagen darf, wie hoch, wie grenzenlos ich Dich liebe; nicht wahr, meine Blicke und jeder meiner Seufzer haben Dir gesagt, daß Du mein Leben, mein Glück, mein Alles bist! Thora, sage, daß ich mich nicht betrogen habe, daß Du auch mich liebst, mit einer ebenso heißen und glühenden Liebe liebst, wie die meinige ist; daß unsere Gefühle sich zu einem einzigen aus einem gemeinsamen Herzen entsprungenen Gefühle vereinigt haben! Er bedeckte Thora's Hände mit seinen Küssen. Von der Ueber-

raſchung, von ſeinen Worten und von ihrem eigenen
Herzen hingeriſſen, lehnte ſie ſich gegen ſeine Bruſt
und flüſterte ſchüchtern:

„Ja, ich liebe Dich!"

Arme Thora! hätteſt Du in dieſem Augenblick
geahnt, welche Qualen und endloſe Leiden Dir Deine
Liebe zuziehen würde, dann wäreſt Du gewiß von dieſem
Manne geflohen, obgleich er ſchön war wie ein ver-
körpertes Ideal.

Axel war von Charakter egoiſtiſch, feſt und un-
beugſam, mit einem Herzen voll der heftigſten Neigungen. Wurde er von einer Begierde, von einer
Leidenſchaft ergriffen, dann mußte dieſelbe befriedigt
werden. Mit einer Beharrlichkeit, welche niemals er-
müdete, ſuchte er alle ſeine Wünſchen zu befriedigen,
ohne zu berechnen, oder auch nur darnach zu fragen,
was Andere dabei leiden oder opfern mußten.

Thora dagegen, von Natur ſchwach und nach-
giebig, feurig und ſchwärmeriſch, mit einem reinen,
unſchuldigen Herzen, überſpannter Phantaſie und mit
einer Schönheit begabt, die jeden Mann entzücken und
feſſeln mußte, war gerade ein Weib wie Axel ſich das
Ideal einer Geliebten geträumt. Mit den reinen Gefühlen der erſten Liebe ſchloß ſie ſich wie ein unbeſonnenes Kind ohne Mißtrauen an ſein Herz, und
überließ ſich ohne Widerſtand der Macht der Leidenſchaft.

Madame Staël ſagt irgendwo: ‚Die Mutter
kann ihr Kind, das Kind die Mutter vergeſſen; aber niemals kann das Weib ſeine
erſte Liebe vergeſſen.‘ So war es mit Thora.

Sie gehörte zu denjenigen, welche in ihrer erften Liebe ihre ganze Seele mit den edelften Gefühlen vollftändig erschöpfen. Es hing von dem Gegenftand derselben ab, ob sie durch eine falsche Liebe verlöschen oder unter dem Schutz einer treuen leben und Früchte tragen sollte. Einmal betrogen, mußte das Vermögen, zu lieben, in dessen höherer Bedeutung, bei Thora sterben. Es hing von den Verhältnissen ab, in welche sie später gerathen würde, ob Thora ein hochherziges Weib mit einem aufopfernden und hingebenden Charakter, oder eine Person werden sollte, welche das Leben mit Gleich= giltigkeit betrachtete und, aus Mangel an Festigkeit, leichtsinnig Trauer und Elend um sich schuf, indem sie blind den Eindrücken des Augenblicks oder den Forde= rungen ihrer Leidenschaften nachgab; denn Thora gehörte zu jenen unglücklichen Kindern der heutigen Zeit, welche, durch eine nachläßige religiöse Erziehung verdorben, niemals in der Religion Kraft oder Zuflucht in der Stunde der Versuchung finden werden. Welchen von diesen Charakteren sollte Axels Egoismus bei Thora entwickeln? Der Verlauf dieser Erzählung wird es zeigen.

————

An einem hübschen Sonntag im August finden wir die Familien Alm und Grill unter den Linden vor dem Wohnhause auf dem Rosenhügel versammelt. Die Eltern, sowie Knut und Cordula, saßen um einen Tisch,

voll von Obst und Körben. Thora lag, auf den Ellbogen
gestützt, auf dem Rasen und an ihrer Seite befand sich
Axel. Man kann sich unmöglich eine schönere Gruppe
denken, als diese beiden Liebenden. Ihnen gegenüber
saß auf einer Bank Nina und unterhielt sich mit Lilje=
krona.

„Thora, ich werde von Sehnsucht und Eifersucht
verzehrt. Ich leide, ich bin unglücklich, weil ich Dich nicht
besitze; ich kann nicht zu mir selber sagen: jetzt ist sie die
Meinige, einzig und allein die Meinige. Wann, o wann
wird der Tag kommen?"

Mit einer von der Leidenschaft bewegten Stimme
flüsterte Axel diese Worte.

„Wie, mein Axel, bin ich nicht Dein von meiner
ganzen Seele? Gibt es denn irgend einen Winkel in
meinem Herzen, der nicht ausschließlich Dir gehört?"
fragte Thora und sah ihn mit einem reinen, zärtlichen
Blicke an.

„Ach, Thora, Deine Liebe ist doch nicht glühend
wie die meinige, weil Du nicht begreifst, daß ich noch
viel zu wünschen und Du viel zu geben hast. Man
kann viel mehr lieben, als Du, und das thue ich."

„Gott weiß es, daß es mir doch bisweilen so vor=
kommt, als wäre Deine Liebe mehr egoistisch, als die
meinige. Gibt es denn Etwas, das Du von mir
fordern könntest, welches ich Dir nicht sofort gewähren
würde, sofern es in meiner Macht steht."

Ein Blitz der Leidenschaft leuchtete bei dieser Ant=
wort Thora's aus Axel's Augen und verbreitete eine
Gluth über sein ganzes Gesicht; als er aber ihrem
unschuldigen und vertrauensvollen Blick begegnete, zog

eine düstere Wolke über seine Stirne und er senkte den seinigen. Die Worte starben auf seinen Lippen. Es war ein Augenblick, in welchem sein besseres Gefühl ihm zurief: „Halt!" Seine Handlungsweise trat in ihrer ganzen Nichtswürdigkeit vor seine Seele. Nach=dem er eine Weile geschwiegen, hob Axel wieder an:

„Verzeihe mir, Thora — ich bin wahnsinnig."

„Sage, was ist es, das Dich plagt?"

„Was anders denn, als daß Du nicht meine Gattin bist!"

„Warum sprichst Du aber nicht davon mit Tante? Gewiß wird sie Dir nicht meine Hand verweigern," antwortete Thora naiv.

Eine dunkle Röthe verbreitete sich über Axel's Ge=sicht, er neigte die heißbrennende Stirne gegen Thora und fuhr mit der Hand darüber.

„Thora, es gibt einige Familienverhältnisse, die erst geordnet sein müssen, bevor ich mit Deinen Ange=hörigen sprechen kann. Gebe Gott, daß ich bald so handeln könnte, wie mein Herz es wünscht."

„Werde nicht traurig, mein Axel. Die Deinige bin ich, wie es auch das Schicksal fügt, und warte geduldig."

Während Axel und Thora so sprachen, hatte Nina ihre Augen auf sie gerichtet, that aber, als wenn sie auf das hörte, was Emil sagte.

„Es ist mir unmöglich, mir das Benehmen der Majorin zu erklären. Sie kann so wenig wie wir Andern blind für ihre gegenseitige Neigung sein, und doch läßt sie Alles seinen Gang gehen, ohne von dem Lieutenant irgend eine Erklärung zu verlangen, oder auch nur sie zu überwachen. Alle Andern denken ebenso, wie ich, obgleich Niemand es wagt, ihr ein Wort darüber zu sagen. Sie dürften die Einzige sein, die den Muth dazu hätte. Wenn dieser Fremde es ehrlich meint, warum erklärt er sich nicht als Freier der Mamsell Thora, statt ihr heimlich seine Liebe zuzuflüstern?"

„Das Betragen des Lieutenants kann unmöglich von einer Unbekanntschaft mit unseren Sitten herrühren; aber für so schlecht, wie Sie es voraussetzen, halte ich ihn nicht. Thora ist so reich begabt, daß es ihm Niemand verdenken kann, wenn er sich in sie verliebt hat; und dasselbe kann man auch umgekehrt sagen."

„Es ist nicht ihre Liebe, welche ich table, sondern nur, daß dieselbe hat heranwachsen dürfen, bevor man sich vergewissert hat, wiefern dieselbe realisirt werden kann. Glauben Sie mir, Niemand erkennt mehr als ich den Zauber an, welchen Mamsell Thora ausübt."

„Ich gehe jetzt hin, um ihr tête—à—tête zu unterbrechen."

Nina stand auf und ging hin zu Axel und Thora.

„Darf ich es wagen zu fragen, was die Herrschaften mit so vielem Eifer verhandeln?" sagte Nina, und nahm Platz neben Thora.

„Die Zukunft," antwortete Axel.

Thora schwieg und blickte nieder.

„Darf ich nicht bei der Verhandlung eines so wichtigen Thema's dabei sein?"

„Meine Zukunft, wie dieselbe sich auch gestalten

möge, wird, glaube ich, Mamsell Nina nicht voraus=
sagen können," antwortete Axel.

„Wer weiß?"

„Thora, Thora!" rief Frau Alm, und Thora
beeilte sich, der Aufforderung nachzukommen.

Nina und Axel befanden sich zum Erstenmale
allein. Aus innerem Instinkt hatte Axel es vermie=
den, mit Nina unter vier Augen zusammenzutreffen;
aber jetzt war es unmöglich.

„Nun, wie wird meine Zukunft aussehen, Mam=
sell Nina?" fragte Axel und versuchte einen scherzen=
den Ton anzunehmen.

„Ich weiß nicht," entgegnete Nina, welche plötz=
lich ernsthaft wurde. „Ich habe etwas ganz anders
dem Herrn Lieutenant zu sagen, da der Zufall mir
nun die Gelegenheit dazu verschafft hat. Erinnern
Sie sich meines Scherzes bei unserem ersten Zusam=
mentreffen?"

„Sehr gut."

„Ich bin nahe daran, ein solches Gefühl gegen
Sie zu hegen, wie das ist, von welchem damals die
Rede war."

„Und ich errathe die Ursache," antwortete
Axel ernst. „Aber ersparen wir uns alle Um=
schweife, was wünscht Mamsell Adler von mir?"

„Eine Erklärung."

Nina betonte das Wort.

„Ueber was?"

„Ueber Ihre Gefühle gegen Thora. Lieben
Sie sie?"

„Von meinem ganzen Herzen!"

„Was folgt daraus? Welche sind Ihre Absichten, da Sie nur heimlich mit Thora davon sprachen?"

„Meine Absichten kennt Thora; übrigens hat Niemand außer ihre Tante das Recht, eine Erklärung von mir zu fordern. So lange sie schweigt, bin ich nicht verpflichtet, jemand Anderem zu antworten," antwortete Axel stolz.

„In diesem Falle werden Sie es verzeihen, Herr Lieutenant, wenn ich sie dazu auffordere."

Nina stand auf, um zu gehen.

„Einen Augenblick," bat Axel. „Was Sie zu thun beabsichtigen, kann höchst traurige Folgen haben, weil ich nicht als der Freier Thora's auftreten kann, bevor ich zu Hause in meinem Vaterlande gewesen. Glauben Sie mir, wenn ich anders handeln könnte, dann thäte ich es auch."

„Dann, Herr Lieutenant, hätte Ihre Ehre Sie davon abhalten sollen, Thora etwas zu sagen, bevor Sie es Ihren Angehörigen sagen konnten. Welche auch Ihre Verhältnisse in Ihrem Vaterlande sind, so müssen Sie dieselben Thora's Tante anvertrauen können, sofern dieselben nicht unehrenhafter Natur sind; und in diesem Falle muß Thora gerettet werden."

Nina entfernte sich.

„Du willst sie mir rauben, aber wenn Du Dir zutraust, das zu können, dann kennst Du mich nicht."

Karin erschien jetzt von Kapitän Ahlrot begleitet, mit einem Präsentirteller voll von Gläsern und Flaschen. Die Gläser wurden mit Wein gefüllt, und Onkel proponirte einen Toast darauf, daß Axel in die Familie als Mitglied aufgenommen werden sollte;

etwas, was Onkel auch hoffte, daß er bald werden
werde, und daß in Folge deſſen alle Titel wegfielen.
Der Toaſt wurde von Mehreren gefällig aufge=
nommen.

Als aber Cordula ihr Glas an die Lippe bringen
ſollte, ließ ſie es fallen.

Mit einigen herzlichen und verbindlichen Worten
beantwortete Axel den Toaſt, worauf er ſich der Ma=
jorin näherte, ihre Hand ehrfurchtsvoll an ſeine Lip=
pen führte und mit leiſer Stimme ſagte:

„Durch die Worte veranlaßt, welche dem Kapi=
tän entfielen, wage ich meine gnädige Tante zu er=
ſuchen, ihr einige Worte unter vier Augen ſagen zu
dürfen, während wir eine kleine Promenade im Garten
machen.“

„Gern,“ antwortete die Majorin, nahm ſeinen
Arm und wanderte den Hügel hinab.

„Ich bekam nämlich von Mamſell Nina ſcharfe
Vorwürfe, weil ich mich noch nicht gegen meine gnädige
Tante über meine Abſichten in Beziehung auf Thora
erklärt hätte, und ich befürchte in der That ſelbſt, daß
mein Schweigen Tante ſonderbar verkommen möchte;
ich wünſche deßhalb daſſelbe zu brechen, bevor eine we=
niger wohlwollende Perſon die Sache auf eine ſchiefe
Weiſe darſtelle und mir dadurch ſchade.“

„Lieber Axel, etwas Derartiges brauchſt Du gar
nicht zu fürchten. Ich ſchmeichle mir, genügende
Menſchenkenntniß zu beſitzen, um, ohne den Beiſtand
Anderer, meine Umgebung und folglich auch Dich be=
urtheilen zu können.“

„Ich fühle mich bei dieſem edlen Vertrauen

glücklich, und will nur noch hinzufügen, daß ich, sobald
ich im Herbst auf einen kurzen Besuch zu Hause in
München gewesen bin, bei meiner Rückkehr hier sofort
um die Hand Thora's anhalten werde, welches ich, we=
gen der Beilegung eines Familienzwistes, bis dahin
verschieben muß. Darf ich es wagen, zu hoffen, daß
Tante diesen Aufschub meiner theuersten Hoffnungen
zugeben werden?"

„Ueberzeugt, daß Thora mit Dir vollkommen
glücklich werden kann, halte ich es für meine Pflicht,
Deinem Wunsche entgegenzukommen," antwortete die
Majorin ganz sanft.

Als Axel und die Majorin zu den Uebrigen zu=
rückkehrten, ging Ersterer hin zu Nina und bemerkte:

„Jetzt steht es Ihnen frei mit der Majorin zu
sprechen."

„Gott gebe, daß ich Unrecht hätte; ich wünsche
nichts höher, als Ihnen trauen zu können; aber eine
heimliche Ahnung sagt mir, daß Sie das Unglück
Thora's sind."

Hier wurde das Gespräch von Axel's Bedienten
unterbrochen, welcher meldete, daß ihn Jemand suche.
Axel entschuldigte sich und eilte fort.

––––––––

In seinem Zimmer angekommen, fand Axel dort
einen hochgewachsenen Mann in mittlerem Alter, mit
einem ernsten und strengen Gesichte. Es bestand jedoch

zwiſchen ihnen eine große Aehnlichkeit. Axel begrüßte den Fremden faſt furchtſam.

„Du haſt Dich drei Monate in Schweden aufge= halten; ſind Deine Nachforſchungen Dir noch nicht ge= glückt?" fragte der Fremde auf deutſch.

Axel erröthete bei dem Gedanken, daß er während dieſer Zeit nichts ausgerichtet, ſondern ſie nur dazu benutzt habe, ſich ſeiner Leidenſchaft für Thora hinzu= geben.

„Du ſchweigſt — vielleicht willſt Du aus ſchmutzi= ger Habſucht gleich Deiner Mutter das arme Weib um ihr Recht beſtehlen? Du haſt indeſſen jetzt weit mehr, als Du bedarfſt."

„Meine Nachforſchungen ſind bis jetzt ohne Er= folg geweſen. Auf den gegen mich gerichteten Verdacht glaube ich nicht nöthig zu haben zu antworten," fiel Axel bleich vor Zorn ein.

Die Arme über die Bruſt gekreuzt betrachtete ihn der Fremde. Ein bitteres Lächeln ſpielte um ſeine Lippen.

„Willſt Du von mir erfahren, womit Du dieſe drei Monate Deine Zeit hingebracht haſt?

„Das wäre amüſant genug," antwortete Axel trotzig.

„Damit, daß Du einem jungen Mädchen die Cour machteſt, um es wo möglich zu verführen."

„General!" rief Axel.

„Beruhige Dich," fuhr der General fort, und legte ſeine Hand auf ſeine Schulter. „Du ſtehſt ſo tief in meiner Achtung, daß Deine Handlungen mir gleichgiltig ſind. Ich komme nicht, um im Namen

einer andern Person Rechenschaft zu fordern, sondern
nur um Dir vorzuschlagen, mir den Auftrag zu über=
laffen, den Du felbft vernachläßigt haft. Ich hoffe,
fie dann bald ausfindig zu machen. Nun, gehft Du
darauf ein?"

„Aber mein gegebenes Verfprechen, es felbft zu
thun . . . ."

„Bah, Du fcheinft fonft nicht viel auf Deine
Verfprechen zu halten — warum gerade in diefem
Falle mehr? Uebrigens bleibt es fich ja gleich, wenn
man nur zum Ziele kommt. Ich wünfche, daß es
bald gefchehen möge."

„Wir können ja, obgleich auf verfchiedene Weife,
die Nachforfchungen anftellen."

„O ja, warum nicht? Dein Feld wird diefer
Ort hier, das meinige weit von hier, überall. Ich
gehe darauf ein."

Der General nahm feinen Hut.

„Gehen Sie bereits?" bemerkte Axel mit einem
Seufzer und erleichtert.

„Warum follte ich bleiben?" Gib mir nur die
Aufzeichnungen."

„Sie gehören mir allein."

„Knabe, ich will, daß man mir gehorche!"
rief der General heftig. „Du weißt zu gut, daß ihr
Inhalt mir bekannt ift; aber ich muß fie haben,
damit es mir möglicher Weife gelinge."

Axel öffnete eine Schatulle und überreichte ihm
ein Packet Papiere, welches er aus derfelben heraus
genommen hatte.

„Leb wohl, Du wirft von mir hören."

Der General ging nach der Thüre und Axel begleitete ihn stillschweigend hinunter zum Wagen.

Nachdem der General sich in denselben hineingesetzt hatte, sprach Axel vor sich hin:

"Man fängt an, zu Hause ungeduldig zu werden."

Damit rollte der Wagen von dannen.

An demselben Abend saßen, nachdem Alle zur Ruhe gegangen, Frau Alm und Nina noch im Salon, in einem lebhaften Gespräch begriffen.

Die Majorin sagte hitzig:

"Du traust Dir also mit zwanzig Jahren zu, scharfsichtiger zu sein, als ich mit meinen fünfzig? Du scheinst auch zu meinen, daß Du mehr Menschenkenntniß besitzest, als ich, und auch besser als ich selbst zu wissen, was meine Pflicht ist; denn das ist der Inhalt von Allem, was Du gesagt hast."

"Gute Tante! Wie kann ich so mißverstanden und meine Worte auf eine solche Weise ausgelegt werden, da es mir nicht einen Augenblick eingefallen ist, Tante's Verstand, Takt und Zärtlichkeit für Thora zu verkennen? Ich sprach auch nicht davon, sondern nur von Axel's Redlichkeit, welche ich bezweifle; ebenfalls finde ich sein Benehmen sonderbar, und darauf wollte ich Tante's Aufmerksamkeit lenken."

Nina sprach ruhig und gelassen.

„Liebe Nina! Laß mich allein die Sache besorgen und sei ohne Unruhe. Thora's Wohl liegt mir zu sehr am Herzen, als daß ich dasselbe unbesonnen blosstellen sollte," antwortete Frau Alm in ruhigerem Tone und stand auf. „Gute Nacht, mein Kind!" fügte sie hinzu, und entfernte sich.

„Möge Gott Alles zum Besten lenken!" seufzte Nina andächtig.

„Gott," antwortete ihr eine spottende Stimme hinter dem Fenstervorhang, „Gott mischt sich gewiß nicht in unsere kleinlichen Angelegenheiten," und Cordula trat vor. „Siehst Du nicht in all diesem den Finger des Schicksals? Sowohl Tante wie Papa arbeiten mit Händen und Füßen darauf hin, ihren Augapfel den Händen jenes Deutschen zu überliefern. Nun, Glück zu! Aber ich begreife nicht, was unser Herrgott mit der Sache zu thun haben sollte. Wenn er den Gang der Ereignisse lenkte, dann sähe es ganz anders aus. Jetzt erregen die Thorheit und die Blindheit der Menschen nur Lachen."

„Deine Rede, Cordula, athmet Bitterkeit und Zweifel; warum willst Du Dich solchen Gefühlen hingeben, welche Dein Leben und Dein Herz ver= zehren werden?" sagte Nina und ging zu ihr hin.

„Darum, weil ich das Leben in seinem wahren Lichte sehe; darum, weil ich fühle, wie elend diese Menschen sind, welche die Welt bevölkern, und endlich darum, weil mein eigenes Dasein ein Geheimniß ist, so dunkel wie die Nacht. Glaube Du nur an Gott und an das, was gut ist; ich kann es nicht. Viel= leicht kommt einst der Tag, wo auch Du die Wirk=

lichkeit in ihrer ganzen Bitterkeit erblicken wirst;
komme dann auch und spreche von Deinem Vertrauen
zum Lenker der Welt," bemerkte Cordula und ging
ihrer Wege.

———

Wir versetzen uns in den Monat September
und führen den Leser in das Haus der Majorin in
der Regierungsstraße ein.

In dem kleinen Vorgemach sitzen die Majorin
und die drei Mädchen.

„Nun, Nina, wie befindest Du Dich bei Hein=
rich?" fragte Frau Alm.

„Sehr wohl, gute Tante, besonders seit mein
Engagement beim Königl. Theater eine abgemachte
Sache ist."

„Was sagst Du?" rief die Majorin und schlug
die Hände zusammen, „wirst Du Sängerin werden,
Du scherzest wohl?"

„Nein, meine geliebte Tante, in vier Wochen
debütire ich."

„Aber bedenke doch, daß Du Actrice wirst!"

„Hat nichts zu bedeuten, wenn man sonst eine
ehrliche Person ist."

„Wie ehrenhaft Du auch sein magst, so bist
Du doch ohne alles Ansehen vor der Welt; denn
Du gehörst jedenfalls zu der Anzahl derjenigen Men-

ſchen, welche das Publikum für's Geld amüſiren. —
Mir ſcheint es doch, daß Du Deine Verwandten
zuerſt fragen ſollteſt. Ich meine in der That, einiges
Recht auf Dein Vertrauen zu haben, ſowie daß Du
mir die Demüthigung einer ſolchen Ueberraſchung
erſpart haben würdeſt."

„Nina hat Recht gethan," fiel Thora ein; „was
wäre ſonſt aus ihrer ſchönen Stimme geworden,
wenn ſie dieſe und ſich ſelbſt begraben hätte? Das
wäre ungefähr daſſelbe, als wenn ich meine Gemälde
in einen Schrank einſchlöſſe, damit das Publikum ſie
nicht zu ſehen bekäme und möglicherweiſe daran ein Vergnügen fände. Wie kann Tante ſo voll von Vorurtheilen ſein?"

„Thora, ich ſpreche jetzt mit Nina!" antwortete
die Majorin etwas ſcharf.

„Verzeihe mir, gute Tante, wenn ich eigenmächtig
gehandelt; aber ich wollte nur allein für mich be-
ſchließen, damit nur mir allein die Folgen zugemeſſen
werden können."

„Unſere Familie wird ganz voll von Künſtlern,"
bemerkte Cordula ironiſch. „Thora wird Malerin,
Nina Sängerin; es fehlt nur noch, daß ich Schrift-
ſtellerin werde."

„Ja, warum nicht, Du ſiehſt wahrhaftig aus,
als wenn Du über irgend eine Tragödie brüteſt,"
antwortete Thora lachend.

„Es iſt vielleicht wahrer als Du glaubſt, Cordula, ſervire Thee," unterbrach ſie die Majorin in
augenſcheinlich übler Laune.

Einige Tage darauf erkrankte Thora an einem
heftigen Katarrhfieber, welches sie an's Bett fesselte.

Thora lag auf einem Sopha in ihrem Zimmer;
Doktor Adler hielt ihre Hand in der seinigen, während er den Puls fühlte. Die Majorin betrachtete sie
mit Unruhe.

„Wie befindest Du Dich heute Abend, Thora?"
fragte sie.

„Das Fieber hat zugenommen."

„Darf ich mit auf Kapitän Kroks Hochzeit am
Mittwoch?" fiel Thora mit Heftigkeit ein.

„Ja, mein Engel, wenn es Dir besser wird,"
antwortete die Tante.

„Und um das zu werden, mußt Du ruhig sein,
denn daß das Fieber stärker geworden, kommt von
Deiner unruhigen Gemüthsstimmung her," fügte der
Doktor hinzu.

„Wie willst Du, daß ich ruhig sein soll, da ich
nicht — gesund . . . . werden darf?" schloß Thora
etwas mißmuthig.

„Nina und Cordula reisten heute nach Waxholm,
und wir hoffen, daß Du bis Mittwoch besser wirst,"
sagte Frau Alm in einem tröstenden und schmeicheln-
den Tone.

Die Unruhe, welche Thora bei dem Gedanken,
nicht bald gesund zu werden, an den Tag legte, kam
theils daher, daß sie während ihrer Krankheit Axel
nicht zu Gesicht bekam, und theils daher, daß Alle,
Axel mit eingerechnet, eingeladen waren, der Hochzeit
eines Verwandten, des Kapitän Krok auf Waxholm,
beizuwohnen. Mit Entzücken hatte Thora der Reise

und dem Zusammensein mit Axel entgegengesehen; aber jetzt kam die Krankheit und stellte sich wie höhnend zwischen sie und die erwartete Freude.

Als Heinrich von der Majorin begleitet Thora verlassen hatte, brach sie in ein heftiges Weinen aus und seufzte:

„Es ist jetzt bald eine ganze Woche her, daß ich Axel nicht gesehen! — O Gott! — Laß mich lieber sterben, als getrennt von ihm leben!"

„Weinen Sie nicht, Mamsell Thora," flüsterte Lotta, das Kammermädchen, und alles in allem bei der Majorin, welches unbemerkt hereingekommen war. „Ich habe etwas, was Sie beruhigen wird."

Sie zog ein kleines Billet aus der Tasche.

Thora schrie laut auf vor Freude und riß das= selbe an sich.

„Zeigen Sie es nicht der Majorin!" warnte Lotta und ging ihrer Wege.

Der Brief war von Axel und mit Sehnsucht, Liebe, Verzweiflung und Gott weiß mit was allem angefüllt.

———

Während Thora, den Brief an ihrem Herzen, von Axel träumte, saß er selbst in seinem Kabinet, den Kopf auf die Hand gestützt, und blickte düster auf einen vor ihm liegenden Brief.

Sein Gesicht war bleich, die Augen flammten

vor Zorn, die Lippen waren fest zusammengepreßt.
Seine Brust bewegte sich unruhig. Endlich knitterte
er den Brief zusammen und begann in einer aufgeregten Gemüthsstimmung auf- und abzugehen, während
er in Gedanken folgenden Monolog hielt:

„Also binnen einem Monat zurückgerufen! . . . .
Außerdem eine besondere Drohung von . . . . Ach, ich
werde rasend bei dem Gedanken daran . . . . soll ich
Thora verlassen? . . . . Niemals! Sie muß mir gehören . . . . es gibt beim Himmel und bei der Hölle
keinen andern Ausweg, als sie zu entführen . . . .
Dumme Skrupeln haben mich bisher abgehalten . . . .
ferner, wer kann es wagen, zu behaupten, daß meine
Liebe ihr nicht Glück bringt?! . . . . Diese wird
das Leben zu einer einzigen Kette von Glückseligkeit
machen. — Egoismus — wird der pedantische Mo-
ralist sagen. Nun gut, gibt es denn irgend einen
unserer Wünsche oder eine unserer Begierden, welche
nicht egoistisch ist? — Die Natur schuf uns so. —
Genug, ich thue nichts Schlimmeres, als was jeder
Andere in meiner Lage thun würde — sie aufopfern?
bah! — man opfert nicht auf, wenn man
liebt! — Thora wird mich also begleiten — in
einem Monat reisen wir . . . ."

Hier wurde Axel vom Bedienten gestört, welcher
den General anmeldete. — Axel verzog die Augen-
brauen; aber bevor er Zeit bekam zu antworten,
stand der General vor ihm.

„Wann reisest Du?" fragte er.

„In einem Monat."

„Gut; Du bist von der Regierung zurückgerufen
worden?“

„Ja.“

„Nun, welche Aufklärung hast Du eingeholt?“

„Keine. — Ich glaubte, daß . . . .“

„Daß es mir glücklicher gegangen sei, willst Du
sagen; aber noch ist das nicht der Fall gewesen. —
Ich wünschte erst Dich nach Hause zurückkehren zu
sehen . . . .“

„Es ist also . . . .“

„Meine Person, der Du für die Abberufung
nach Hause zu danken hast? Ja!“ antwortete der
General kalt und setzte sich.

„Ich vermuthete es,“ rief Axel und trat dem
General einen Schritt näher; „aber warum?“ fragte er.

„Weil ich es so wollte,“ antwortete dieser, „oder
glaubst Du, daß ich nicht weiß, wie weit meine Macht
reicht? — Du wirst also nach Hause zurückkehren!“

„Wenn ich es nicht thue?“ antwortete Axel
trotzig.

„Du würdest dann von einem Kriegsgericht verurtheilt und ich würde jenes Mädchen, welchem Du den
Hof machst, fragen, wie sie mit einem . . . . Liebesintri-
guen haben mag.“

„Nicht ein Wort! Ich reise!“ fiel Axel ein, und
blickte scheu im Zimmer herum.

„Du fürchtest Dich sehr, sehe ich, daß man hier
im Hause erfahren möchte, daß . . . .“ Der General
hielt inne und blickte Axel an.

Dieser schwieg.

„Du verläugnest nicht Dein früheres Leben, wenn

Du . . . . verführſt. Das Blut Deiner Mutter offen=
bart ſich fortwährend in Dir."

Es entſtand eine Pauſe.

„Der Taufſchein des Kindes fehlte unter den Pa=
pieren, welche Du mir gabſt," hob der General
wieder an.

„Dieſes Papier wünſche ich für meine eigenen
Nachforſchungen zu behalten."

„Kannſt Du denn jetzt noch ſolche anſtellen, nach=
dem Du die Zeit leichtſinnig vergeudet haſt?"

„Aber der Auftrag wurde mir allein anvertraut."

„Und Du vernachläſſigteſt denſelben wegen einer
wenig ehrenhaften Liebesgeſchichte. Oder willſt Du
Alles der Vergeſſenheit übergeben?"

Der Mittwoch kam, und damit auch die Reiſe nach
Waxholm; Thora aber, welche noch nicht geſund war,
wurde von Heinrich verurtheilt, zu Hauſe zu bleiben.
Alle Bitten und Thränen Thora's halfen nichts.

Die Majorin wollte ebenfalls von der Reiſe ab=
ſtehen; aber auf die vereinigten Bitten des Onkels
Anton und der Thora hin reiſte ſie, vom Kapitän und
Axel begleitet, am Mittwoch acht Uhr mit dem Dampf=
ſchiff ab.

„Am Freitag ſind wir zurück, mein Engel," ſagte
die Majorin und küßte Thora. „Wache nun gut über
ſie," fügte ſie, an Lotta gewendet, hinzu.

Kurz darauf rollte der Wagen von dannen.

„Sind ſie Alle abgereiſt?" fragte Thora die am
Fenſter ſtehende Lotta.

„Ja, und in einer halben Stunde geht das Dampf=
boot ab."

„Fuhr der Lieutenant mit?"

Die Thränen Thora's flossen jetzt reichlich.

„Nein, er ging vor Kurzem fort und wollte mit ihnen an der Logardslandung zusammentreffen, hörte ich den Kapitän sagen."

„Du hast keinen Brief für mich?" schluchzte Thora.

„Nein."

Heinrich besuchte sie sowohl Vor= als Nachmittags; aber ohne sie trösten zu können.

Gegen acht Uhr Abends schlief Thora ein, nach= dem sie sich buchstäblich in den Schlaf geweint. Sie wurde indessen bald durch das heftige Oeffnen der Thüre des Schlafzimmers und durch rasche Schritte, welche sich ihrem Zimmer näherten, das innerhalb des Schlaf= zimmers lag, geweckt. Eine heimliche Ahnung stieg rasch in Thora auf; es war nicht der langsame, schwere Gang Lotta's und auch nicht die abgemessenen Schritte Heinrichs, es war irgend ein Anderer, könnte e r es wohl sein? — Thora wagte kaum zu athmen — die Thüre flog auf und sie rief:

„Axel!"

„Ja, Dein Axel! welcher lieber sein Leben dahin gegeben hätte, als länger so leben, ohne Dich zu sehen. O, Thora, mein göttliches Mädchen! Wie konntest Du denn glauben, daß ich von Dir fortreisen würde!"

So sprach Axel, an Thora's Seite niederknieend, während sie glückselig lächelnd seine schwarzen Locken streichelte.

Nachdem die ersten Ausbrüche des Entzückens sich gelegt, sprach Axel:

„Ich bin ganz unvermuthet von meiner Regierung
nach Hause berufen worden, und muß innerhalb eines
Monats auf dem Wege nach München sein. Aber wie
sollte ich mich von Dir entfernen können? — Unmög=
lich! Du hast so oft versichert, daß Deine Liebe zu
jedem Opfer fähig sei; würdest Du auch fest dabei stehen
bleiben, wenn ich einen großen Beweis für die Wahr=
heit Deiner Worte verlangte?"

„Ganz gewiß werde ich das."

„Nun gut, warum uns trennen, wenn wir es
nicht nöthig haben?"

„Was meinst Du?"

„Du weißt, daß ich durch Familienverhältnisse
verhindert bin, mich jetzt, wie es mein Wunsch wäre,
mit Dir zu verbinden. Ich muß zuerst nach Hause;
aber was zwingt uns denn, unser Glück etwas so
Imaginärem, wie einer leeren Formalität, zu opfern;
denn was ist wohl eine Trauung anders? — Dein
Herz gehört mir, und wir Beiden würden grausam
darunter leiden, wenn wir mehrere Monate getrennt
von einander leben müßten. — Sei stark in Deiner
Liebe, meine Thora, und zeige, daß Dir diese genügt."

Axel hielt inne; es war, als wenn die Worte nicht
heraus gewollt hätten.

„Nun, Axel?" fiel Thora ein, als er schwieg.

„Folge mir!" rief Axel hastig, und führte ihre
Hände an seine Lippen.

„Mein Gott! Was sagst Du?"

Thora zog erschrocken ihre Hände zurück.

„O, Thora! Ist das Dein Muth? Ist das Deine
Liebe, wenn Du vor meinen bloßen Worten zurückbebst?

Höre und verstehe mich recht: Gleich nach unserer An=
kunft in München bin ich mit aller Sicherheit im
Stande, so zu handeln, wie es mir mein Herz vor=
schreibt, und lasse dann unsern Bund vor Gott und
Menschen besiegeln. — Siehst Du denn nicht ein, daß
dieser Schritt uns unverzüglich zum Ziele unserer
Wünsche führt? Was thust Du damit Böses? —
Vor Gott nichts! Die eine oder die andere tadel=
süchtige Zunge wird Dich während einiger Wochen
verdammen; aber ist denn das Urtheil solcher es
werth, daß wir Monate von Glück opfern? Sie
schweigen jedenfalls, wenn Du meine Gattin wirst."

Den Ellbogen auf den Kissen und den Kopf auf
die Hand gestützt, hörte Thora ihm todesbleich zu.
Ihre Brust bewegte sich unruhig und in dem heftig
klopfenden Herzen entstand ein gewaltiger, aber kurzer
Kampf zwischen ihrer Liebe, ihrem Gewissen und ihrem
Stolze. Thora hätte in diesem Augenblicke sterben
mögen, so schmerzlich kam ihr die Entsagung jenes
reizenden, aber gefährlichen Glückes vor, welches Axel
ihr in so nahe Aussicht stellte. Ohne das geringste
Zögern begriff Thora klar, daß sie darauf verzichten
sollte und mußte. Ihre Thränen flossen reichlich und
sie versuchte vergebens, ein einziges Wort über die zit=
ternden Lippen zu bringen.

"Du schweigst und weinst; wie soll ich Dein
Schweigen deuten? Sollte ich denn die Kraft Deiner
Liebe überschätzt haben?" fiel Axel mit düsterem Blick
und aufgeregter Stimme ein.

"Axel, ich leide von Deinen Worten; denn unter
solchen Bedingungen kann ich nie Deine Gattin werden.

Ich werde Dir nicht folgen, denn ich muß auf den Ausweg verzichten, welchen Du mir jetzt zeigst, und Deine Rückkunft abwarten."

Thora weinte heftig.

„Und warum?" rief Axel leidenschaftlich, indem er ihre beiden Hände ergriff, welche er heftig drückte. „Ach! Liebe ist also nur ein Blüthenduft im Sonnenschein des Glücks; aber sie verschwindet bei der ersten Prüfung!"

„O, spreche nicht diese grausame Sprache in einer so bittern Stunde! Du weißt nicht, wie viel es mich kostet, meine Liebe der Pflicht zu opfern; aber, mein Axel, ich kann vor Gott und Menschen nicht anders handeln. Soll ich denn Alle, die mich von Kindheit an geliebt haben, in Trauer versetzen können?"

„Nein, Du kannst es nicht; denn Deine Liebe ist dafür allzu schwach, weil Du etwas in der Welt höher stellst, als sie. Indem Du die Wahl hast zwischen jenen und mir, wählst Du . . . ."

„Dich!" rief Thora leidenschaftlich und führte seine Hände an ihre Lippen; „denn ich verzichte ja nicht auf Dich, ich warte nur."

„Leb wohl, Thora; Du bist nicht diejenige, die ich mir vorstellte!" antwortete Axel bitter. „Ich reise allein." Dabei machte er seine Hände los und ging auf die Thüre zu.

„O, Axel, Axel! Verlasse mich nicht so!" flehte Thora verzweifelt und streckte die Arme nach ihm aus. Er drehte sich um. Jeder Zug im Gesichte Thora's spiegelte den herzzerreißendsten Schmerz in Verbindung mit der aufrichtigsten Hingebung wieder.

Axel stürzte auf sie zu, fiel auf die Kniee und rief in leidenschaftlicher Verblendung:

„Jetzt bist Du mein, und keine Macht der Erde soll uns trennen!"

Aber gleichsam, um ihn zu verhöhnen, stürzte Lotta mit den Worten herein:

„Fort von hier, Herr Lieutenant, der Doktor kommt!"

Axel eilte hinaus — Heinrich trat ein.

Als der Doktor, nachdem er sich kurze Zeit aufgehalten, ging, traf er Axel auf der Treppe, welcher ihm mittheilte, er sei von seinem Advokaten so lange aufgehalten worden, daß das Dampfboot, als er bei der Schiffsbrücke ankam, bereits abgegangen sei.

Auf Heinrich machte diese Mittheilung einen unangenehmen Eindruck; aber er schwieg und kehrte zu Thora zurück, von wo er Lotta nach seinem Hause schickte, um seine alte Amme Dora zu holen, welche den Auftrag bekam, bei Thora zu bleiben. Durch diese Vorkehrung wurde es Axel unmöglich, eine fernere Zusammenkunft mit ihr zu haben, denn Dora war treu, streng und unbestechlich.

———————

Jetzt vergingen einige Tage sehr unruhig für Thora, nachdem sie gesund geworden. Durch den heftigen Kampf mit ihrer eigenen Schwäche und Axel's immer heftiger werdenden Forderungen, ihn zu begleiten, ging

Thora's Gemüthsstimmung in einen Zustand der Ueber=
reiztheit über, welcher den Sieg immer mehr und mehr
auf Axel's Seite hinüberlenkte. Das schwache Herz
flüsterte: Folge ihm! — aber das Gewissen: Fliehe
ihn!

Einsam, sich selbst überlassen, rief Thora:

„O! daß ich nicht mehr diese drei Monate leben
müßte, während welcher ich ihn nicht sehen soll! Ich
halte nicht länger seine Zweifel an meiner Liebe aus!
O, wie soll ich meinem eigenen Herzen entfliehen?"

Thora vergaß ihre Zuflucht zu Gott zu nehmen.

Eines Tages flüsterte nach einem solchen Ver=
zweiflungsausbruch ihr eine Stimme ihres Innern zu:
„Du sollst Dich der Kunst hingeben, während Du auf
seine Rückkehr wartest."

Thora ergriff diesen Gedanken mit der ganzen
Heftigkeit ihrer Seele und widmete sich jede Stunde,
welche sie Axel nicht sah, der Malerei. Sie machte
Entwürfe und arbeitete ununterbrochen an einem Phan=
tasiestück: Der Abschied eines Kriegers von seiner Ge=
liebten. Wie dasselbe gelang, werden wir später er=
wähnen.

Der Tag, an welchem Nina's Debut auf dem
königlichen Theater stattfand, kam. Alle ihre Ver=
wandten hatten verabredet, das Schauspielhaus zu be=
suchen. Aus dem Opernhause strömte eine Menge
Menschen heraus; die Vorstellung war zu Ende.

Nina hatte ein glänzendes Debut gemacht. Sie
war applaudirt, hervorgerufen und mit stürmischem
Beifall begrüßt worden. Nina fühlte sich glücklich,
aber betäubt von ihrem Triumph.

Heinrich hatte zur Feier des Erfolgs der Schwe=
ster die Verwandten zu einem kleinen Souper einge=
laden. Die kleine Gesellschaft wanderte jetzt nach der
neuen Königsholmsbrückenstraße, wo die beiden Ge=
schwister wohnten.

Auf Axel's Arm gestützt, ging Thora mit ihm
zuletzt.

„Gehe etwas langsamer, damit die Anderen uns
etwas vorauskommen, ich muß mit Dir sprechen," flü=
sterte Axel.

Thora kam seinem Wunsche nach.

„In drei Tagen reise ich ab," sagte Axel kurz
und kalt.

„Mein Gott, was sagst Du?" rief Thora und
blieb stehen. Ihr ganzer Körper zitterte.

„Die Wahrheit, Thora."

„Was soll aus mir werden?"

Thora vermochte kaum zu gehen.

„So wolltest Du es ja haben, daß unser Schicksal
sein solle."

„Wie kannst Du so kalt zu mir sprechen, da Du
doch siehst, daß ich leide?"

„Oh, Du wirst Dich schon trösten."

„Axel," fiel Thora mit Schmerz ein, „wozu diese
grausamen Worte?"

„Spreche nicht zu mir von Grausamkeit, Thora,
da es doch die Deinige ist, die mich zur Verzweiflung
gebracht hat. Deine Gefühle sind Thautropfen gegen
die meinigen, welche siedender Lava gleichen. Du bist
es, welche den Stab über unser Glück bricht, und das=
selbe auf eine unbestimmte Zukunft verschiebst; denn

wissen wir denn, ob der Frühling uns beide am Leben
sehen wird? Du bist es, welche bei der Wahl zwischen
mir und dem Vorurtheil dem letzteren den Vorzug ein-
räumst. Du bist es endlich, welche mich zu den Qualen der Entbehrung und der Eifersucht verurtheilst und
meine glühenden Wünsche dadurch erwiederst, daß Du
die Erfüllung derselben bis auf meine Rückkehr verschiebst."

Axel hielt einen Augenblick inne und fuhr dann
fort:

„Aber warum davon sprechen? — Du bist
Weib, und Deine Gefühle sind beengt durch allerlei
kleinliche Empfindeleien. Ich habe Unrecht gehabt, als
ich glaubte, daß Du besser und hingebender als die
Anderen seiest."

„Halt Axel, weißt Du denn, wozu ich fähig bin?"

„Oh ja, in Worten bist Du stark, aber im Handeln schwach; sonst würdest Du Alles vergessen und
— mit mir gehen! Glaubst Du auf der anderen
Seite, daß es Etwas auf der Erde giebt, das mich
bewegen könnte Dir zu entsagen?" fragte Axel und
blickte Thora mit seinen viel zu gefährlichen Augen an.

„Aber weißt Du denn so bestimmt, daß ich nicht
auf dieselbe Weise denke und fühle?" flüsterte Thora,
sich kaum dessen bewußt, was sie sagte.

„Du gehst also mit mir! nicht wahr?" Axels
Stimme war voll Leidenschaft.

„Nein, nein! ich kann nicht," antwortete Thora,
bei dem Gedanken an das Ungerechte eines solchen
Schrittes zusammenschaudernd und dadurch wieder aus
ihrem Rausche aufgeweckt.

Axels Gesicht veränderte sich. Sein Blick wurde kalt und starr, wie die Schneide eines Schwertes; seine Lippen zitterten und mit einer Stimme so unbeweglich wie der Tod fuhr er fort, indem er Thoras Arm losließ:

„Lebe wohl, Thora, wir haben nichts mehr einander zu sagen! Ich komme nicht mehr auf dieses Thema zurück. — Deine pflichtgemäße Liebe genügt nicht meinem siedenden Herzen. Ich reise ab, aber ich kehre niemals wieder zurück."

In demselben Augenblick that er einige Schritte vorwärts, um die Anderen einzuholen; aber mit einem Sprung stand Thora wieder an seiner Seite. Sie war unnatürlich bleich und ihre Brust bewegte sich keuchend. Mit krampfhafter Heftigkeit ergriff sie seinen Arm und stammelte fast lautlos:

„Ich gehe mit Dir!"

„Du spielst mit mir; morgen wirst Du Deine Worte zurücknehmen."

„Nein, niemals!"

„Schwöre mir das!"

„Bei unserer Liebe!"

Sie standen jetzt am Thore vor Nina's Wohnung.

Man war von Nina nach Hause zurückgekehrt und Frau Alm schlief bereits ruhig auf ihrem Ohre aber in Thora's Zimmer brannte noch Licht.

Vor dem Bilde ihres Vaters kniete Thora unter Thränen und Gebet zum Vater der Verirrten; aber ohne weder Ruhe noch Trost finden zu können.

Leise wurde die Thüre von Cordulas Zimmer, welche sich auf der andern Seite von Thora's befand, aufgemacht, und die Erstere trat ein.

Sie blieb auf der Thürschwelle stehen und sah das betende Mädchen mit finsterem Blicke an.

„Thora!" rief sie endlich. Thora fuhr erschrocken auf und wandte ihr leidendes, verweintes Gesicht gegen Cordula.

„Ich wollte Dich um einen Dienst bitten, aber da Du traurig bist, so thue ich vielleicht am besten, wenn ich damit schweige," sagte Cordula und trat näher. Thora trocknete ihre Thränen, und fragte freundlich:

„Und um was wolltest Du mich bitten?"

„Komme erst und setze Dich," antwortete Cordula, und sie nahmen Platz auf einem kleinen Sopha.

„Würdest Du wohl, wenn es in Deiner Macht stände, mich für's ganze Leben heiter und glücklich machen wollen?" begann Cordula.

„Wie kannst Du daran zweifeln? Ach, von meinem ganzen Herzen will ich das; spreche, sage mir's!"

„Aber Du darfst keine Fragen an mich richten, sondern nur auf meine Forderung antworten."

„Das verspreche ich."

„Ich weiß zu gut, daß Du die einzige bist, welche meinen Wunsch wird erfüllen wollen; denn wer fragt sonst nach mir? Ich brauche 200 Reichsthaler Banko, und die mußt Du mir verschaffen.

„Aber, mein Gott! wie und auf welche Weise?" rief Thora bestürzt.

„Du schlägst es also ab."

Cordula senkte ihren Kopf.

„Nein, Cordula, ich schlage es Dir gewiß nicht ab, aber ich weiß nur nicht, wie ich es machen soll. — Von Onkel oder Tante eine solche Summe zu verlangen, wäre umsonst; weil sie dann würden wissen wollen, wozu ich dieselbe anwenden wolle."

Beide schwiegen eine Weile.

„Und doch beruht die Ruhe und der Frieden meiner ganzen Zukunft darauf, daß ich dieselbe erhalte," fuhr Cordula fort.

„Stille, Cordula, jetzt weiß ich, wie ich die Summe bekommen kann," rief Thora und liebkoste sie.

„Auf welche Weise denn?"

„Meine Garniture, welche ich von Onkel zu Weihnachten bekam, ist doppelt so viel werth; nehme sie und verkaufe sie. — Keine Einwendung! wenn Dein Glück davon abhängig ist, dann entbehre ich sie sehr gerne. — Aber vielleicht handelst Du am klügsten, wenn Du Dich Onkel vertrautest; denn er ist so gut."

„Gegen Dich? — Ja...

„Nein, gegen Alle."

„Nicht gegen mich. Aber schon reut es Dich, sehe ich. Mit Papa kann ich nicht sprechen, und will Dich auch nicht Deines Schmuckes berauben. Wahrlich, ich bin doch wahrlich recht unglücklich!"

Cordula verbarg ihr Gesicht in ihren Händen.

Thora eilte hin zu ihrem Secretair, und nahm dar=
aus ein Etuis von Maroquin, welches sie Cordula über=
reichte.

„Halte mich nicht für so kindisch, daß ich solche
Lapalien vermissen sollte, wenn es sich um eine gute
That handelt. Nehme es, Cordula, sonst machst Du
mich unglücklich."

Noch eine Weile stritten sich die beiden Mädchen,
und wir werden später sehen, welche von beiden siegte.

Am Tage darauf strömte der Regen die Straßen
hinab und der Sturm heulte um die Häuserecken. Es
war einer jener naßkalten Abende, an welchen Stock=
holm blos Schmutz und Schlamm aufzuweisen hat.

Die Wohnung der Majorin Alm kam Einem
auch gerade jetzt doppelt heimlich vor, denn man fühlte
sich sehr wohl darin. Im Salonkamin brannte ein
munteres Feuer, und in dem weichen Sopha saßen,
die Majorin, Frau Grill und einige ältere Damen.
Kapitän Ahlrot politisirte vor dem Kaminfeuer mit
einem alten Herrn. Rings um einen kleineren Tisch,
welcher etwas weiter weg stand, hatten Thora, Nina
und Axel Platz genommen. Heinrich saß neben seiner
Schwester in einem Lehnstuhl und betrachtete Thora
mit einem gedankenvollen, aber doch warmen Blick.

„Nun, Nina, findest Du nicht die Huldigung,

welche Dir gestern vom Publikum dargebracht wurde,
berauschend?" fragte Thora.

„Nicht berauschend, aber freudebereitend. Die=
selbe machte im ersten Augenblick einen größern Ein=
druck auf mich, als meine Vernunft billigen konnte.
Du kennst, liebe Thora, meinen Naturfehler, daß ich
von Allem mich hinreißen lasse, was ich nicht früher
gekannt," antwortete Nina lächelnd.

„Vielleicht reut es Dich schon, daß Du Sängerin
geworden bist?" rief Thora.

„Im Gegentheil, ich bin jetzt damit zufriedener
als vor meinem Debüt."

„Ach! Ich fühle es lebhaft, daß falls mein Herz
von irgend einem Kummer getroffen werden sollte, ich
einen Trost in der Bewunderung suchen würde, welche
mein Talent möglicherweise erregen könnte."

Thora sprach mit Wärme.

„Du, Thora, gehörst nicht zu denjenigen, welche
ihr Glück im Lob der Welt finden könnten; für Dich
würde es nur ein augenblicklicher Rausch sein, der
eine entsetzliche Leere hinterließe, welches mit jedem
Gefühle der Fall ist, das sich zur Leidenschaft steigert,"
fiel Heinrich ein.

„Und warum?"

„Du bist noch viel zu jung, als daß ich Dir das
sollte klar machen können; aber reife erst heran zum
Weibe und Du wirst mich verstehen."

„Ich meinerseits glaube, daß alle Gefühle, welche
eine poetische Seite haben, ein so lebhaftes Gemüth
wie Thora's entzücken würden," bemerkte Axel.

„Herr Lieutenant, die Ehre — ist nur ein leerer

Schatten, dem nur Thoren nachjagen, und noch hat
Niemand während der Jagd nach derselben sein Glück
gefunden," antwortete Heinrich.

"Sie ist nicht ein leerer Schatten; sondern eine
der mächtigsten Leidenschaften der Seele. Was wäre
die Welt ohne diese Triebfeder! — Die Menschen
würden in einen gleichgültigen Winterschlaf verfallen,
ohne daß irgend Jemand einen Trieb zu Thaten ver-
spürte. Ich fühle lebhaft, was der Ehrgeiz heißen
will; die Stimme desselben mahnt auch mich zur Thä-
tigkeit und fordert mich auf nicht eher zu ruhen, bis
ich den Anforderungen desselben Genüge gethan. Mit
einem starken und festen Willen wie der meinige wird
es mir auch gelingen, mir einen Namen zu verschaffen," sagte Axel mit großer Lebhaftigkeit.

"Wenn man nur nicht findet, daß der Ehrgeiz
des Lieutenants künftig dem Rathe des Hermokates
an dem Macedonier Pausanias entspreche: tödte
denjenigen, welcher die größten Thaten
verrichtet hat; denn wenn der Ermordete
in der Erinnerung der Nachwelt lebt, so
wird man sich auch seiner Mörder erinnern. Wie bekannt wurde auch Pausanius unsterb-
lich durch den Mord des Philipp von Macedonien.
Es gibt also viele verschiedene Arten, sich einen Namen zu machen."

Heinrich sprach mit Jronie. — "Der einzige
Ehrgeiz, welcher in der Brust des Mannes wohnen
darf, ist seiner Mitwelt durch etwas Nützliches und
Gutes Gewinn gebracht zu haben; unbekümmert dar-

um, ob er dabei Tadel oder Lob erntet und nur den
Forderungen der Gerechtigkeit gehorchend."

Hier wurde das Gespräch durch Lotta unterbrochen, welche meldete, daß ein Herr den Capitän suche.
Dieser ging hinaus in den Saal. — Man hörte ihn
dort sagen:

„Gehorsamer Diener, Herr Graf! Seien Sie
bestens willkommen bei Ihrer Rückkehr nach Schweden.
Ist dem Herrn Grafen nicht gefällig, hereinzutreten?
Es wird eine höchst angenehme Ueberraschung werden.

„Der Graf!" rief Thora mit freudestrahlenden
Augen und sprang auf.

„Thora, Thora!" warnte die Majorin.

In demselben Augenblick trat ein Herr mit ari-
stokratischer Haltung, hoch empor gehobenem Haupte,
ein Paar großen, blauen, durchdringenden Augen,
braunem Haare und einer gewölbten, von Intelligenz
zeugender Stirne, herein. Sein Alter war zwischen
40 und 50 Jahren.

Thora blickte ihn mit wie Rosen glühenden Wangen voll Bewunderung an.

„Graf Falkenhjelm re.," so stellte ihn der
Capitän Ahlrot vor.

Der Graf plauderte mit der Majorin, während
er unablässig seine Augen auf Thora gerichtet hatte.
Nach einer Weile näherte er sich ihr.

„Was doch Thora gewachsen und hübsch geworden ist," bemerkte der Graf und blickte sie mit väter-
licher Zärtlichkeit an.

„Ach! Wie glücklich es sich trifft, daß der Graf

jetzt zurückgekommen ist!" sagte Thora mit einer vor Bewegung zitternden Stimme.

„Hat Thora während dieser Zeit an mich gedacht?" fragte der Graf.

„Jeden Tag!" versicherte Thora entzückt, obgleich nicht ganz der Wahrheit gemäß.

Der Graf wandte sich mit einigen verbindlichen Worten an Nina und endlich auch an Axel, indem er fragte:

„Wenn ich recht hörte, so war der Name des Herrn Lieutenant Behrend?"

„Ja, mein Name ist Behrend."

„Aus welchem Lande?"

„Aus Bayern."

„Vielleicht ein Sohn des General Behrend?" Der Graf fixirte Axel scharf.

Eine dunkle Röthe verbreitete sich über Axel's Gesicht, als er antwortete:

„Nur ein Verwandter."

„Ich kann Grüße bringen von den Verwandten des Herrn Lieutenant in München; ich war bei dem Grafen Scheck mit Allen in Gesellschaft; ebenfalls vom General, den ich bereits hier in Stockholm getroffen habe." Der Graf sprach diese Worte mit starker Betonung aus, und betrachtete Axel's von Gemüthsbewegung aufgeregtes Gesicht. Darauf stand er auf und ging hin, um sich mit dem Kapitän zu unterhalten.

Als Axel sich unbemerkt glaubte, beugte er sich zu Thora herab und flüsterte:

„Du bist ziemlich intim mit dem Menschen, da er

es wagt, Dich auf eine solche familiäre Weise anzureden.
— Welches Recht hat er dazu? Ich weiß nicht, wen ich
verächtlicher finden soll, Dich oder Ihn. Ihn, welcher
vor einer ganzen Gesellschaft sich einer solchen Sprache
gegen Dich bediente, — oder Dich, welche lachend ant=
wortete."

Axel erhob sich, um zu gehen; aber Thora ergriff
angstvoll seine Hand und blickte ihm in sein bleiches ent=
stelltes Gesicht. Sie war so aufgeregt, daß die Worte
auf ihren geöffneten Lippen erstarben.

Nina, ein stummer aber aufmerksamer Zeuge,
sprach leise und ernst zu Axel: „Vergessen Sie sich
nicht, Axel; besinnen Sie sich, wo Sie sind, und
geben Sie keinen Anlaß zu einem Auftritt vor den
Augen des Vaters der Thora, des Grafen Fal=
kenhjelm."

„Was sagen Sie, er — Thora's Vater?" ant=
wortete Axel erstaunt und setzte sich.

„Ja, Thora's Vater! Im Fall, daß sie Ihnen
nichts davon gesagt hat, so thue ich es jetzt, und ich
hoffe, daß er, welcher sie liebt, auch über das künf=
tige Glück Thora's wachen wird."

„Stille, Nina, ich bitte; Sie sehen ja, daß ich
leide," unterbrach sie Axel und beugte sich nachher zu
Thora herab und flüsterte in flehendem Tone:

„Verzeihe mir, mein Engel; wer weiß es besser
als ich, wie rein und unschuldig Du bist! O sprech'
es aus, daß Du mir verzeihst!"

Thora lächelte ihm durch ihre Thränen entgegen,
und antwortete: „Das ist schon vergessen."

Nina saß bestürzt da; sie war auf einmal in

das Verhältniß zwischen Thora und Axel eingeweiht
worden. Thora's Liebe hatte ungehemmt eine solche
Höhe erreicht, daß Axel mit einem Blick, mit einem
freundlichen Wort, sie eine Beleidigung vergessen machen
konnte. Nina dachte mit beklommenem Herzen daran,
wie unverantwortlich leichtsinnig die Majorin gehan=
delt. Der Graf hatte auch das, was sich zwischen
Thora und Axel zugetragen, bemerkt und aufgefaßt.
Kurz darauf verabschiedete er sich.

Als Kapitän Ahlrot ihn hinausbegleitete, be=
merkte er gegen ihn: „Ich wünsche Thora morgen
um zwölf Uhr zu Hause zu sehen."

Bevor wir in unserer Schilderung und den Er=
eignissen des Abends weiter gehen, wollen wir sehen,
was während dieser Zeit Cordula und Knut vor=
hatten. Sie saßen an einem der Fenster des etwas
dunklen Saales.

„Cordula, Du verschmähst also sowohl mein
Herz als meine Hand," sprach Knut.

„Ich muß es, weil mein Gefühl für Dich nie=
mals etwas anders werden kann, als das einer Schwe=
ster. Ueber meinem Dasein ruht ein düsterer Schatten,
welcher es mir unmöglich macht, Frieden oder Glück
in der Ehe suchen oder finden zu können. Mein
Lebensziel ist nicht das der Freude."

„Aber, Cordula, das ist doch kein stichhaltiger

Grund für Dich, einen treuen Freund und ein unab=
hängiges Leben von Dir zu weisen. Als ich um
mein väterliches Erbe Bjursdal kaufte, und aus
Neigung mich der Landwirthschaft widmete, da stand
in der Perspektive der Zukunft immer Dein Bild vor
mir. Hast Du das Herz, aus bloßer Laune diesen
meinen einzigen Traum zu vernichten?"

„Solltest Du lieber wollen, daß ich mit einem
kalten und bittern Gefühl im Herzen Deine Frau
würde und Dich dann durch's ganze Leben an meiner
Seite frösteln ließe? Nein, lieber Knut, mein Gemüth
ist nicht sehr weiblicher Natur, und ich würde mich
niemals unter das Joch der Ehe beugen können, ohne
daß sie damit endete, Dich und meine Pflichten zu
hassen. Mein Selbstgefühl sträubt sich gegen den
Zwang, welchem ich mich unterwerfe, indem ich ab=
hängig werde; ich empfinde Groll statt Dankbarkeit,
wenn ich Almosen empfange, welche mir aus Mitleid,
aber nicht als ein mir von Rechtswegen gehöriges
Eigenthum hingeworfen werden. Ich hasse alle Bande,
verabscheue Alle, welche mir solche auferlegen, und
werde sie einst alle mit Füßen treten."

Cordula sprach in verächtlichem Tone, und Knut
hörte ihr mit Bestürzung zu.

In demselben Augenblick trat der Graf aus dem
Salon. Cordula flüsterte Knut zu:

„Wäre ich die gefeierte und schöne Tochter des
reichen Grafen Falkenhjelm, dann, dann....."

Hier schwieg sie und entfernte sich.

Cordula war von Knut eine ruhige, unabhän=
gige und geachtete Stellung im Leben angeboten wor=

ben, aber sie entsagte derselben, um sich der Gewalt einer düsteren Leidenschaft, welche sie beherrschte, hinzugeben. Wer kann wohl leugnen, daß der Mensch in einem solchen Falle den Faden seines eigenen Schicksals spinnt?

Nach dem Souper ging Axel zu Nina und sagte mit gedämpfter Stimme:

„Ich habe eine Bitte an Nina.“

„Welche denn?“ fragte sie kalt.

„Antworten Sie mir aufrichtig; beabsichtigt Nina es zu verrathen, auf welchem Fuße Thora und ich miteinander stehen.“

„Verrathen! — Nur derjenige braucht sich davor zu fürchten, welcher sich bewußt ist, etwas Böses gethan zu haben.“

Nina wandte sich von ihm weg.

„Bleiben Sie, ich bitte! Das war keine ehrliche Antwort.“

„Ich will denn eine geben, die deutlich sein wird; morgen weiß Thora's Vater Alles, was ich in Beziehung auf Sie und sie weiß.“

„Ich bitte um Erlaubniß, ein paar Worte sagen zu dürfen. Sie müssen um Thora's Willen mich anhören. Kommen Sie an dieses Fenster, ich werde nicht weitläufig werden.“

„Mag es sein, um Thora's willen.“

Nina näherte sich dem angedeuteten Fenster. Die

Uebrigen gingen, von Thora begleitet, in das Arbeitszimmer derselben, um einige Zeichnungen einzusehen.

„Unterlassen Sie es, Graf Falkenhjelm etwas
zu sagen, das ihn veranlassen könnte, von mir eine
Erklärung in Beziehung auf meine Absichten auf
Thora zu verlangen; denn ich kann jetzt eine solche
nicht geben, sondern es würde nur zu einem unangenehmen Auftritt führen. Wollen Sie dadurch mich
von Thora trennen, so sagen Sie mir doch, wozu
das nützt, da ich binnen achtundvierzig Stunden
auf dem Wege nach München bin? Mir ihr Herz
zu entreißen, steht weder in Ihrer noch in des Grafen
Macht. Mich zwingen zu wollen, daß ich aufhöre,
sie zu lieben, ist ebenso vergeblich, denn ich habe geschworen, daß sie früher oder später mir gehören
muß. Noch hat keine menschliche Macht es vermocht,
zwischen mich und das Ziel meines Willens zu treten;
der erste Versuch, es zu thun, würde unheilbringend
werden. Betrachten Sie mich genau und sagen Sie
mir, ob Sie glauben, daß meine Worte leere Drohungen sind.“

Nina blickte zu ihm auf; sein Gesicht hatte einen
harten und unbeweglichen Ausdruck; Sie schauderte
zusammen.

„Warum können Sie sich denn nicht mit Thora
verheirathen?“

Axel beugte sich über sie herab und flüsterte ihr
einige Worte in's Ohr. Sie machte dabei einen
Schritt zurück, und rief mit vor Abscheu flammenden
Augen:

„Sie sind ein Elender!“

Damit wandte sie sich von ihm ab, um fort=
zugehen.

„Nina, Sie müssen schweigen, bis ich selbst mit
Thora's Vater gesprochen, wenn ihr Leben Ihnen
lieb ist," bemerkte Axel und ergriff ihre Hand, welche
er krampfhaft drückte.

„Sie sind einem Kampfe mit mir nicht ge=
wachsen," fügte er mit einem entsetzlichen Ausdruck
hinzu. „Nehmen Sie sich in Acht, meine wilden und
düstern Leidenschaften zu erregen; denn in demselben
Augenblick, in welchem Sie mir Thora's Liebe rau=
ben, tödte ich sie. Ich verlange nur, daß Sie vier=
undzwanzig Stunden schweigen. Nun, Ihre Ant=
wort?"

Axel war bleich und kalt wie Marmor; Nina
fuhr mit der Hand nach der Stirne; sie athmete haftig
und unruhig. Es war ein entsetzlich peinlicher Augen=
blick für die gute und rechtlich denkende Nina; endlich
sprach sie:

„Ich verspreche denn zu schweigen, aber nur
unter einer Bedingung."

„Und die ist?"

„Daß Sie mir dagegen schwören, nichts gegen
Thora zu unternehmen, oder sie zu einer Handlung
zu überreden, welche für sie und ihre Angehörigen
Unheil bringen könnte. Schwören Sie mir bei Ehre
und Gewissen, daß Sie abreisen werden, ohne sich
noch mehr gegen dieses Haus zu Schulden kommen
zu lassen."

„Ich schwöre es bei Ehre und Gewissen!" Nina
entfernte sich, ohne ein Wort mehr zu sagen.

Axel blieb stehen und lehnte seine kalte Stirne gegen die Fensterscheibe. Seinem Gedächtniß schwebten Lysanders Worte vor: Kinder spielen mit Würfeln; Männer mit Eiden.

Die Nacht war bereits vorgerückt, und noch saß Axel in seinem Zimmer in Gedanken von wenig angenehmer Natur versunken. Nur ein einziger Tag trennte ihn von dem Tage, an welchem er glaubte, daß er Thora entführen könnte, und doch wie viele Hindernisse erhoben sich jetzt nicht gegen die Ausführung seines Planes. Thora's Vater! Beim Gedanken an ihn knirschte Axel mit den Zähnen vor Zorn. Der Graf trat vor seine Einbildung wie ein böser Geist, welcher sich drohend zwischen ihn und Thora stellte. Aber Axel gehörte nicht zu denjenigen, welche sich aufhalten lassen, wenn sie auf einen Widerstand stoßen, oder darum dem Erfolge ihrer Unternehmung mißtrauen. Er verließ sich blind auf seine eigene Fähigkeit, die Ereignisse zu beherrschen, und wog durchaus nicht die Mittel, wenn sie ihn nur zum gewünschten Ziele führten. Er war schon mit seiner Handlungsweise im Klaren, wie er der drohenden Gefahr entgehen könnte. Er wollte selbst zum Grafen gehen, und ihm zeigen, daß Thora's Ruhe es verlange, daß er über das, was er wisse, so lange schweige, bis

Axel fort sei. Mit diesem Vorsatz erhob er sich, um
zur Ruhe zu gehen, und murmelte dabei vor sich hin:

„Ich besuche also den Grafen morgen ganz
früh, bevor er noch mit Thora zusammengetroffen,
und beuge dadurch einer Erklärung zwischen ihnen
vor; denn, daß er wußte, was er nicht wissen durfte,
das las ich in seinem Blick."

Darauf nahm er das Licht; erhielt aber in dem=
selben Augenblick einen leichten Schlag auf die Schul=
ter. Ueberrascht wandte er sich um und befand sich
Angesicht zu Angesicht mit — C o r d u l a.

„Sie wollen Thora mit sich wegführen; aber
ohne mich soll es nicht gelingen," begann Cor=
dula kalt.

Ueber Axel's Lippen glitt ein eigenes Lächeln,
als er antwortete:

„Sie irren sich, Cordula."

„Glauben Sie das nicht, ich sehe schärfer und
weiter als die Andern. Ich habe gewacht und spio=
nirt, und Sie durchschaut."

Cordula's Ton war bestimmt.

„So—o! Aber bedenken Sie, wenn ich Ihnen
denselben Dienst leistete, wenn ich Ihnen den Grund
Ihrer Scharfsicht erklärte?"

Der Ton Axel's war spottend.

„Nun, lassen Sie einmal hören, ich ford're Sie
heraus!"

„Eifersucht!"

Dieses einzige Wort, welches in einem Tone
voll Ironie ausgesprochen wurde, machte die Wangen

Cordula's vor Verdruß erröthen; sie maß Axel mit einem Blick voll Zorn.

„Sie sind ein Narr, Herr Lieutenant! Aber lassen wir das, denn Ihre Gedanken sind mir in dieser Beziehung gleichgültig. Antworten Sie nur: Wollen Sie, daß es Ihnen gelinge, Thora zu entführen, oder wollen Sie, daß es Ihnen mißlinge?"

„Lassen Sie uns des Spaßes halber annehmen, daß ich eine solche thörichte Absicht hätte, dann verstände es sich von selbst, daß ich wünschte, daß es mir gelinge; aber was könnten Sie dabei machen?"

„Alles!"

„Oh, charmant! Aber auf welche Weise?"

„Lassen Sie ab von diesem spottenden Ton, ich finde keinen Spaß daran, und hören Sie statt dessen, wie ich Ihren Plan vernichten kann. Morgen ganz früh gehe ich zu Graf Falkenhjelm und sage: Nehmen Sie Ihre Tochter in Acht, man beabsichtigt, sie dazu zu verlocken, von Hause zu entfliehen und mit Lieutenant Behrend abzureisen. Nun, was glauben Sie wohl, was der Graf dann thut?"

„Das weiß ich nicht, aber die Denunciation wäre falsch."

Axel war ernst geworden.

„Hat nichts zu bedeuten. Der Graf wird doch daran glauben, weil er Ihnen mißtraut, und wird mit seiner Tochter aus der Stadt fortreisen, bis Sie wohl fort sind. Nun sagen Sie, wollen Sie mich zu Ihrem Verbündeten haben?"

„Ob ich es will? Unter welchen Bedingungen?"

„Unter der Bedingung, daß ich Thora nach
München begleiten darf, nachher verlasse ich Sie."

„Warum wollen Sie nach München?"

„Das gehört durchaus nicht hieher; genug, ich
will und muß dorthin. Gehen Sie auf meinen
Vorschlag ein, dann verpflichte ich mich, ohne Auf=
sehen zu erregen, Thora am Donnerstag um zwölf
Uhr an Bord zu führen und darüber zu wachen,
daß sie nicht in ihrem Entschluß wankend wird. Nun
gut, Ihre Antwort?"

Axel stützte sich an den Tisch und betrachtete
Cordula scharf; er hätte ein Jahr seines Lebens dar=
um geben wollen, um in ihrer Seele lesen, um die
Beweggründe dieser wenig ehrenhaften Handlungs=
weise erklären zu können. Aber vergebens; ihr Inne=
res war und blieb für Alle ein verschlossenes Buch.

„Wenn ich darauf eingehen würde, wer garan=
tirt mir dafür, daß Sie mir nicht eine Schlinge
legen?"

„Mein eigener Wunsch, hinauszukommen."

„Dessen Motive ich nicht kenne."

„Nun, thun Sie, wie Sie wollen. Gehen Sie
darauf ein, dann helf' ich Ihnen; weigern Sie sich
aber, dann können Sie auch darauf rechnen, daß ich
Sie verrathe."

„Ich nehme Ihren Plan an, an welchen ich
indessen früher nie gedacht," antwortete Axel nach
einigem Bedenken; aber unter der Bedingung, daß
ich meinem Bedienten läuten darf, damit er Ihnen
begegnet, wenn Sie von hier fortgehen."

„Was ist Ihre Absicht damit?"

„Wenn Sie mich täuschen, dann räche ich mich dadurch, daß ich sage, daß die Eifersucht Ihnen die Anklage diktirt hatte, weil Sie meine Geliebte gewesen. Mein Bedienter kann die Wahrheit meiner Worte bezeugen, da er Sie bei Nachtzeit bei mir gesehen hat," antwortete Axel lächelnd. „Ich liebe es nicht, mich mir nichts dir nichts in die Gewalt von irgend Jemanden zu begeben; man muß immer einen Ausweg haben, um die Verrätherei zu bestrafen, oder wenigstens zu verhindern."

Eine Secunde flammte die Röthe des Zorns auf den Wangen Cordula's. Darauf ergriff sie selbst den Glockenzug und läutete. Nachdem dieß geschehen, näherte sie sich der Thüre und sagte:

„Leben Sie wohl; wir verstehen uns vollkommen. Schaffen Sie Plätze und Pässe sowohl für mich wie für Thora."

Sie öffnete die Thüre und begegnete in derselben dem Bedienten von Axel, welcher mit einem zweideutigen Lächeln auf die Seite trat, und sie vorbeipassiren ließ.

„Kein Wort von derjenigen, welcher Du begegnetest, Gotthard, sofern Dein Dienst Dir lieb ist!

*

Am folgenden Tage um zwölf Uhr trat der Graf Falkenhjelm in Thora's Arbeitszimmer. Ein Zufall hatte den Grafen veranlaßt, schon so früh sein Haus zu verlassen, so daß er, als Axel ihn um zehn Uhr Morgens besuchen wollte, bereits ausgegangen war.

Bei der Ankunft des Grafen stand Thora vor dem fast vollendeten Bilde „Der Abschied," einem kleinen Oelgemälde. Man konnte kaum etwas Vollendeteres sehen, als dieses Bild. Der Ausdruck des Gesichtes war so sprechend und lebhaft, daß derselbe Alles wiedergab, was das Herz an Wärme besitzt.

Ein Ausruf der Bewunderung entschlüpfte dem Grafen, als er an Thora's Seite vor der Staffelei stand.

„Mein Kind, Du kannst stolz auf diese Arbeit sein. Wenige von Deinem Geschlecht haben etwas so Vollkommenes hervorgebracht, und wahrscheinlich in so jungen Jahren Niemand," bemerkte der Graf. „Dieses hier ist indessen nur ein Porträt," fügte er hinzu, indem er auf den Krieger deutete, welcher eine gar zu treue Copie von Axel war. Thora erröthete und schwieg.

Der Graf sprach eine Weile von den künstlerischen Anlagen seiner Tochter und von der ruhmvollen Zukunft, welche sich dadurch für sie eröffnete. Er erkundigte sich nach dem Unterrichte, welchen sie in seiner Abwesenheit genossen, sowie nach der Entwicklung, welche sonst ihre intellektuelle Bildung erhalten.

„Du bist talentvoll und schön geworden; aber bist Du auch verständig? Sage mir Eines: Du scheinst Dich in jenen hübschen Deutschen verliebt zu haben?"

„Ja, ich liebe ihn, mein Vater," antwortete Thora erröthend.

„Und er?"

Bei diesen Worten runzelte der Graf die Stirne.

„Blicke mich nicht so an," flehte Thora und ergriff des Vaters Hand. „Auch er liebt mich aus seiner ganzen Seele. Wenn er den Frühling wieder hierher zurückkehrt, beabsichtigt er bei Dir um Thora's Hand anzuhalten."

„Und während der Zeit hat er Dir das Versprechen abgelockt, ihm zu gehören, nicht wahr?" rief der Graf hitzig.

„Werden Sie nicht böse, ich habe ihm in der That Liebe und Treue versprochen. Ach! mein Vater, werfen Sie einen Blick auf dieses Bild und sagen Sie, ob Sie nicht finden, daß man grenzenlos lieben muß, um lediglich aus dem Gedächtnisse jeden Zug so treu wiedergeben zu können, daß das Bild dessen, welchen man mit so vieler Sicherheit auf die Leinwand überträgt, alle unsere Gefühle, Gedanken und Wünsche beherrschen muß?" ....

„Aber weißt Du denn nicht, daß er verheirathet ist?"

„Verheirathet!" schrie Thora und stürzte auf den Grafen zu, indem sie verzweifelt und schaudernd seinen Arm ergriff. — „O nein, nein, es ist nicht so, es kann unmöglich so sein!"

Thora's Aussehen wurde entsetzlich, die Augen hatten einen irrsinnigen Ausdruck und ihr Körper bebte.

Mit Schrecken sah der Graf die Wirkung seiner Worte, und er fürchtete, daß der Schlag, wenn er sie so unvorbereitet träfe, ihr den Verstand rauben würde. Er beeilte sich deßhalb hinzuzufügen:

„Komme wieder zu Dir selbst, Thora, ich weiß

nichts Bestimmtes, vielleicht verwechsle ich ihn mit irgend einem seiner Verwandten. Sei indessen ruhig,
ich werde mir darüber nähere Aufklärung verschaffen,
und morgen selbst mit ihm sprechen."

„Ach ja, es ist gewiß ein Irrthum!" antwortete
Thora, und führte die Hand an die Stirne, um ihre
Gedanken zu sammeln. Sie hatte ein Gefühl, als
wenn ein glühendes Eisen durch ihr Hirn gefahren
wäre.

„Er hat sowohl mir wie meiner Tante selbst
gesagt, daß er einen verheiratheten Bruder hat," fügte
Thora nach einer Weile hinzu.

„Der Schurke hat keinen Bruder," dachte der
Graf, sagte aber nichts, sondern suchte nur Thora zu
beruhigen und sie zu bewegen, über Alles, was Axel
betraf, Auskunft zu geben. Beim Abschiede fragte er:

„Was gedenkst Du heute zu thun?"

„Ich bin bei meiner Cousine Nina Adler eingeladen."

„Dann wünsche ich, daß Du die Nacht bei ihr
bleibst. Ich werde Dich selbst morgen abholen, wenn
ich mit dem Deutschen gesprochen habe. Jetzt habe
ich nur einige Worte Deiner Tante zu sagen."

Der Graf küßte mit einem wehmüthigen Seufzer
die Stirne der Tochter.

Was zwischen dem Grafen und der Majorin
verhandelt wurde, wissen wir nicht; als sie aber Alle
bei dem Mittagstische versammelt waren, lag etwas
Kaltes und Fremdes in ihrem Benehmen gegen Axel.
Dabei beschäftigte sie Thora auf eine so geschickte
Weise, daß diese unmöglich Gelegenheit bekommen

konnte, ein einziges Wort mit ihm zu wechseln. Der
Mittagstisch war langweilig und einförmig. Nach
dem Schluß desselben eilte Axel auf seine Zimmer.
Thora's verweinte Augen und das abgemessene Be=
nehmen der Majorin sagten ihm, daß irgend etwas
vorgefallen sei.

Kurz darauf flüsterte Cordula Thora zu:

„Axel bittet mich, Dir zu sagen, daß er Dich
nothwendig sprechen muß."

„Antworte ihm, daß er mich um 5 Uhr an den
rothen Krämerläden treffen kann," sagte Thora und
ging jetzt hinauf, um sich anzuziehen.

Eine Stunde später waren sie und Cordula be=
reit sich zu Nina zu begeben.

„Ich habe Deinem Vater versprochen, daß Du
bei Nina bleiben würdest, bis er Dich abholt," be=
merkte die Majorin. „Adieu, mein geliebtes Kind,
amüsire Dich jetzt und sei heiter. — Um 10 Uhr
schicke ich Lotta nach Cordula. — Jetzt könnt ihr
fahren;" — und damit küßte Frau Alm die seufzende
Thora.

Der Wagen hielt am Thor von Nina's Haus
an und die beiden Mädchen hüpften hinaus.

„Geh Du hinauf, Cordula, ich komme gleich nach,"
bat Thora, als der Wagen fort war.

„Sei ruhig, ich finde schon irgend einen Vor=
wand für Dein Ausbleiben," antwortete diese und
sprang die Treppe hinauf.

Mit leichten Schritten und klopfendem Herzen
eilte Thora hinunter zu den rothen Läden, wo Axel,
in einen Mantel gehüllt, sie bereits erwartete.

„Mein Gott! was hat sich zugetragen? — ich habe Deine verweinten Augen gesehen. — Du, meine geliebte Thora, weinen — und weßhalb?" rief er ihr entgegen.

Thora nahm seinen Arm und beide schlugen die Richtung nach der Königsholmsbrücke ein. — Thora theilte ihm jetzt ihr Geständniß an den Vater, sowie dessen Entschluß am folgenden Tage Axel sprechen zu wollen mit. Schließlich fügte sie wehmüthig lächelnd hinzu:

„Was meinst Du, — er behauptete, daß Du verheirathet seiest."

Axel schwieg, aber Thora fühlte, daß sein Arm zitterte.

Eine Todeskälte durchschauerte ihr Herz. Sie war so überzeugt gewesen, daß er diese Beschuldigung mit Lachen erwiedern würde, daß sein Schweigen sie gleich einem Donnerschlage traf. — Ein heftiger Schmerz fuhr durch ihren Kopf und mit unbeschreiblicher Angst fragte sie:

„Axel! kann das wahr sein? — Bist Du wirklich verheirathet?" —

Thora's Augen sahen fast wild aus und ihre Wangen waren schneeweiß.

Mit abgewendetem Gesichte und zitternder Stimme antwortete Axel:

„O meine arme, geliebte Thora! Ich habe Dich betrogen; — ich bin verheirathet."

Nicht ein Laut kam über Thora's Lippen, einen Augenblick blieb sie aufrecht stehen, dann schwankte sie aber und würde zu Boden gestürzt sein, wenn Axel sie nicht in seinen Armen aufgenommen und sie

zu einem Haufen Bretter hingeführt hätte, auf welche
er sie niedersetzte.

Vergebens verschwendete Axel zärtliche Bitten
und Schmeicheleien, seine Worte gingen an ihren Oh=
ren vorbei, ohne daß sie dieselben hörte, und doch war
Thora nicht in Ohnmacht gefallen, denn ein kurzes
und heftiges Athmen bewegte ihre Brust. Die großen
dunklen Augen schienen größer und dunkler als ge=
wöhnlich zu sein, aber das Leben und das Feuer in
denselben war ausgelöscht. Der Blick war kalt und
klar wie der Mond, welcher das arme, durch eine
zügellose Leidenschaft um ihr ganzes Lebensglück be=
stohlene Mädchen mit seinem matten Schimmer be=
leuchtete.

Noch fanden sich indessen in Thora's Kopf einige
dunkle Gedanken, denn sie erhob sich und sprach mit
fast lautloser Stimme:

„Fort von hier, ich will zu meinem
Vater."

Ein einziges Mal flüsterte Thora während der
Wanderung nach Nina's Haus, die Axel wie ein Vor=
geschmack des Fegefeuers vorkam, mit ihrer tonlosen
und traurigen Stimme:

„Er ist verheirathet!"

Axel trug sie die Treppe hinauf zu Nina und
fragte bei seinem Eintreten heftig:

„Ist der Doktor zu Hause? — Thora ist krank,
helfen Sie ihr, Nina."

„Heinrich findet man beim Doktor M.," ant=
wortete Nina und führte Thora nach dem Sopha.
Axel stürzte hinaus.

„Ich will schlafen," flüsterte Thora und strich mit der Hand über die Stirne. Von Cordula unter= stützt brachte Nina sie zu Bette.

Axel kam mit Doktor M. wieder, ohne Heinrich getroffen zu haben. Als dieser Thora ganz ruhig gegen die Wand gekehrt, liegen fand, sagte er:

„Sie schläft, es ist am besten, sie ungestört zu lassen, bis sie von selbst erwacht.

Nachdem der Doktor sich entfernt hatte, erzählte Axel, was vorgefallen sei.

Ein paar Stunden darauf kam Heinrich nach Hause. Nachdem er von dem Vorgefallenen unter= terrichtet worden war, ging er hinein zu Thora, beugte sich über sie herab und betrachtete sie lange. Weiß wie Schnee, die Augen offen und gegen die Wand gerichtet, lag Thora da, ohne irgend ein anderes Le= benszeichen, als daß die Brust durch das Athmen sich hob und senkte. Als Heinrich sich wieder erhob, war er fast ebenso bleich wie sie. Nina wagte keine Frage an ihn zu richten.

Mit langsamen Schritten ging er in das Zimmer hinaus, in welchem Axel sich befand.

„Wie steht es mit Thora?" fragte dieser voll Angst.

„Heute Abend kann ich nichts sagen; aber mor= gen werde ich dem Herrn Lieutenant antworten."

Heinrich's Stimme war scharf und kalt.

Kaum sich dessen bewußt, was er that, kehrte Axel, ein Raub der quälendsten Gemüthsbewegungen nach Hause zurück.

Ganz früh am folgenden Morgen wurde an Graf

Falkenhjelm geschickt und er erfuhr, als er bei Heinrich ankam, daß Thora — irrsinnig geworden sei.

Nachdem er sich eine Stunde bei seiner unglückli- chen Tochter aufgehalten, warf der Graf sich sehr auf- geregt in seinen Wagen und befahl dem Kutscher ihn nach dem Hause der Majorin Alm zu fahren. Er trat bei Axel ein, gerade als dieser im Begriff war zu Heinrich zu gehen, um sich nach dem Zustande Thora's zu erkundigen.

Was zwischen diesen beiden Herren, — welche beide, obgleich auf verschiedene Weise, mit den Frauen- herzen gespielt, — gesprochen wurde, das ist überflüssig zu erwähnen. Beide waren sogenannte Männer von Ehre, welche gegen jeden eine blutige Rache genommen haben würden, der es gewagt hätte irgend einen Zweifel über ihre Ehrenhaftigkeit laut wer- den zu lassen, und doch wie ehrlos hatten sie nicht gegen diese Frauen gehandelt, deren größter Fehler darin bestand — daß sie dieselben geliebt hatten. O, ihr Männer von Ehre! — wie wenig findet sich bei euch von wahrem Ehrgefühl!

„Wenn Sie nicht, wie Sie beabsichtigten, heute abreisen," sagte der Graf, „dann finde ich mich veran- laßt, bei Ihrem König einen Bericht darüber zu erstat- ten, wie ein bairischer Militär bei uns die Unverletzlich- keit der Gastfreiheit verletzt hat."

„Ich reise," antwortete der Lieutenant. „Ich schwöre es bei meiner Ehre."

Er sprach noch von Ehre; — denn was thut nicht die Gewohnheit?

„Ich bin zufrieden," sagte der Graf und ging;

er glaubte auch aus Gewohnheit an das Ehrenwort jenes Mannes.

Kurz nachdem sich der Graf entfernt hatte, erhielt Axel folgendes Billet:

„Reisen Sie ruhig ab und verlassen Sie sich auf mich. Man täuscht Sie, um Sie von hier fortzubekommen. Thora ist bereits wieder hergestellt. Wir werden uns auf dem Dampfschiffe treffen.

Cordula."

Am folgenden Tage wurde auch die Majorin von Thora's Unglück in Kenntniß gesetzt; man hatte bis dahin damit gewartet; der Kummer darüber war nahe daran, sie das Leben zu kosten. Sie mußte jetzt, obgleich spät genug, einsehen, daß ihre Handlungsweise unverantwortlich leichtsinnig gewesen sei.

Axel war abgereist und Cordula — war verschwunden.

Zu welchen Vergehen können nicht die Grausamkeit des Egoismus und die verblendete Liebe, sowie die ungezügelten Leidenschaften den Menschen führen! —

———

Zweite Abtheilung.

„Verlaff'nes Herz, Du Tempel meiner Liebe
Und meiner Schmerzen, hülle Deine Triebe
In Wolken ein, kleid' Dich als Opfer jetzt!
Die Menschen richten spät; doch Gott zuletzt."

Nybom.

Drei Jahre später.

Es ist zu Anfang der Theatersaison. — Wir führen den Leser in die Oper ein. Man gab Lucia di Lammermore, in welcher Oper die allgemein beliebte Nina Adler nach einer längeren Reise im Auslande jetzt auftreten sollte. Alles, was in Stockholm auf Eleganz und Reichthum Anspruch machen konnte, hatte sich in dem überfüllten Hause versammelt, um dem Wiederauftreten der berühmten Sängerin beizuwohnen.

In der ersten Rangloge saß eine Dame von ungewöhnlicher Schönheit. In ihrem Blick lag ein Feuer, welches ihrem Gesichte etwas Magisches und Fesselndes verlieh. Die Augen waren groß, dunkel, flammend, leidenschaftlich und doch so schwärmerisch träumend, daß sie den Zuschauer in eine unruhige Gemüthsstimmung versetzte. Ihre breite, weiße Stirn war von rabenschwarzen Locken umflossen. Ihr kleiner

Mund mit den schwellenden Lippen hatte einen ausge=
prägten wehmüthigen Zug. — Sie war in ein pariser=
blaues Seidenkleid gekleidet, welches eng an die schlanke
Taille anschloß; ein ächter Spitzenkragen, von einem Ru=
binenschmuck zusammengehalten, bedeckte den schönen
Hals und die marmorweißen Schultern, ohne sie zu ver=
bergen. Ein Tizian würde mit Entzücken diesen rei=
zenden Kopf gemalt haben.

An ihrer Seite saß eine ältere Dame mit regel=
mäßigen Zügen und stolzer Haltung. Auf dem Sitz
hinter ihnen finden wir Doktor Heinrich Adler
und Emil Liljekrona.

Im Amphietheater sitzen Frau Grill und ihr Sohn
Knut. Sie grüßen heiter und freundlich die Gesellschaft
im ersten Rang; aber kaum war dieß geschehen, als
Knut spürte, daß Jemand seine Schulter berührte. Als
er sich umdrehte, bemerkte ein junger elegantgekleideter
Mann:

„Bitte um Verzeihung, Herr Grill, wären Sie
wohl so gefällig, mir zu sagen, wer die junge Dame im
ersten Range ist, die Sie soeben begrüßt haben?"

„Es ist die Künstlerin Mamsel Thora Falk.
Der Herr Baron werden wohl schon von ihr sprechen
gehört haben?" — antwortete Knut.

„Versteht sich. — Ihre Arbeiten haben im Aus=
lande ein gewisses Aufsehen erregt. — Man hat mir
gesagt, daß sie in Frankreich ansässig sei?"

„Sie kehrte von dort vor drei Wochen zurück."

„Sie ist eine Schönheit ersten Rangs," bemerkte
der Baron, und betrachtete Thora durch sein Opernglas.
Dann fügte er hinzu:

Ich danke verbindlich für die Mittheilung," —
und nahm wieder seinen Platz etwas höher oben im
Amphietheater ein, wo er seinen Nachbarn erzählte,
wer das hübsche Mädchen sei. Man betrachtete sie jetzt
mit doppeltem Interesse.

Wie manches Frauenherz klopfte nicht im Stillen
vor Neid über die Vorzüge Thoras, ohne zu ahnen, wie
wenig beneidenswerth sie in der Wirklichkeit war!

Auf der entgegengesetzten Seite in einer Prosce=
niumsloge saß ein junger Mann, welcher sich nachlässig
zurücklehnend, seine Augen mit einer gewissen gedan=
kenlosen Gleichgültigkeit auf Thora richtete. Jeder
Zug in seinem offenen Gesicht war ein rein nordischer;
die klaren, ernsten, leidenschaftslosen blauen Augen,
das blonde Haar, die hohe freie Stirne, — alles er=
innerte an die Worte des Dichters:

„Auf einer Stirne, die gewölbt ist wie die Sein'ge,
da können Treue nur und Ehre wohnen." —

Das hoch emporgerichtete Haupt, die ungenirte
und behagliche Haltung schien anzudeuten, daß er
nicht allein von Geburt, sondern auch von Herz und
Seele ein Edelmann sei.

Thora unterhielt sich mit Heinrich, dessen Gesicht
sehr lebhafte Gefühle wiederspiegelte.

„Erinnerst Du Dich heute Deines Versprechens
gegen mich in Hamburg? — es scheint, als wenn Du
nach Deiner Rückkehr es ganz und gar vergessen hät=
test," flüsterte Heinrich ihr zu.

„O nein, ich versprach voriges Jahr Emil etwas
Aehnliches in Florenz," antwortete Thora mit einem
eigenen Lächeln.

„Du bist grausam, Thora; — wie ist es möglich, daß Du mit meinem treuen Herzen Spott treiben kannst? — Wenigstens sollte ich doch auf Dein Zartgefühl rechnen können."

„Stille, wecke nicht das in mir auf, welches hier schläft;" sprach Thora und führte ihre Hand an das Herz. „Wir sind ja im Theater, um uns zu amüsiren und hier darf man nichts Vernünftiges sprechen. — Siehst Du, wie man uns beobachtet und Dich um das Glück meiner Nähe beneidet; obgleich ich, gewissenhaft gesprochen, der Meinung bin, daß dieses Glück ein sehr geringes ist, oder was denkst Du selbst darüber?" Um Thora's Lippen spielte ein bitteres Lächeln.

„Du bist heute Abend verstimmt."

„Glaubst Du das? — O nein, jetzt bin ich niemals anders, — ich verachte die Welt und mich selbst; während andere uns beiden huldigen; siehe da Alles. Der Zufall hat mich das gelehrt, — was kann ich dafür?"

„Deine Rede, Thora, athmet Bitterkeit und nicht Hingebung."

„Ist das zu verwundern? Bedenke, daß ich jetzt in mein Vaterland und — an das Grab meines Glückes zurückgekehrt bin; lassen wir aber das, lieber Heinrich. — Laß uns uns an der Musik berauschen, und die Vergangenheit sowohl wie die Zukunft vergessen. Aha! sieh, dort sitzt der Graf Hugo Oernhjelm; er ist eigentlich ein Vetter von mir. Ein hübscher nordischer Typus; aber mit einem Granitherzen," fügte Thora hinzu und lorgnettirte ihn.

„Du hast es also versucht, sein Herz zu erweichen?" fragte Heinrich in einem unwilligen Tone.

„Mein Gott, ja; aber es mißlang mir."

Thora lachte.

„Du bist fürchterlich."

„Durchaus nicht: — ich bedarf der Zerstreuung und suche sie, — das ist alles."

Der Vorhang ging auf, jedes Gespräch hörte auf. — Nina's Gesang als Lucia war entzückend, ihr Spiel vollendet. Unbewußt schwebte ihr Blick, während sie sang, von Zeit zur Zeit hinauf zur ersten Loge und begegnete dort ein paar Augen voll wahrer Bewunderung.

Am Schluß der Oper wurde Mamsell Adler gerufen und bei ihrem Hervortreten mit Händegeklatsch und Bravourrufen begrüßt. — Graf Oernhjelm machte, als ihre Augen sich beim Fallen des Vorhanges eine Sekunde begegneten, eine ehrfurchtsvolle Verbeugung.

––––––––

Jeder war nach Hause zurückgekehrt. Nina und Heinrich fanden sich in dem Ihrigen zusammen. Sie war aber gedankenvoll und er düster.

„Dein Auftreten auf der Bühne war ja ein wirklicher Triumph," bemerkte Heinrich und reichte der Schwester die Hand.

„Thora kam mir gestern Abend schöner vor als je; ich sah sie von der Scene aus," antwortete Nina lächelnd.

„Aber auch unbegreiflich wie ein Räthsel. — Warum liebe ich dieses Mädchen, da sie mich doch nie weder verstehen noch lieben wird?"

„Weil sie so gut und schön ist, vielleicht auch deßhalb, weil Du glaubst, daß sie durch Dich wieder aufleben wird. Jedenfalls hat sie es Dir zu danken, daß sie wieder zu ihrem Verstande gekommen."

„Mag sein, daß ich in meinem Innern so denke; aber erkennt sie es denn an? — Ich zweifle daran. Es liegt in ihrem Benehmen etwas so kaltes und launenhaftes, daß ich daraus deutlich sehe, daß sie für mich kein Gefühl hat. Wie hat sie nicht meiner Liebe gespottet; wie meine Hoffnungen zum Besten gehabt, wie mit meinem Schmerz gespielt und trotz alledem — doch meine Vernunft bethört! Aber das muß ein Ende haben, schon morgen soll sie mir eine bestimmte Antwort geben, damit ich aus diesem Zauber herauskomme, welcher jetzt meinen Willen lähmt und mein Gefühl verweichlicht." Heinrich ging mit hastigen Schritten auf und ab.

„Aber Heinrich, ist sie wirklich eine Frau für Dich, oder wirst Du nicht durch Deine Leidenschaft irre geleitet? Ich glaube das Letztere. — Du weißt, wie viel ich auf Thora halte, wie sehr ich ihren Geist und ihr Talent bewundere; aber doch denke ich mit Angst an eine Verbindung zwischen Dir und ihr. Thora ist nicht mehr diejenige, welche sie war, und wird es nie mehr werden. Weil sie als Weib tief und entsetzlich gekränkt wurde, wünscht sie dieses dadurch zu vergessen, daß sie die abhängige und untergeordnete Stellung ihres Geschlechts verläugnet. Sie will sich mit Gewalt die Rechte des Mannes erkämpfen. Der enge Kreis des unbemerkten Lebens einer Gattin wird nunmehr für Thora's selbstgeschaffenen Freiheitssinn und für ihr rastloses Temperament immer zu klein bleiben, und sie wird früher oder später die Grenze desselben überschreiten. Du, Heinrich, ein strenger, ernster, tief fühlender, aber unerschütterlich fester Charakter, wirst das Leben an der Seite einer Frau, welche Dir nicht die Rechte eines Mannes zuerkennen will, lästig finden. Glaube mir, Du kannst weder ihr Glück, noch sie das Deinige schaffen."

„Und warum?"

„Weil Thora Niemanden mehr lieben kann oder wird, und Du eines Tages nach einer solchen Verbindung aus Deinem Rausche erwachen und finden wirst, daß Du das Opfer der Leidenschaft Deines Herzens warst. Wärest Du gleich Axel ihre erste Liebe und Alles auf der Welt gewesen, dann wärest Du sicherlich glücklich geworden, und Thora würde unter Deiner Leitung alle ihre guten Eigenschaften entwickelt haben; aber jetzt sind bei ihr alle zärtlicheren Gefühle ausgestorben. Sie gleichen verwelkten Blumen, die keine Sonne wieder zum Leben zu erwecken vermag."

„Zum Theil hast Du Recht; aber doch in Vielem Unrecht. Ich gehöre nicht zu denjenigen, welche sich unbesonnen der Macht der Leidenschaft hingeben. Nein, ich habe mit meiner Vernunft mein Herz und Thora's Stellung geprüft. Hier hast Du das Resultat: Um das Glück betrogen, von welchem sie in ihrer ersten Jugend geträumt, hat Thora mit zwanzig

Jahren im Leben mehr gelitten und erfahren, als Andere
Weiber während ihres ganzen Lebens. Sie kennt die
gefährliche Macht der Gefühle, wenn sie sich zur Leiden=
schaft steigern, sie sieht ein, wie nichtssagend der Weih=
rauch ist, womit man ihre Eitelkeit zu befriedigen sucht.
Nicht einmal der Name einer ausgezeichneten Künstlerin,
den sie sich erworben, kann ihre Seele befriedigen; sie
schaut mit müdem Blick nach einem bessern Ziele für
ihre Zukunft. Sie bedarf eines Freundes, eines Be=
schützers, dem sie ihren Schmerz anvertrauen und bei
dem sie sich Trost für ihre Leiden holen kann. — Nun
gut, Nina, wo wird sie ein treueres Herz finden, als
das meinige? Wo eine heißere Liebe? Wo einen Mann,
welcher sie besser versteht, als ich? — Sage, kann denn
Emil, kann Stallmeister Gyllenfeldt Thora etwas
Aehnliches bieten?"

„Alles dieß hätte in der That die Wahrscheinlichkeit
für sich, falls Friede und innere Harmonie das wären,
was Thora sucht. Laß uns aber die Fortsetzung dieser
Unterredung verschieben, bis ich morgen Abend wieder
von ihr zurückkehre; sie hat mich zu sich eingeladen.
Siehe hier, lese dieß Billet, welches ich beim Schluß des
Theaters erhielt."

Nina reichte dem Bruder den Brief mit folgen=
dem Inhalt:

„Meine liebe Nina!

Nachdem ich mich drei Jahre in fremden Ländern
aufgehalten, und nach allem dem, was früher passirt
ist, fühle ich ein starkes Bedürfniß, bevor ich einen
neuen Schritt auf der Bahn des Lebens thue, Dir mein

Herz zu öffnen. Komme morgen zu uns zum Mittagessen, dann kann ich ungestört über mich verfügen. Bitte Heinrich, noch einen Tag zu warten. Wenn ich mit Dir gesprochen und mein Leben durchgegangen habe, dann wird es mir auch klar sein, wie ich handeln muß.

Deine ergebene

Thora."

Es wurden noch einige Worte zwischen den Geschwistern gewechselt, bevor sie sich trennten. Als Nina die Hand auf den Thürgriff zu ihrem Zimmer legte, drehte sie sich um und fragte:

„Weißt Du, wer es war, welcher in der ersten Loge, gerade vor der Direktionsloge, saß?"

„Der Hofmarschall F—."

„O nein, der Andere."

„Der Neffe des Grafen Falkenhjelm, Graf Hugo Oernhjelm, ein sehr reicher Cavalier und Fideicommissär von Bredahof. Aber warum fragst Du darnach?"

„Sein Gesicht interessirte mich. — Gute Nacht!" Und damit war Nina fort.

Am folgenden Tage führen wir den Leser um vier Uhr bei Thora ein.

Die Majorin Alm hatte ihr Haus in der Regierungsstraße verkauft und bewohnte jetzt ein anderes,

welches sie auf dem Königshügel erworben. Den
erften Stock hatten Frau Alm und Thora inne.
Wenn man in das Entree hinein kam, so fand man
zwei Thüren einander gegenüber. An der einen
steckte eine Visitenkarte mit dem Namen der Majorin,
an der andern las man: Atelier. Durch dieses
letztere treten wir ein.

Ein Atelier ist ein Zimmer, welches mit unvoll=
endeten und unfertigen Gemälden, Gypsfiguren, Mo=
dellen, Zeichnungen, Staffeleien, Paletten und Pinseln
angefüllt ist, und alles dieses unharmonisch durchein=
ander gemischt. Dasselbe ist die Werkstätte und die
Rumpelkammer der Kunst; denn dort trifft man oft
eine Flöte und einige Gedichte unter Kreidebruchstücken
und Bleistiften herumliegen. Die Genies wie die
Gelehrten geben sich selten Zeit zur äußeren Ordnung.
Der Eine lebt von seinen Idealen und der Andere
von seinen Ideen; die äußern Dinge haben wenig
Bedeutung. Wenn aber der Eine nur einen Platz hat,
wo er seinen Traum zur Ausführung bringen kann,
und der Andere einen, um dort seinen Studien obzu=
liegen, dann sind sie zufrieden und vergessen alles
Andere.

Thora's Atelier glich allen andern, und wir
passiren deßhalb durch dasselbe, ohne auch nur unsere
Aufmerksamkeit den vielen schönen Sachen zuzuwenden,
welche dasselbe enthielt. Innerhalb desselben befand
sich ein kleiner einfacher Salon, und dort finden wir
sie und Nina, jede in einem Lehnstuhl.

Thora sprach mit milder und klangvoller
Stimme:

„Ich kann nicht viel von jenen sechs Monaten
sagen, die mein Irrsinn dauerte. Du kennst sie,
während ich dagegen keine Erinnerung an jene Zeit
habe. Auch brauche ich nicht gegen Dich Heinrichs
unermüdliche Sorgfalt zu erwähnen, die ich immer in
meinem dankbaren Herzen bewahren und auch niemals
vergessen werde, daß es Heinrich ist und er allein,
dem ich es zu danken habe, daß ich in diesem Augen=
blick nicht eine arme Blödsinnige bin. Mein ganzes
Leben würde nicht hinreichen, um die Schuld zu be=
zahlen, in welcher ich zu ihm stehe — und doch ...
Aber lassen wir das. Wir kommen später darauf
zurück. — Tante's lange Krankheit, die Verzweiflung
des Grafen und Cordula's unbegreifliches Verschwinden
kennst Du besser, als ich. Du mußt mir jedoch ver=
sprechen, mich mit Geduld anzuhören, obgleich ich viele
Dinge wiederholen werde, die Dir bekannt sind; aber
es ist nothwendig, um ein vollständiges Bild von mei=
nem Unglück zu bekommen. — Wie Du Dich erin=
nerst, gelang es Heinrich, durch Douchebäder nach und
nach meine Seele aus dem Winterschlafe zu erwecken,
in welchen ich versunken war. Jene lichten und ver=
nünftigen Augenblicke treten noch dunkel vor mein
Gedächtniß, ohne daß ich mir Rechenschaft zu geben
vermag, was während derselben meine Gedanken be=
schäftigte. Desjenigen Tages, an welchem ich zum
vollen Bewußtsein erwachte, erinnere ich mich ganz
wohl. Tante, Du und ich fuhren nach der Bade=
anstalt; die Sonne schien klar und die Luft war mild;
es war Frühling. Ich erinnere mich, daß das herr=
liche Wetter einen recht angenehmen Eindruck auf mich

machte und daß ich mich glücklich fühlte. Irgend eine
Erinnerung an das, was sich vor meiner Gemüths=
krankheit zugetragen, oder von der Beschaffenheit der=
selben hatte ich nicht. Die ganze Vergangenheit war
aus meinem Gedächtniß verschwunden. Es kam mir
nur vor, als wäre ich lange krank gewesen. — Nach
dem Bade ging ich, auf Deinen Arm gestützt, an den
Wagen; Tante kam nach. An demselben angekommen,
sah ich einen Herrn, die Hand am Thürgriff, stehen,
welcher uns erwartete. — Ein sonderbares Gefühl durch=
zuckte mich, als ich die schlanke, hübsche Gestalt sah; das
Gesicht war weggewandt. Das schlummernde Ge=
dächtniß erwachte in mir; mein Herz klopfte heftig.
In demselben Augenblick wandte er sich gegen uns.
Der Anblick jenes unvergeßlichen Mannes erhellte
meine Seele gleich einem Blitze. Ich ließ Deinen
Arm los und stürzte auf ihn zu, indem ich rief:
„Axel!“

Tante theilte mir später mit, daß er, als ich in
Ohnmacht fiel, mich in seine Arme aufnahm und in
den Wagen trug; darauf half er Tante und Dir hin=
auf und nahm, trotz allen Einwendungen, auch selbst
Platz in demselben. Als wir heimkamen, trug er mich
hinauf und blieb, obgleich Tante unter bitteren Vor=
würfen ihn bat, sich zu entfernen. — Es wurde nach
Heinrich geschickt; derselbe erklärte, daß der Anblick von
Axel bei meinem Erwachen nothwendig sei, weil die
Seelenerschütterung, welche ich dadurch empfinden werde,
das einzige wirksame Mittel sei, den Nebel zu zer=
streuen, welcher meinen Verstand umgab. Als ich
wieder zur Besinnung kam, ruhte ich an einem laut

klopfenden Herzen. — Heinrich hielt meinen Arm,
aus welchem das Blut floß. Ich erhob langsam mei=
nen schweren Kopf und meine Blicke begegneten —
Axels." —

Thora machte eine Pause, einige Thränen rannen
über ihre Wangen und sie drückte die Hand gegen ihr
Herz, indem sie mit tiefem Schmerze fortfuhr:

„O Gott! wie hoch habe ich ihn nicht geliebt, —
wie liebe ich ihn noch in dieser Stunde. — Warum ver=
urtheilte mich ein unsanftes Schicksal zu diesen grenzen=
losen Leiden?"

„Thora, gehe an dieser Periode Deines Lebens
vorüber und reiße nicht jene Wunde auf. — Ich weiß
ja Alles, was passirt ist."

„Nein, Nina, nein, ich muß einmal die traurige
Geschichte meines Herzens durchgehen; einmal recht deut=
lich die Schwächen und Leiden desselben durchmustern,
um nachher niemals mehr dieses Thema zu berühren,"
antwortete Thora und setzte nach einer Weile die Erzäh=
lung fort:

„Meine Augen begegneten den seinigen. Ich
lehnte mich laut weinend an jenes Herz, welches mich
so grausam betrogen hatte. Es waren damals acht
Monate seit seiner Abreise verflossen. Acht Monate
waren seit jenem entsetzlichen Abend dahin geschwun=
den, und jene Thränen waren die ersten, welche mei=
nem gebrochenen Herzen Linderung verschafften. —
Ich weinte, — weinte lange an seiner Brust und fühlte
wie dabei auch einige heiße Thränen aus seinen Augen
auf meine Stirne fielen. Warum durfte ich nicht ster=
ben in jener bittern und doch so seligen Stunde, als

noch nicht die Wirklichkeit in ihrer ganzen schrecklichen
Wahrheit klar vor meiner Seele stand? Warum
sollte ich verurtheilt sein, ein Leben dahin zu schleppen,
dem alle Freude geraubt und dessen ganzes Dasein
durch das Andenken an die grausamste Täuschung, die
man sich denken kann, verbittert ist? — Und doch, doch
vermag ich nicht das Bild von diesem Manne aus mei=
nem Herzen zu verdrängen, welcher mich um alles be=
trog, was dem Menschen heilig ist: Um meine Liebe
und um meine Treue."

Wieder schwieg Thora; denn sie war zu aufgeregt,
um zu sprechen.

Die Hingebung des Weibes, welche in einem we=
niger berechnenden Gefühle ihren Ursprung hat, geht
schließlich in ein blindes Instinkt über, während da=
gegen die des Mannes überwiegend mehr von Ver=
stand und Egoismus geleitet wird, und darum
leichter der Veränderung und dem Wechsel ihres Gegen=
standes unterworfen ist.

Wir kehren wieder zu Thora's Erzählung zurück.

„Die Ankunft meines Vaters zwang Axel mich zu
verlassen. Ich habe ihn seit der Zeit nie wieder ge=
sehen."

Thora holte tief Athem.

Heinrich hatte Recht; die heftige Gemüthsbewegung
gab mir das Bewußtsein und die Erinnerung an die
Vergangenheit wieder — so wie auch an das, wozu
Axel mich hätte machen wollen, als er in seiner egoisti=
schen Liebe mir das Versprechen ablockte, mit ihm zu
fliehen, obgleich er — verheirathet war; — das

ganze Wesen Thora's erbebte beim Aussprechen dieser
letzten Worte. —

„Auch stand es lebhaft vor meiner Seele, was
ich jetzt sei! — Drei Wochen vergingen, während
welchen ich litt, sehr viel litt. — Eines Tages wurde
mir von Lotta folgender Brief übergeben:

„Meine geliebte Thora!

Meine! — verstehst Du die Bedeutung von
diesem einzigen Worte? — Du bist die Meinige, — die
Meinige für Zeit und Ewigkeit, denn was auch kommen mag, so gehört Dein Herz mir und nie wirst Du
im Stande sein, die Bande zu lösen, welche Dich an
mich fesseln. — Meere und Länder mögen uns von einander trennen und Jahre im unermeßlichen Raume der
Zeit verschwinden; aber Du wirst bis zu Deinem
Tode mich, einzig und allein mich lieben. — Dieses,
Thora, ist der Wille des Schicksals — und wer kann
demselben wiederstehen?

Ich verließ Schweden, auf eine entsetzliche Weise
getäuscht, nachdem unser Unglück Dich in seiner ganzen
Hoffnungslosigkeit getroffen hatte, ohne daß ich damals
die heillosen Folgen davon ahnen konnte. — Ich kehre
hieher zurück, um zu Deinen Füßen um Verzeihung
zu bitten.

Ich habe Dich betrogen, armer Engel! und —
das, obgleich ich als Katholik, wußte, daß nur der
Tod die Fesseln löst, welche mich binden und uns
trennen. — Aber, Thora! meine Entschuldigung liegt
in den glühenden und unabweisbaren Forderungen
der Liebe. — Du, die Du selbst mit der Wärme des
Südens liebst, mußt mich auch lieben und mir ver-

zeihen können. — O Thora! glichen Deine Gefühle
den meinigen, die stark wie eines Vulkans und bereit
sind, alle Schranken zu durchbrechen, welche das Vorurtheil zwischen mir und Dir errichtet, dann würde das
Leben noch einmal uns zulächeln. — — — Ich reise
jetzt von hier fort; aber nicht nach meiner Heimath. —
Nein, — nach Algier, um dort die Ehre oder den Tod
zu suchen. — Was ist denn das Leben für mich ohne
Thora? — und was bin ich jetzt für Thora? ich
habe gelitten und leide grausam; denn ich liebe noch
bis zur Raserei und doch — muß ich Dir entsagen.
Muß? — aber warum müssen wir das? — sage mir,
Thora, warum? — — —

Bevor ich Dich vielleicht für immer verlasse, gönne
mir einen ungestörten Augenblick, eine Unterredung
unter vier Augen, Du — die Braut meiner Gedanken! Auf den Knieen, Thora, flehe ich um eine Viertelstunde, nur um eine einzige Viertelstunde, um Dir ein
langes, vielleicht ewiges Lebewohl zu sagen und selbst
von Deinen Lippen zu hören, daß Du verziehen hast
Deinem unglücklichen

Axel.“

Ich würde nicht im Stande sein, Dir meine Gefühle beim Lesen dieses Briefes zu schildern, dessen lecke
und verborgene Wünsche ich leider zu gut erkannte.
Derselbe riß auch alle Wunden auf, an welchen mein Herz
blutete und zeigte mir mit vernichtender Klarheit meine
ganze Stellung zu Axel. — In meiner Einbildung sah
ich seine Gattin: unglücklich, verzweifelnd und verlassen — um meinetwillen; — und mich selbst
den einen Fuß über einen Abgrund erhoben, den man

Schande und Ehebru'ch nennt. Bei diesen Gedan=
ken wurde mein Herz von einem Schmerz erfüllt, wel=
cher viel zu bitter ist, als man denselben beschreiben kann.
Ich empfand fast ein Entsetzen vor Axel, welcher mich
an den Rand eines schrecklichen Abgrundes gebracht;
noch einen Schritt weiter und ich wäre verloren ge=
wesen. — O, wie manchesmal habe ich nicht, in allem
meinem Unglücke auf meinen Knieen Gott gedankt, daß
ich ohne Schamröthe auf mein trauriges Leben zurück=
blicken kann, und jetzt, nach allem, was ich bereits ge=
litten, wagte er es gegen mich Wünsche auszusprechen,
welche, obgleich dunkel, doch eine doppelte und offenbare
Beschimpfung enthielten. Unter der Macht dieser Ein=
drücke, schrieb ich folgende Worte:

„Verziehen habe ich Dir schon lange, Axel, weil
das Herz denjenigen nicht hassen kann, den es einst innig
geliebt hat; — aber mit uns ist es vorbei — für
ewig vorbei!

Kehre zurück zu Deiner Gattin und mache
das wieder gut, was ich unfreiwillig, Du aber mit
Vorsatz gegen sie verbrochen hast — Thora existirt
nicht mehr für Dich, und erinnere Dich, daß sie es
niemals verzeihen wird, wenn Du, zu den Qualen, die
sie bereits ausgestanden, auch noch die entehrende Be=
leidigung fügen würdest, fortwährend als verheira=
theter Mann Wünsche der Gegenliebe zu hegen,
welche sie als ein Verbrechen ansieht.

Mein Fehler, Axel, ist der gewesen, daß ich der
Reinheit Deiner Gefühle unbedingten Glau=
ben schenkte, und darum hatte ich eine harte Strafe
erleiden müssen.

Lebe wohl und sei so glücklich, wie mein Herz es wünscht.

Thora."

Lotta brachte folgende Antwort von ihm:

„Lebe wohl, Thora! — Frei oder niemals siehst Du mich wieder. — Ich werde Dich nicht mit meiner treuen Liebe beleidigen; aber erinnere Du Dich auch, daß Du doch die meinige bleibst. Dein Herz gehört mir für ewig. — Glaube mir, ohne mich wirst und kannst Du keine Stunde Glück finden. — Nein, meine Liebe wird mit all ihrer wilden Leiden=schaft gleich einer Flamme zwischen Dich und jeden andern Mann treten, und Dir zeigen, daß seine Ge=fühle lau und nichtssagend sind.

Dann wirst Du unfreiwillig einen Seufzer nach dem Süden senden, wo ich, mitten im Getümmel des Krieges, das, was ich verloren habe, zu vergessen suche.

‚Kehre zurück zu Deiner Gattin,‘ sagst Du, — das kann ich niemals! — Steht sie nicht zwischen mir und Dir? — Mein letzter Seufzer wird ein Sehnsuchtsseufzer nach Thora!

Dein Axel."

O! Du heillos schwaches Herz; wie laut klopf=test Du doch nicht beim Lesen dieses Briefes!

Nach Axels Abreise versank ich in eine Schwer=muth und in eine Niedergeschlagenheit, welche nicht zu überwinden war.

Ich liebte mit einer Leidenschaft, welche mich zur Verzweiflung brachte, und nahe daran war, mir wieder den Verstand zu rauben. In meinem Zimmer ein=

geschloffen rief ich in wahnsinniger Raserei seinen Na=
men und streckte meine Arme in dem leeren Raume
nach ihm aus; während sowohl Vernunft wie Stolz
meiner Schwäche Hohn sprachen! O! welche entsetz=
liche Qualen habe ich ausgestanden!"

Thora fuhr dabei mit der Hand über ihre bleiche
Stirne. „Damals war es, Nina, daß Heinrich mei=
nem Vater vorschlug, daß er eine Reise in's Ausland
mit mir unternehmen solle."

Der Graf, die Tante und ich reisten nach Kif=
singen ab, wo wir uns, um meiner Gesundheit willen,
sechs Wochen aufhielten. Die Reise, der Wechsel des
Aufenthaltsorts, sowie die Entfernung von Allem,
was mich an ihn erinnern konnte, trug etwas dazu
bei, meinen Schmerz zu mildern und mein Gemüth zu
zerstreuen. Die Liebe zur Kunst erwachte wieder und
damit auch meine Träume von Ruhm und Auszeich=
nung. Ich glaubte meinen Kummer im Becher des
Ruhmes ertränken zu können; aber ach! Heinrich hatte
Recht: das sollte mir nicht gelingen. Im Herbst
reisten wir nach Paris. Tante und ich mietheten
eine kleine Wohnung am Place Vendôme. Den Win=
ter über malte ich die Familie im Thale und die
Reue, welche beide auf der Ausstellung im Luxem=
burger Palast Aufsehen erregten. Ich kostete jetzt den
Nectar, welchen man Auszeichnung nennt; aber die
Wunde meines Herzens konnte doch nicht geheilt wer=
den. Bald vergaß ich auch den Erfolg, welchen ich
errang, um mich ausschließlich der Betrachtung und
dem Studium all' der Kunsterzeugnisse zu widmen,
welche man in Paris und auf den königlichen Schlössern

in deſſen Nähe ſehen kann. Ich war mit Leib und
Seele Künſtlerin und lebte nur für die Kunſt, welcher
ich mich jetzt widmete. Den Sommer darauf gingen
wir nach Italien. O, du ſchönes, herrliches Land,
die Heimath der Phantaſie und der Kunſt. Erſt hier
konnte ich meinen Schmerz vergeſſen! In Rom trafen
wir mit Emil zuſammen. Wir brachten hier als
Künſtler manche genußreiche Stunde zu, indem wir
gemeinſchaftlich die Reiſe nach Florenz und Neapel
machten. Im Herbſte kehrten wir wieder nach Paris
zurück; Emil blieb in Italien; bei unſerer Trennung
hielt er um meine Hand an; ich aber, die damals
nicht daran dachte, mich zu verheirathen, ſagte ihm
dieſes aufrichtig und bat ihn, nicht daran zu denken,
bis wir einander in Schweden treffen würden, falls
dann ſeine Gefühle dieſelben wären, und die meinigen
ſich verändert hätten. Du wunderſt Dich wahrſchein=
lich darüber, daß ich ihm nicht eine beſtimmte abſchlä=
gige Antwort gab; aber Du wirſt bald den Grund
erfahren. Den folgenden Winter vollendete ich ein
Bild, das ich vor meiner Abreiſe nach Italien ange=
fangen hatte. Es war das preisgekrönte La Vallières
Einkleidung. Mit vollen Zügen athmete ich den
Weihrauch ein, den man meinem Talent und meiner
Schönheit anzündete. Ich war jetzt nicht mehr nur
ſchlecht und recht ein ſchönes Weib, ich war etwas
weit Beſſeres: eine verdienſtvolle Künſtlerin. Ah! Es
hat der Rauſch befriedigten Ehrgeizes etwas Ent=
zückendes; aber wie alle Räuſche, ſo war auch dieſer
von kurzer Dauer.

Dieſen Frühling unternehmen wir eine Reiſe nach

Deutschland. Von einer unglückseligen, aber unwider=
stehlichen Sehnsucht getrieben, wollte ich München be=
suchen.

Glaube doch nicht, liebe Nina, daß irgend ein
Wunsch, Axel wiederzusehen, mich dazu veranlaßte.

O nein, ich wußte sehr wohl aus den franzö=
sischen Zeitungen, daß er sich in Algier aufhielt und
in dem dortigen Kriege sich durch Tapferkeit ausge=
zeichnet hätte, sowie auch befördert worden sei. Ich
wollte nur die Frau sehen, welche seinen Namen trug
und ein Recht besaß, von ihm geliebt zu werden.

In München angekommen, besuchten der Graf
und ich eines Tages die Pinakothek. Wir standen
vor „Marias Himmelfahrt" von Guido Reni. Ich
war versunken in das Anschauen von Maria's ver=
klärtem Aussehen, als der Klang einer Stimme, welche
mir bekannt vorkam, mich zusammenfahren und hor=
chen machte. Ich vernahm dann die folgenden Worte,
welche leise in gebrochenem Deutsch ausgesprochen wur=
den:

„Sie steht dort vor „Mariä Himmelfahrt."

Ich wandte meinen Kopf nach der Richtung um,
von welcher die Stimme kam; aber ich sah nur unbe=
kannte Gesichter. Die eigenthümliche Betonung in der
Aussprache hatte ich zu oft gehört, um mir nicht
Rechenschaft darüber geben zu können, von wem
sie käme. Gerade in demselben Augenblick bemerkte
ich eine kleine, blonde Dame mit feinen, lebhaften und
hübschen Gesichtszügen; dieselbe wurde von einer an=
deren begleitet, die ihr Gesicht wegwandte. Die Blon=
dine betrachtete mich mit einem Blick, der Unwillen, ja

faſt Haß ausbrückte; die andere aber trennte ſich jetzt
von ihr und eilte mit hurtigen Schritten der Thüre zu.

Ich vergaß darüber die Blondine, weil der Wuchs
der Fortgehenden meine ganze Aufmerkſamkeit auf ſich
zog. Die geraden, breiten Schultern und der ungleiche
Gang erinnerten mich an Jemanden, die ich früher gekannt. Dabei ließ ich den Arm des Grafen los und
eilte ihr nach. Auf der Treppe holte ich ſie ein, und
berührte ihre Schulter. Sie wandte ihren Kopf unwillkürlich halb um; als aber ihre Augen durch den her-
untergelaſſenen Schleier mir begegneten, eilte ſie mit
unglaublicher Haſtigkeit die Treppe hinunter. Ich hatte
indeſſen genug geſehen; es war — Cordula.

„Cordula!“ rief Nina ſie unterbrechend, „aber
wie in aller Welt iſt ſie nach München gekommen?“

„Dieſelbe Frage that ich auch mir ſelbſt, ohne daß es
mir gelang, ſie zu beantworten. Dieſes unbegreifliche Zu-
ſammentreffen war geeignet, ein ganzes Heer von Ver-
muthungen in meiner Seele wach zu rufen, aus denen
ich indeſſen mich nicht herausfinden konnte; aber die
darauf folgenden Ereigniſſe ſollten ſie in noch bitterere
Leiden verwandeln.

Ueber mein plötzliches Weggehen verwundert, war
der Graf mir nachgefolgt; wir kehrten darauf in die
Gallerie zurück. In der Thüre begegnete uns diejenige
Dame, welche Cordula mit ſich gehabt hatte. Ihre
Augen hingen voll von Haß an meinem Geſichte, und
als ich vorbeipaſſirte, fühlte ich, daß ſie mir einen Pa-
pierſtreifen in die Hand ſteckte. Aus Neugierde nahm
ich denſelben, blickte aber in demſelben Augenblick zum

Grafen hinauf, welcher seine Schritte bedeutend be-
schleunigt hatte; sein Gesicht war bleich und unruhig.

„Kennt mein Vater jene Dame dort?" fragte ich,
von seinem Aufsehen überrascht.

„Nein, Thora! Nehme meinen Arm und lasse
uns weiter gehen," antwortete er; aber es lag etwas
in seinem Wesen, welches mich die Wahrheit von diesem
Nein bezweifeln machte. Und statt ihm den Papier-
streifen zu zeigen, den sie mir in die Hand gesteckt,
schwieg ich darüber.

Sowie ich auf meinem Zimmer angekommen war,
las ich folgende mit einem Bleistift auf deutsch geschrie-
bene Worte:

„Morgen Vormittag um elf Uhr wünscht eine
Dame sie allein zu Hause zu sehen."

Unwillkürlich wurde ich auf den Gedanken gebracht, daß Cordula sie ersucht hätte, mir diese Bitte zu
überbringen, weil sie vielleicht mit mir sprechen wollte,
ohne daß Tante etwas davon erführe. Was ich mir
indessen nicht erklären konnte, das war der Blick, den
die Unbekannte mir zuwarf. Mit diesen Gedanken beschäftigt, beschloß ich zu schweigen, und Tante sowie den
Grafen zu bewegen, ohne mich ein paar Besuche zu
machen, welche wir einigen merkwürdigen Punkten abzustatten beabsichtigten.

Alles ging nach Wunsch.

In gespannter Erwartung erwartete ich ungeduldig die festgesetzte Stunde. Beim letzten Schlag der
elften Stunde öffnete sich die Thür, und — nicht Cordula, wie ich erwartete, sondern die unbekannte
Dame trat ein.

Etwas überrascht stand ich auf, um sie zu begrüßen; ich wurde aber von ihr zurückgehalten, denn sie sprang auf mich zu, ergriff meine Arme und schleuderte mir dabei folgende Worte mit einer Erbitterung entgegen, die nicht zu beschreiben ist.

„Stehen Sie still, daß ich Sie recht betrachten kann. Sie sind es also, welche mich um seine Liebe bestohlen haben, welche mir meinen Mann und dem Kinde seinen Vater geraubt haben! Sie sind es, welche mein Leben zu einem Fluch gemacht haben, die mein Glück zerstört, und mich Qualen geweiht haben, die bitterer sind, als die des Todes! Ah! wahrlich, ihr Gesicht ist zu schön, um so viel Niedrigkeit zu verbergen. Wissen Sie denn nicht, wie hoch er mich liebte, wie glücklich wir waren? Aber jetzt, jetzt ist Alles vorbei, denn er hat mich verlassen! Sagen Sie, gibt es wohl eine Strafe, welche für Ihr Verbrechen grausam genug wäre?"

„Nein, nein," rief sie mit Raserei, und schüttelte meine Arme. „Auf Ihr Haupt rufe ich alle Verwünschungen des Himmels und der Erde herab; Sie werden doch nicht meinem Hasse genügen, denn ich bin Heyses, durch Sie jetzt so namenlos unglückliche Gattin...."

Ich hörte nichts mehr, denn ich fiel in Ohnmacht.

Thora hielt inne; ihre Brust bewegte sich heftig.

„Heyse?" fiel Nina ein, „was bedeutet dieser Name?"

„Axel heißt Heyse; aber auf seiner Reise in

Schweden nahm er, ich weiß nicht warum, den Namen
seiner Mutter an."

„Wie lange ich ohnmächtig war, weiß ich nicht;
denn als ich wieder zu mir kam, war das Zimmer
leer, und ich lag auf dem Boden. — Aber, welches
Erwachen! Ihre Verwünschungen klangen in meinen
Ohren wieder. — O! was ich damals empfand, war
entsetzlich, und kann nie vergessen werden."

Thora schwieg wieder einige Augenblicke.

„Aber, wie mußtest Du, daß Axel Heyse hieß?"
fragte Nina.

„Der Graf hatte mich davon in Kenntniß ge=
setzt. — Er erkannte gewiß Axels Frau in der Pina=
kothek; denn er war, während Axels Aufenthalt in
Schweden, schon früher mit ihr in München zusam=
mengetroffen.

Auf meine dringenden Bitten, reisten wir ei=
nige Tage darauf von München ab......"

„Und Cordula?" fiel Nina ein.

„Sah ich nicht wieder."

„Aber, mein Gott — wie und auf welche Weise
war sie mit Axels Frau in Berührung gekommen?"

„Diese Fragen haben mich vergebens gepeinigt.
Ich kann keine genügende Antwort auf sie finden. —
Alles was ich weiß, ist, daß Cordula kurz vor ihrem
Verschwinden zweihundert Reichsthaler Banko von mir
verlangte, wozu, sagte sie nicht. — Ich besaß sie nicht;
aber ich gab ihr meine Amethyst Garniture. Wahr=
scheinlich hat sie das Geld, welches sie dafür bekam,
dazu angewendet, nach München zu kommen.

„Aber in welcher Absicht?"

„Das weiß Gott allein.“

„Und warum zeigte sie Dich der Frau von Arel?“

„Ach! Nina, ich habe mich in endlose Vermu= thungen vertieft, ohne das Räthsel lösen zu können.“ Es entstand eine Pause.

Endlich nahm Thora den Faden ihrer Erzäh= lung wieder auf:

„Wir reisten durch Tyrol nach Italien. Meine Gemüthsstimmung war eine Zeit lang eine entsetzlich niedergeschlagene. Der Graf sah mit Unruhe diesen Rückfall zur Schwermuth. — Er kam jetzt auf einen Vorschlag zurück, welchen er mir bei seinem ersten Aufenthalt gemacht, nämlich, daß ich mich verheirathen sollte. — Ich hatte damals mich fast mit Bestimmt= heit geweigert; aber doch war dieser sein Wunsch die Ursache meiner Antwort an Emil. Jetzt beschränkte sich der Graf nicht mehr darauf, dieses in der Gestalt eines Vorschlags vorzubringen, sondern suchte mir die Nothwendigkeit dieses Schrittes zu beweisen, indem er vollkommen überzeugt sei, daß es mir durch eine ehe= liche Verbindung gelingen würde, meine Gedanken von dem Gegenstand abzulenken, welcher mich jetzt peinigte. — Ach! er kannte nicht die Beschaffenheit der Wun= den, welche mein Herz empfangen! Aber müde und gleichgültig gegen alles, begann ich wirklich an die Erfüllung des Willens meines Vaters zu denken. Es war ja gänzlich einerlei, ob ich verheirathet wurde, oder unverheirathet blieb; mein Unglücksloos war ein für allemal aus der Urne des Schicksals gezogen, und konnte deßhalb nicht geändert werden; aber ich

erfüllte damit einen Lieblingswunsch des Grafen, und
das war immer ein Gewinn.

In Rom trafen wir mehrere Landsleute, unter
welchen sich ein Neffe meines Vaters, Graf H u g o
O e r n h j e l m befand. Mein Gemüth war zu jener
Zeit zu einem anderen Extrem übergegangen. Ich
überließ mich einer fast wilden Fröhlichkeit und suchte
durch ein unaufhörliches Jagen nach Vergnügungen
und beständige Abwechslung den Schmerz zu vergessen,
welcher an meinem Inneren nagte. — Während dieser,
wie es der Tante und dem Grafen schien, glücklichen Veränderung, wurde ich von Beiden mit Bitten
bestürmt, ernstlich an eine eheliche Verbindung zu
denken. Aus den Worten meines Vaters konnte ich
entnehmen, daß er es gerne sehen würde, wenn Oernhjelm und ich ein Paar würden. Nun ja; ihn so
gut, wie irgend einen Anderen, dachte ich, und versuchte das gewöhnliche Mittel des Weibes: die Co-
quetterie; aber mein Herz empfand einen Eckel an
dem thörichten Gauckelspiel, und die vergeblichen
Versuche, welche ich machte, Hugo Oernhjelm für
für mich einzunehmen, ermüdeten mich. Einem zweiten C a r l dem Z w ö l f t e n gleich, verblieb er gleichgültig sowohl bei meiner Schönheit wie bei meinen
übrigen Vorzügen. Obgleich wir täglich zusammen waren,
erwies er mir nur die Zuneigung eines Bruders und
die Hand auf's Herz kann ich versichern, daß das
mich mehr freute als verletzte. — Er hatte einen viel
zu edlen und erhabenen Charakter, als daß ich ihm
das traurige Loos hätte bereiten mögen, mich zur

Gattin zu bekommen; denn einen Anderen als Axel
werde ich niemals lieben können.

Im Laufe des Herbstes verließen wir Italien,
und nahmen unseren Weg durch Oesterreich. In
Wien trafen wir mit Heinrich und einem anderen
Landsmann, dem Stallmeister Gyllenfeldt zu=
sammen. Letzterer wurde bald mein unterthäniger
Sklav und opferte auf dem Altar der Eitelkeit all'
diejenigen Schmeicheleien, welche er für nöthig hielt,
um mein Herz zu gewinnen. — Wenn die Männer
ahnten, wie sehr die Frauen von Verstand und Herz
unter solchen Artigkeiten leiden, mit welchen sie den=
selben zu huldigen glauben, aber sie nur zu Thörin=
nen erniedrigen, dann würden sie sich nicht über
den Stolz wundern, womit sie behandelt werden. Vor
unserer Abreise von Wien hatte der Stallmeister, in
vollem Vertrauen zu seinem Erfolg, um meine Hand
angehalten; da ich aber betreffs dieses Schrittes nicht
recht mit mir selber einig war, so versprach ich ihm
Antwort zu geben, nachdem wir nach Stockholm zu=
rückgekehrt sein würden; und so trennten wir uns für
einige Wochen."

Heinrich machte die Reise nach Hause mit uns
zusammen. Erst jetzt sprach auch er zu mir von Liebe.
Er sagte mir, wie hoch er mich liebe; daß ich von
seiner frühesten Jugend an seine Phantasie beschäftigt
hätte.... Ach! Nina, ich kann nicht seine Worte wie=
derholen; genug, sie drückten eine so wahre und heiße
Neigung aus, daß ich einsah, daß vielleicht niemals
ein menschliches Herz treuer und sanfter für mich ge=
schlagen, als das seinige. Und doch......"

„Und doch ſtößt Du ihn von Dir und ſpielſt mit ſeinem Frieden und ſeinem Glück?" fiel Nina in innerem vorwurfsvollem Tone ein.

„Nein, Nina, und Du wirſt mich vielleicht verſtehen. Bei dieſer Mittheilung von Heinrich war mein erſter Gedanke, ihn vor allen Anderen zu wählen; aber mein zweiter Gedanke verwarf den erſten als elenden Egoismus. Ich liebe Arel; liebe ihn in dieſem Augenblick eben ſo hoch, wie früher. Er iſt und wird meine einzige Liebe bleiben. Meine Neigung zu ihm wird, wie er ſelber ſchrieb, ſich zwiſchen mich und jeden Anderen ſtellen, und bei der Erinnerung an ſeine glühende Liebe werden alle anderen Eindrücke erbleichen. Falls ich mich verſündigt habe, dann iſt meine Strafe die ausſchließliche Zuneigung zu ihm, welche mich verfolgt und mein Leben verbittert. Kann ich denn, nach Allem, was Heinrich gethan, ihn dazu verurtheilen, ſein Leben an der Seite einer Gattin dahinzuſchleppen, welche er wirklich liebt, die aber nicht die Macht beſitzt, ihm einen Winkel in ihrem widerſtrebenden Herzen einzuräumen? Nein, Nina, das kann und wird nie geſchehen. Nicht damit genug; meine und ſeine Begriffe vom Weibe ſind ſo verſchieden, daß ſie ſich nicht miteinander vereinigen laſſen.

Meine Eigenſchaft als Künſtlerin und die Unabhängigkeit, welche ich bereits dadurch genieße, haben bei mir eigene Anſichten von den Rechten meines Geſchlechts erzeugt; und ſiehe hier, zu welchen Schlußreſultaten ich gekommen bin. Seitdem die rohe Kraft, welche ehemals den Mann zum Alleinherrſcher über das ſchwächere Weib machte, den electuellen Fähig-

keiten, welche jetzt den Menschen Macht und Ansehen
verleihen, hat weichen müssen, liegt etwas Barbarisches
darin, das Weib dazu verurtheilen zu wollen, daß sie
auf seinem niedrigen Standpunkt stehen bleiben, oder
auf einen eigenen, bestimmten, engen Wirkungskreis
beschränkt sein soll. Blicken wir um uns in der Welt,
so finden wir, daß sie sowohl wie der Mann mit einem
hervorragenden Verstande einer schöpferischen Einbil=
dungskraft und mit eben so vielem Kunstsinn, wie er,
begabt sei. Wir brauchen nur daran zu denken, daß
Sophie Germain in Frankreich eine ausgezeichnete
Mathematikerin, daß Madame Stahl, Madame Dude=
vant, Miß Martineau und andere sich durch ihren
Geist hervorgethan haben. Nun gut, warum denn
dem Weibe diejenige Selbstständigkeit verweigern, zu
welcher zu gelangen dasselbe würdig ist? Es muß
eine Zeit kommen, wo diese ganz unsinnige und ernied=
rigende gesellschaftliche Ordnung, welche die Frau in
einen kleinen Wirkungskreis einschließt und an densel=
ben ankettet, über den Haufen gestürzt werden wird.
Warum ihr nicht, gleich dem Manne, die Macht ein=
räumen, ihre geistigen Fähigkeiten anzuwenden und
gleich ihm denjenigen Lebensberuf frei und selbstständ=
dig wählen zu lassen, der für ihre Anlagen passend
ist. Mögen die Frauen, welche die Natur nicht mit
hervorragenden Geistesgaben ausgerüstet hat, gleich
den Männern, denen es an Intelligenz fehlt, auf
ihrem niedrigen Standpunkte stehen bleiben, und auf
ihre kleinlichen Geschäfte beschränkt bleiben, aber möge
auch diejenige Frau, die Geist und Kraft besitzt, aus

denselben heraustreten und nicht begraben werden in
dem vergoldeten Gefängnisse der Häuslichkeit!"

„Aber, liebe Thora, diese Gedanken, welche so
manche geistreiche Frau bethört haben, schließen doch
in sich eine große und unerhörte Verirrung. Sie sind
Träume, welche gegründet sind in der Unbekanntschaft
mit der Natur. Sage mir, hast Du nie ernstlich
daran gedacht, wozu die Frau, der deutlich ausgesprochenen Naturordnung gemäß, von der Vorsehung
bestimmt worden ist? Vergleiche die beiden Geschlech-
ter im Allgemeinen, ohne Dich an einzelne Ausnah-
men zu halten, und Du wirst einen merkwürdigen
Unterschied zwischen ihnen finden. Die Frau ist von
Körperbau viel schwächer und hat für gröbere Arbeiten
keine Ausdauer und keine Kraft; sie eignet sich in
dieser Beziehung nur für häusliche Geschäfte. Aber
auch ihre geistigen Fähigkeiten sind nicht weniger denen
des Mannes unähnlich. Merke Dir wohl, daß sie einen
kleineren Kopf, d. h. ein kleineres Gehirn hat,
als er, welches bewirkt, daß sie in geistiger Beziehung beschränkter, einseitiger, kleinlicher und kindischer
in allen ihren Ansichten und in ihrem Zeitvertreib ist,
als er. Dieser Mangel war jedoch für den Bestand
des Geschlechts eine große Wohlthat; denn nur dadurch kann die Frau gedeihen und sich im häuslichen
Leben, im Kreise ihrer Kinder, sich wohl befinden.
Wenn die Frauen, statt von Freiheit zu träumen, ihre
müßigen Stunden der Veredlung ihres Verstandes
widmeten, um eine angenehme Gesellschaft für ihre
Männer, und würdige Mütter für ihre Kinder sein
zu können, dann würden sie damit mehr Ehre ein-

legen, denn als Künstlerinnen. — Meine Freundin,
die Frau ist nicht dazu geschaffen, sich in einen Wett=
kampf um Ruhm mit dem Manne einzulassen, oder
sich mit ihm auf das Feld der Oeffentlichkeit zu drän=
gen; sondern nur dazu, seine Gefährtin, sowie da=
zu die Mutter und Pflegerin ihrer Kinder zu sein.
Um ihre Bestimmung würdig zu erfüllen, muß sie
allem Ehrgeiz fremd sein, und niemals ihm auf der
Bahn, welche er gewählt, in den Weg treten, um sich
Unabhängigkeit und Ansehen zu verschaffen. Sie soll
an seiner Seite stehen wie ein Wesen des Friedens
und der Liebe, welches sein Leben erheitert. Sie soll
ihre Kinder erziehen, sie an das Gute gewöhnen und
mit ihrer sanften Hand die ersten Schritte derselben
im Leben leiten. Merke Dir, daß es besonders die
Frau ist, auf welcher die Gottesfurcht und die darauf
gegründete Sittlichkeit beruht. Möge sie diesem wichti=
gen Berufe ihre ganze geistige Kraft und ihre hervor=
ragenden Fähigkeiten widmen; denn sie ist es, welche
im Herzen des Kindes die ersten Begriffe von Gutem
und Bösem entwickelt. Und diese edle Bestimmung
nennst Du kleinlich! Ach! was ist denn Dein thörich=
ter Kampf mit der Natur werth? — derselbe führt
nur zum Unglück und zum Leiden; während es da=
gegen keine schönere Rolle für uns gibt, als die einer
Gattin und Mutter, das Einzige, welches
nöthig hätte von Vorurtheil, Einbildung
und Thorheit emancipirt zu werden, ist
eigentlich — der Verstand der Frau."

„Du hast aber doch selbst das freie und un=

abhängige Leben einer Künstlerin gewählt," fiel
Thora ein.

„Ja, aber nur für so lange, als ich allein bin;
aber in derselben Stunde, in welcher ich mich verhei=
rathe, hört meine künstlerische Laufbahn auf. Man
dient immer schlecht zwei Herren zu gleicher Zeit,"
antwortete Nina lächelnd.

„Beste Nina, laß uns nicht miteinander streiten.
Ich werde mit meinem Charakter doch niemals etwas
so Ungereimtes verstehen lernen, wie alle diese un=
sinnigen Ansprüche auf Entsagung, welche der Mann
zu einem Gesetz für uns gemacht hat. Ich werde
mich niemals verheirathen, wenn ich damit mich darauf
beschränken müßte, lebenslänglich die erste Dienerin
meines Mannes zu sein, denn etwas anderes ist die
Frau nicht, wie die Sachen jetzt stehen. — Gerade
weil Heinrich in allen Punkten Deine Ansichten theilt,
oder richtiger die Deinigen von den seinigen ausgehen,
sehe ich die Unmöglichkeit einer Verbindung zwischen
uns ein. Er gibt mir sein Herz, fordert aber von
mir mein ganzes Leben, welches nach seinen Wünschen
und nach seinem Willen zur Sclaverei verurtheilt wird.
Um ein solches Opfer zu bringen, ist eine so starke
und blinde Liebe nothwendig, wie diejenige, welche ich
für Axel empfinde; aber jetzt wäre dieß durchaus un=
thunlich. — Heinrichs ernste und unerschütterliche
Ueberzeugung von der unerbittlichen Strenge der Na=
turgesetze gegen die Unabhängigkeit der Frauen würde
in einen offenen, durch das ganze Leben fortgesetzten
Streit mit meiner nach Freiheit dürstenden Seele ge=
rathen. Ich verabscheue den Zwang; er sieht denselben

für unsere Rettung an. O! das Leben würde dann
nur ein langer und schwerzlicher Kampf werden, wel=
cher gewiß bittere Leiden hervorrufen müßte. — Ich
hätte gewünscht, daß Heinrich dieß selbst eingesehen,
und mir den Schmerz erspart hätte, ihm dasselbe
zu sagen.

Indessen habe ich meinem Vater und der Tante
versprochen, ihrem Wunsche gemäß einen Mann zu
wählen, und die Wahl muß jetzt entweder auf den
Stallmeister oder auf Emil fallen. — Der Erstere ist
einer von jenen wenigen Menschen, von welchen man
weder sagen kann, daß sie ehrliche Burschen noch
Schurken sind. Sinnlich in seinen Neigungen, ein
angenehmer Gesellschafter, ein gewandter Polkatänzer,
ein vortrefflicher Whistspieler, ein guter Sänger, ein
ausgezeichneter Jäger und ein vorzüglicher Reiter;
aber ohne Reflexion und Kunstsinn. Eine Alltagsseele,
unfähig zu lieben und zu leiden, hat er blos einen
Wunsch, — durch eine reiche Heirath seine liederlichen
und leichtsinnigen Neigungen befriedigen zu können;
ich bin eine gute Partie — und das ist der Grund,
warum er um meine Hand anhält.

„Aber, mein Gott, Du wirst doch nicht den
Menschen wählen?“ rief Nina.

„Nein, denn wenn ich das thäte, dann würde
er in einigen Jahren mich zur Sclaverei der Armuth
verurtheilt haben. Es bleibt also nur noch Emil
übrig. Er ist seiner Phantasie nach Künstler, und
von Herzen ein dichterisches Gemüth. — Er liebt das
Schöne und hält mich für hübsch. Er träumt von Lei=
denschaft — ich bin lebhaft, und er hofft jene bei mir

zu finden. Da er von Charakter schwach, unbeständig
und ohne alle Festigkeit ist, so ist seine Liebe nur so
lange heftig, als sie auf Widerstand stößt. Bei seinem
exaltirten und phantastischen Gemüth sind seine Leiden
und Freuden nur Kinder des Augenblicks. Er ist bis
zur Narrheit für Beifall empfänglich, und vergißt
Alles über dem Glück äußerlicher Auszeichnung —
siehe, da hast Du Emil's Innere treu und wahr ge=
schildert."

„Und seinen Händen gedenkst Du Deine Zukunft
anzuvertrauen?" fragte Nina.

„Ja! — Höre meine Gründe: Emil liebt mich;
aber nicht mit einer so starken und dauernden Liebe,
wie Heinrich, sondern eher mit seiner Phantasie. Seine
Leidenschaft wird, sobald er verheirathet ist, gleich jeder
andern Illusion verschwinden. Aber als Künstler
werden wir als Mann und Frau nicht in den drücken=
den abhängigen Verhältnissen zu einander zu stehen
kommen, sondern nur zwei Freunde werden, welche zu=
sammen arbeiten und sich bei den beiderseitigen Erfol=
gen wohl befinden. Der Eine wird in seiner Eigen=
schaft als Mann den Andern nicht unterdrücken.
Um kurz zu sein: Wir werden ein Paar selbständige
Compagnons sein, welche nur deßhalb zusammen sind,
weil wir es wünschen; aber in der Zwischenzeit lebt
jeder für sich, jeder in seinen Zimmern. Nur auf diese
Weise ist es mir nunmehr möglich, eine Verbindung
ohne Liebe einzugehen. — Emil wird sich in seiner
Freiheit glücklich befinden und mich als eine liebe Gesell=
schafterin betrachten, während dagegen Heinrich unbe=
dingt darüber unglücklich werden würde, in mir keine

Gattin, kein schwaches Wesen zu finden, welches nach
seinen Begriffen ohne seinen Rath nichts unternehmen
könnte."

„Gott gebe, Thora, daß Du Dir jetzt nicht einen
grausamen Mißgriff zu Schulden kommen lässest, wel=
cher Dich Deine ganze Zukunft kosten wird; denn mir
kommt Dein eheliches Gebäude so unnatürlich und auf
einen so wunderlichen Grund gestellt vor, daß es bei
der leisesten Berührung zusammenstürzen und in seinem
Fall Dich selbst mit begraben muß."

„Aber doch ist dasselbe, trotz allen seinen Mängeln,
das einzige, welches ich auf den Trümmern meines ge=
brochenen Herzens errichten kann. Ach! Nina, meine
Ehe mit Heinrich würde einem Hause gleichen, das
man auf einem Vulkan gebaut hat."

Ein Bote der Majorin brachte ihnen die Nachricht,
daß der Thee auf sie warte.

––––––––––––

Am Tage darauf saß Thora in ihrem Atelier und
arbeitete. Sie blickte ungeduldig nach der Wanduhr
und ihr Gesicht zeigte eine peinliche Unruhe. Die
langsamen zwölf Schläge der Uhr, das rasche Oeffnen
der Thüre und Heinrichs Eintreten schien mit einem
Male jener Unruhe ein Ende zu machen.

Vielleicht wäre es nicht unpassend, einige Worte
über das Aeußere des Doktor Adler zu sagen. Er war
ein Mann von mittlerer Gestalt, mit etwas steifer

Haltung und scharfen Gesichtszügen, die Stirne war
sehr gewölbt und trug ein unverkennbares Gepräge der
Intelligenz, seine Augen waren klein, durchdringend
und ernst, die Nase stark gebogen und der Mund mit
den etwas dünnen Lippen hatte einen ziemlich strengen
Ausdruck. Man las in jedem Zug einen Charakter,
bei welchem Energie und Festigkeit vorwaltend seien;
betrachtete man aber in einem unbewachten Augenblick
seinen Blick etwas aufmerksamer, dann merkte man
deutlich, daß unter dem kalten, ruhigen Aeußern ein
warmes Herz schlug.

„Willkommen, Heinrich!“ sagte Thora und reichte
dem Vetter ihre Hand.

„Stimmt auch Dein Herz diesem Willkommen
bei? Ich glaube, es kaum hoffen zu können,“ ant=
wortete Heinrich und hielt ihre Hand in der seini=
gen fest.

„Jetzt und immer bist Du mir willkommen.
Du bleibst ja unter allem Wechsel der Verhältnisse ein
Bruder und ein Retter meines Lebens.“

Thora’s Blick drückte Dankbarkeit aus.

„Also nur ein Bruder! — O, Thora! Bedenke
Dich einen Augenblick, bevor Du mich verstößest. Du
bist das einzige Weib, welches ich geliebt, das einzige,
welches ich je lieben werde, mein Glück, Thora, bist Du;
ohne die Hoffnung, Dich zu besitzen, wird das Leben
für mich eine unerträgliche Einöde. Meine Studien
und mein Beruf werden mir nicht eine liebe und für
meine Neigung theure Beschäftigung, sondern eine
mühsame und schwere Pflicht sein. Aber mit Dir an
meiner Seite, wie ganz anders wird das Leben sich

für mich gestalten! — Ich weiß, daß Du mich jetzt
nicht liebst, daß Deine Gefühle an Axel hängen; aber
ich werde Dich wie eine Kranke betrachten, und mein
Bestreben wird es sein, die Wunde zu heilen, an
welcher Du leidest. — Was will ich denn für Dich
sein? Deine Stütze, Dein Freund und Tröster. Dir
Frieden und Ruhe zu verschaffen, für Dich zu leben,
das wird mein ganzer Wunsch und mein ganzes
Glück sein. — Sage, kannst Du mich auch jetzt verstoßen?"

Heinrich sprach mit Wärme; aber Thora hörte
ihn stillschweigend und mit einem schmerzlichen Ausdruck an.

„Wenn Du wüßtest, wie sehr ich darunter leide,
daß ich Dir all den Schmerz bereite, den ich Dir
jetzt bereiten muß, dann würdest Du finden, wie viele
wahre Neigung ich für Dich empfinde. — Ich werde
niemals irgend eine Freude über Dein Leben verbreiten können; denn all Deine Zärtlichkeit vermag
nicht meine erste Liebe und deren Gegenstand aus
meinem Herzen zu verwischen. Es ist mir nicht mehr
möglich, das Glück in einem stillen häuslichen Leben
zu finden. Ich würde nur noch unglücklicher werden,
falls ich dazu verurtheilt würde, an meiner Seite
einen Gatten zu sehen, der zärtlicherer Gefühle
werth wäre, ohne daß ich ihm solche widmen könnte.
Deine Leiden würden mir eine Plage sein, weil ich
wüßte, daß Du alle die edelsten Kräfte Deiner Seele
mir opfertest, ohne daß mein undankbares Herz Dir
etwas zurückgeben könnte. — Endlich, wer weiß, zu

welchen Verirrungen mein Freiheit liebendes und
veränderliches Temperament mich verleiten könnte,
wenn die Liebe nicht die ewige Fessel zu einem Rosen=
band macht? Von Deinen und meinen Sorgen nie=
dergedrückt, würde ich vielleicht uns Beide rücksichtslos
in's Unglück stürzen. — Nein, ein so trübes Loos
werde ich Dir nie bereiten, daß Du Dein Leben mit
einem Weibe dahinschleppen müßtest, welches Deiner
in keinem Falle würdig wäre."

„Wozu diese Schilderung, welche sich niemals
verwirklichen wird, wenn Du die Meinige werden
solltest? Du mußt mich wahrlich sehr hassenswerth
finden, da Du solche Mittel aufbietest, um mich abzu=
schrecken. Ich unterwerfe mich diesem eingebildeten
Schicksal und werde es wie ein Mann tragen; wenn
Du nur die Meinige wirst! Beraube Dich nicht aus
Thorheit eines treuen und ergebenen Freundes und mich
meines einzigen irdischen Glücks, selbst wenn dasselbe
in den Augen Anderer wie ein Unglück aussehen sollte.
Thora, ich bitte Dich, um unser Beider Zukunft willen,
stoße nicht die Stütze gegen die Stürme des Lebens von
Dir, deren Du so sehr bedarfst und welche Du allein
bei mir finden wirst."

„Verlängere nicht diese bittere Stunde und stelle
nicht meinen Muth auf eine härtere Probe, da ja doch
unsere Stellung niemals eine solche werden kann, wie
sie Dein entsagendes Herz wünscht. Glaubst Du, daß
ich lächelnd eine solche Liebe von mir weise, wie die
Deinige? Nein, ich leide grausam und doch, Heinrich,
kann ich nicht die Deinige werden. Die Qualen, welche
meine Weigerung Dir jetzt bereitet, sind keine im Ver=

gleich mit der Reue und der Qual eines ganzen Lebens, wie ich sie im entgegengesetzten Falle uns Beiden bereiten würde. — Heinrich, ich flehe Dich an, höre auf, mich zu bitten; denn mit Ehre und Gewissen kann ich nicht anders handeln."

„O! Du bist grausam — grausam gegen uns Beide; möge es Dir Gott verzeihen, was Du jetzt thust!" rief Heinrich und stürzte hinaus.

„Ja, möge Gott über meine Handlungsweise urtheilen," flüsterte Thora mit Schmerz und faltete die Hände, als Heinrich fort war.

————

Am Nachmittag desselben Tages erhielt Emil folgenden Brief:

„Bester Emil!

Nach dem erneuerten Antrag, den Du mir durch Tante machst, muß ich Dir jetzt meine Antwort geben. Falls Du wünschest, daß mit meiner Hand auch mein Herz Dir gehören soll, dann muß ich Nein antworten; genügt es Dir aber, in mir eine Gesellschafterin, eine Freundin und eine Mitarbeiterin als Künstlerin zu haben, dann will ich Deine Gattin werden. — Ueberlege dieß genau und besinne Dich, daß ich einmal so geliebt habe, daß ich niemals mehr den Gegenstand meiner Liebe wechseln kann.

Ich warte Deine Antwort bei der Tante ab, welche heute Abend Besuch empfängt.

Immer Deine Freundin

Thora Falk."

Abends fand Emil, jubelnd vor Freude, sich ein — denn welcher Mann hätte wohl an seiner eigenen Liebenswürdigkeit oder an seiner Fähigkeit, Liebe zu erwecken, gezweifelt? Die Männer halten sich immer für unwiderstehlich und Emil machte davon keine Ausnahme.

„Wird Thora nur die Meinige, dann werd ich sie schon lehren, mich zu lieben," dachte unser Künstler, und diese Hoffnung machte sein Glück vollständig. Die schöne und ausgezeichnete Thora sollte jetzt seine Gattin werden! — Es gab keinen Preis, um wel=chen Emil sich nicht ein solches Glück erkauft haben würde.

Ein paar Tage darauf saß Graf Falkenhjelm in seiner Wohnung in der Gartenstraße und unterhielt sich mit seinem Neffen, Graf Hugo Oernhjelm.

„Du wunderst Dich darüber, daß ich nicht schon lange diesen Schritt gethan, und Du hast Recht; aber es ist nicht so leicht, seiner ganzen Familie den Handschuh hinzuwerfen," bemerkte Graf Falkenhjelm.

„An Onkels Stelle wäre ich keinen Augenblick unentschlossen."

„Möglich, und ich bin es auch nicht länger, nachdem Du mich von dem Charakter in Kenntniß gesetzt hast, den man meinem Verhältniß zu Thora hat aufdrücken wollen. — An ihrem Verlobungstage werde ich sie als meine Tochter anerkennen und nachher auf gesetzlichem Wege die Adoption ordnen. — Du scheinst zu vergessen, daß es der Hochmuth Deiner Mutter sein wird, gegen welchen ich am meisten zu kämpfen haben werde."

„Gewiß nicht; aber um der Schwäche meiner sonst vortrefflichen Mutter willen dürfen wir als Männer nicht unsere Pflicht opfern."

„Damit sie nicht vor Schrecken sterbe, will ich sie doch darauf vorbereiten; begleitest Du mich?"

„Ich halte es für am besten, daß Onkel allein hingeht."

„Du hast Recht; denn das ist gewiß, daß wir uns ereifern werden."

Graf Falkenhjelm stand auf.

„Was ist die Uhr?"

„Eins," antwortete Graf Hugo und sah auf seine Uhr.

„Es wird gerade die rechte Zeit sein."

Damit gingen sie.

In einem prachtvollen Kabinet in ihrer Wohnung saß die Wittwe seiner Excellenz Oernhjelm,

die Mutter Hugo's, und die Schwester des Grafen
Falkenhjelm.

Die Gräfin war ungefähr fünfzig Jahre alt,
und noch hübsch. Die Zeit hatte mit leichter Hand,
die stolzen, kalten, regelmäßigen Züge berührt. Je=
des Gefühl ihrer Seele war aristokratisch, und
mit einem hohen Gedanken von den Vorzügen, Ver=
diensten und Rechten des Adels vereinte sich eine gren=
zenlose Verachtung alles Dessen, was man bürgerlich
nennen kann. Dieser ihrer Leidenschaft hatte
die Gräfin Manchen geopfert, und das mit einer un=
beweglichen Strenge, ja man könnte sagen Grau=
samkeit.

Sie saß jetzt im Lesen vertieft, als der Bediente
den Grafen Falkenhjelm anmeldete.

„Willkommen, Henning!" begrüßte ihn die Grä=
fin und reichte dem Bruder ihre Hand. Man sprach
kurze Zeit über gleichgültige Dinge.

„Mein eigentlicher Zweck war, Dir einen Ent=
schluß, den ich gefaßt, mitzutheilen," begann der Graf.

„Welchen denn? — aber bevor Du weiter gehst,
erlaube mir eine Bemerkung, die auf das Ansehen
unserer Familie Bezug hat. Ich habe gewiß kein
Recht mich in Deine Privatverhältnisse zu mischen, und
thue es auch nicht; wenn Du aber durch dieselben auf
irgend eine Weise unseren Namen compromittiren
kannst, dann bin ich gezwungen zu sprechen. Du
stehst, wie ich weiß, mit einer gewissen Mamsell Falk in
Verbindung, und dabei habe ich nichts zu bemerken;
daß Du aber mit ihr reisest, Dich bei öffentlichen Ver=
gnügungen und an öffentlichen Plätzen sie am Arme

führend zeigst, das ist unvorsichtig und unrecht, und weil ein solches Benehmen den Leuten Anlaß zu der Vermuthung gibt, daß, — daß — oh, ich kann kaum das Wort aussprechen, so demüthigend ist es . . . ."

„Oh, versuche es doch," fiel der Graf spottend ein.

„Daß Du Dich mit jenem Mädchen zu verheirathen beabsichtigst. Du siehst wohl ein, daß ein solches Gerücht nicht allein für Dich, sondern auch für mich und für Alle, die zu unserer Familie gehören, verletzend ist."

„Wirklich? — übrigens wollte ich gerade darüber sprechen. — Hast Du den Namen der Majorin Alm vergessen?"

„In der That kommt es mir vor, als wenn ich ihn einmal gehört hätte, kann mich aber nicht erinnern, wann; übrigens erinnere ich mich nie solcher Leute."

„Das Mädchen ist die Tochter von mir und Amalia Heyse, und die Majorin die Schwester Amaliens. — Jetzt erinnerst Du Dich gewiß des Namens Alm?"

Bei diesen Worten fuhr die Gräfin zusammen; eine dunkle Röthe bedeckte ihre Wangen. Mit einer stolzen, hochmüthigen Miene warf sie den Kopf zurück und blickte den Bruder an, indem sie sagte:

„Oh, jenes Weib, um dessen Willen Du zweimal nahe daran warst, Dich sogar soweit zu vergessen, daß . . . . . "

„Daß ich es zu meiner Frau nehmen wollte. Als Du mir die Mutter raubtest, vergaßest Du, daß sie ein Kind hinterließ. Nicht wahr, Bertha, wir haben Beide vieles gegen die Todte gut zu machen?"

„Wir?!"

„Ja, gerade wir! Ich, der Urheber ihrer Leiden; Du, die Henkerin, die Du sie verfolgtest und in Land= flüchtigkeit jagtest, und es mir dadurch unmöglich machtest, mein Vergehen wieder gut zu machen."

„Du nennst das Dein Vergehen wieder gut machen, eine Familie zu entehren? Nein, ich glaube wahrhaftig, ganz Recht gehandelt zu haben, als ich eine solche standalöse Verbindung vernichtete."

„So — o?" — die Stimme des Grafen zitterte vor Zorn; „aber ich denke ganz anders — und da= rum will ich jetzt Amalias Tochter adoptiren."

„Was sagst Du?" rief die Gräfin.

„Daß morgen die Tochter jenes Weibes ein Fräulein Falkenhjelm ist."

„Dießmal, meine liebe Bertha, kann weder Dein Hochmuth, noch Deine Intriguen meine Pläne kreuzen, oder mich daran hindern meine Schuldigkeit zu thun."

Der Graf nahm seinen Hut, um zu gehen.

„Henning, bleibe, und höre mich an!" rief die Gräfin bestürzt und faßte den Arm des Bruders.

„Was willst Du?"

„Erniedrige nicht so tief einen der schönsten Na= men Schwedens, daß Du dem unbefleckten Stammbaum desselben eine Person von niedriger Herkunft ein= impfest!"

„Wann, Bertha, sahst Du mich je ein Wort zurückzunehmen, oder einen auf vernünftige Gründe hin gefaßten Entschluß ändern? — Niemals! — Un= seren Namen ehren wir am besten dadurch, daß wir unsere Pflichten erfüllen. Lebewohl! Deine Vorstel=

lungen sind unnütz, denn mich kann man nicht über=
reden."

Der Graf ging.

„O! es ist entsetzlich, daß ich, nach so vielem
Kampfe für die Ehre unseres Namens, genöthigt bin,
so etwas zu erleben!" rief die Gräfin und sank in das
Sopha zurück.

Einige Tage darauf war die Wohnung der Majo=
rin Alm glänzend erleuchtet, und sie selbst ging, ele=
gant gekleidet durch die Zimmer, um zu sehen, ob
alles sei, wie es sein sollte. Sie trug heute ihren
Kopf etwas höher und hob ihre Brust vor Zufrie=
denheit; denn das Dunkel, welches bisher über Thora's
Geburt geruht, sollte jetzt verschwinden, und sie selbst
eine Genugthuung erhalten, welche den Stolz jeder
Frau befriedigen konnte. Außerdem sollte auch Tho=
ra's Verlobung heute gefeiert werden.

Nachdem die Majorin Alles überschaut hatte,
kehrte sie nach dem Salon zurück, wo Thora gerade
in demselben Augenblick eintrat.

„Mein Gott, Kind, woran denkst Du, daß Du
Dich schwarz gekleidet hast?" rief die Majorin unzu=
frieden.

„Die Farbe paßt am besten für mein Herz,"
antwortete Thora und warf sich in einen Armstuhl.
Sie trug ein schweres schwarzes Atlaskleid, welches

in reichen Falten um ihre schlanke Figur herabfiel.
Das Haar wogte in üppigen und langen Locken über
Hals und Schulter. Kein Schmuck und keine Blume
gab dem ernsten Anzug ein heitereres Aussehen.
Thora glich, wie sie da saß, dem Engel der Trauer,
welcher vom Himmel herabgestiegen war, um —
am Grabe der Freude zu weinen.

„Aber, meine kleine Thora, man wird Deinen
Anzug sonderbar finden, und Du selbst wirst ein Ge=
genstand von Bemerkungen werden. — Erinnere Dich,
daß wir außerdem Ball haben; wie kann es da an=
gehen, daß Du wie zu einem Begräbniß gekleidet bist?“

„Tante,“ rief Thora heftig, „es ist ja auch ein
solches, wenn man die Sache recht überlegt.“ „Ich
will und werde so bleiben wie ich bin; was frage
ich nach dem Gerede der Leute.“

Die Zeit erlaubte keine weitere Discussion über
das Thema; denn die Gäste fingen an anzukommen.

Ein Paar Stunden darauf war der Ball im
vollen Gange. Thora tanzte nicht und schützte ein
zufälliges Uebelbefinden vor. In einen Lehnstuhl zu=
rückgesunken, unterhielt sie sich mit Graf Oernhjelm.

„Ich sehe nicht Deine Cousine, Mamsell Adler,“
bemerkte der Graf.

„Nina kommt etwas später; sie singt heute
Abend in W — s Concert.“

„Findet das heute statt? — und ich war der
Meinung, daß es erst morgen gegeben werden würde.“

„Du interessirst Dich für Nina?“ fragte Thora
matt lächelnd.

„Ihr Gesang ist entzückend; aber übrigens kenne ich sie nicht."

„Vielleicht würdest Du doch wünschen ihre Bekanntschaft zu machen?"

„Ja, von ganzem Herzen."

„Ich werde Euch einander vorstellen," seufzte Thora.

„Du bist nicht heiter, Thora?"

Der Graf blickte sie fragend an.

„Nein."

„Und doch steht Dir eine angenehme Ueberraschung bevor."

„Du meinst die Proklamation meiner Verlobung. Ach! das ist eine Ueberraschung, von welcher ich bereits weiß."

Nina trat von Heinrich begleitet in den Saal. Thora grüßte sie herzlich, — und stellte Graf Dernhjelm vor, worauf sie sich an Heinrich wandte, und sich mit ihm unterhielt.

„Du tanzest nicht," bemerkte Heinrich in einem ruhigen fast gleichgültigen Tone und setzte sich. Auf dem Gesichte des Doctors sah man keine Spur von Gemüthsbewegung.

„Nein, ich finde es langweilig," antwortete Thora und zerpflückte das Bouquet, welches sie von Emil erhalten.

„Thora, gönne mir diesen Walzer, welcher jetzt gespielt wird," bat Heinrich mit einer gänzlich veränderten Stimme, und beugte sich über sie herab.

Thora blickte auf. — Sein Aussehen war auf-

geregt, und seine Brust bewegte sich rascher als ge=
wöhnlich.

„Verweigerst Du mir auch diese Bitte?“ fragte
er, als Thora schwieg.

„Nein, nicht wenn Du mich darum bittest,“
antwortete Thora mit einem Seufzer.

Heinrich führte sie in den Tanzsaal.

„Der Herr Graf behaupten also, daß ich die
Partie der Alice nicht richtig aufgefaßt habe,“ gab
Nina zur Antwort auf irgend eine vorhergehende
Bemerkung.

„Ich meinte, es bemerkt zu haben, aber Sie
werden vielleicht mit Grund einwenden, daß der
stürmische Beifall des Publikums den Beweis liefert,
daß ich Unrecht habe,“ sagte der Graf.

„Nachdem der Herr Graf mir den Einwurf
etwas deutlich in den Mund gelegt haben, so lasse
ich denselben passiren; ersuche Sie aber doch, mich
ihre Gründe hören zu lassen, welche Sie gegen mich
und das Publikum anführen.“

„Es ist der Sängerin Mamsell Adler, welcher
man Bravo zuruft; weil ihre kräftige und schöne
Stimme Alle hinreißt; aber es ist nicht Alice,
welche die Bezauberung hervorruft.“

„Das bedarf einer näheren Erklärung.“

„Dieſelbe iſt ſehr einfach: Sie ſind nicht Alice,
Sie ſind Sie ſelbſt."

Nina ſchwieg eine Weile; fiel aber dann ſchließ=
lich ein:

„Wie aber dieſem Fehler abhelfen?"

„Werden Sie Alice!"

· Jetzt kamen einige Cavalire, welche Nina zum
Tanze engagirten, und ſie vom Grafen wegführten.

Der Walzer war zu Ende. Heinrich führte
Thora zu ihrem Platze zurück und flüſterte dabei:

„Leb wohl, mein geträumtes Glück!" —
und verließ den Ball.

———

Du tanzteſt mit dem Doktor, nachdem Du es
mir ausgeſchlagen haſt," ſagte Emil, welcher neben
Thora Platz genommen hatte. In ſeinem Tone lag
eine unterdrückte Unzufriedenheit.

„Darum, weil ich beſondere bindende Gründe
dazu hatte; aber wenn Du es willſt, ſo tanze ich
auch jetzt mit Dir."

„Nein Thora, nicht einmal beim Tanzen möchte
ich der Zweite in der Reihe bei Dir werden wollen;
lieber verzichte ich ganz darauf."

Er ging von ihr fort.

Zwiſchen den Tänzen finden wir wieder Graf
Hugo und Nina ſich mit einander unterhaltend.

„Wenn Mamſell Adler es mir erlaubt, Ihnen

einen Besuch abzustatten, so werden wir auf das Thema zurückkommen; aber hier ist es unmöglich, den Charakter zu beleuchten, welchen Alicen's Gesang haben muß."

„Es wäre unrecht von mir, eine solche wohlwollende Bemerkung außer Acht zu lassen, und der Herr Graf wird mich sehr verbinden, wenn Sie mich mit einem Besuche beehrten."

„Aber haben Sie die Güte, der Thürsteherin Befehl zu geben, mich einzulassen; denn sonst wird es nicht auszuführen sein. Sie gleicht einem Drachen, welcher einen Schatz hütet," sagte der Graf lächelnd.

„Beurtheilen Sie sie nicht so streng, denn sie folgt nur den Befehlen," antwortete Nina lachend.

„Im Gegentheil, ich respektire ihre Pünktlichkeit, und achte die Beweggründe hoch, welche den Befehl veranlaßt haben. Schon morgen werde ich mir die Freiheit nehmen, einen Besuch abzustatten."

Der Graf verbeugte sich.

Die Tanzmusik schwieg, — aber die Gesellschaft hatte sich im großen Salon versammelt, die Bedienten trugen Champagner herein, und Graf Falkenhjelm, Thora an der Hand haltend, sprach mit lauter Stimme:

„Ich habe die Ehre den Anwesenden die Verlobung m e i n e r T o c h t e r, Thora Falkenhjelm mit Herrn Emil Liljenkrona mitzutheilen."

Weit unten von den Thüren her, ertönten in demselben Augenblick folgende Worte in schlechtem Schwedisch:

„D a s u n e h e l i c h e K i n d d e r G i f t m i s c h e r i n A m a l i a H e y s e."

Alle blickten mit Bestürzung dorthin. — Eine
kleine, junge blonde Frau stand auf der Schwelle;
aber sie ging langsam auf Thora zu, welche sie mit
bleichen Wangen und entstellten Gesichtszügen anstarrte.

„Gnädige Frau, Sie vergessen sich, wenn Sie
es wagen, hier mit einer skandalösen Unwahrheit auf
den Lippen aufzutreten, um damit eine Todte zu be=
flecken.“

„Der Herr Graf hat Recht; diese Frau vergißt
sich selbst und die Wahrheit; denn Amalia Heyse war
vollkommen unschuldig,“ antwortete ebenfalls in stark
gebrochenem Schwedisch eine ernste Stimme.

Der Graf drehte sich um. Ein hochgewachsener
älterer Mann stand vor ihm.

„General Behrend!“ rief der Graf.

Dieser verbeugte sich, ergriff dann die Hand der
jungen Frau und sagte:

„Komm, Unglückliche!“

Aber sie riß sich los, stürzte hin zu Thora, und
sprach auf deutsch folgende Worte:

„Fluch über Euere Ehe; möge sie ebenso wer=
den, wie die meinige es durch Euere Schuld gewor=
den.“

„Thora sank ohnmächtig zu Boden. Bei der
allgemeinen Verwirrung, welche dieser Auftritt her=
vorrief, entfernte sich der General mit der Unbe=
kannten.“

So endete der Verlobungstag Thora's; und
jetzt verlassen wir sie für einige Zeit.

Am Tage darauf machte Graf Oernhjelm einen Besuch bei Nina. Er erneuerte denselben nachher oft und kam nach und nach, ohne daß Jemand daran dachte, täglich. Aber obgleich sie meistentheils allein waren, so mischte sich doch kein einziges Wort in ihre Gespräche, welches eine Galanterie enthalten hätte. So verfloß die Zeit, und Monat März war herangekommen.

Eines Vormittags erhielt Nina eine Einladung von der Gräfin Oernhjelm, um mit i h r e m G e s a n g das Souper zu verherrlichen, welches die Gräfin einige Tage darauf zu geben beabsichtigte. Das Blut Nina's stürmte nach dem Herzen bei dem Gedanken, daß sie bei H u g o s M u t t e r gleich einem anderen Instrumente behandelt werden würde.

Von dem Augenblick an, wo Nina die Bühne betrat, hatte sie auch ihren Lebensplan festgesetzt, und sich es zur Regel gemacht, niemals Besuche oder Billete anzunehmen, welche an die Schauspielerin gerichtet waren; und sich niemals als Sängerin in größeren Gesellschaften einladen zu lassen, um solche Festlichkeiten glänzender zu machen.

Als sie den Brief von der Gräfin empfing, war ihre Antwort bereits beschlossen, und ohne sich einen Augenblick zu besinnen, ließ Nina sagen, daß sie nicht die Ehre haben könne.

Manches schmerzliche Gefühl durchbebte Nina bei dem Gedanken, daß vielleicht Hugo die Mutter auf die Idee gebracht hätte, sie einzuladen.

„Er betrachtet mich also nur als eine öffentliche Sängerin, dazu geschaffen, mit meiner Stimme die

Hochgeborenen zu unterhalten, wenn diese sich herab=
lassen, mir ihre Salons zu öffnen. O! wenn dem
so wäre . . . . ." dachte Nina, währe ndihre Brust vor
Zorn wogte.

Wie Du siehst, mein lieber Leser, hatte Nina
einen ziemlich bedeutenden Stolz.

In demselben Augenblick meldete Thora den
Grafen Oernhjelm.

Nina war einen Augenblick unschlüssig, ob sie
ihn nunmehr empfangen sollte; aber bevor sie einen
Entschluß gefaßt, stand der Graf bereits in der Thüre.

„Ich komme wohl nicht ungelegen?" fragte die=
ser, nachdem sie einander begrüßt hatten.

Nina reichte ihm schweigend den Brief der
Mutter.

Nachdem er denselben durchgelesen, richtete er
seine Blicke auf Nina und sagte:

„Ach! Sie hatten mich vielleicht im Verdacht, daß
ich irgend dabei betheiligt sei; aber ich kann Ihnen
die heilige Versicherung geben, daß sowohl das Souper
wie diese Einladung hier, mir vollkommen fremd sind.
Trauen Sie mir nicht einen solchen Mangel an
Takt zu?"

„Herr Graf, ich fühle mich glücklich, es überhoben
zu sein."

„Sie werden zugeben, daß Ihre Zweifel nahe
daran waren, mir das Glück zu rauben, Sie heute
sehen zu dürfen; und daß jener Brief Sie vielleicht
hätte veranlassen können, mir die Thüre zu verschließen."

„Es kann sich jedenfalls ereignen, daß ich genöthigt
wäre Sie zu bitten, Ihre so häufigen Besuche einzustellen."

„So grausam können Sie gewiß nicht werden! —
habe ich denn Sie auf irgend eine Weise, ohne daß ich
es wollte, verletzt? oder sollten denn Sie, aus bloßer
Furcht vor Tadel, mir einen solchen Schmerz zufügen
können?"

Dabei ergriff der Graf Nina's Hand.

„Ach! Herr Graf, was hat denn ein Mädchen wie
ich, nachdem mein Ruf, wenn auch unverdient, einen
Flecken bekommen hat? Auch kann ich nicht verlangen, daß man mich für unschuldig hält, wenn der
Schein gegen mich ist. Wie wollen Sie, daß man
Ihre fleißigen Besuche erklären soll, wenn nicht auf
eine für meine Ehre verletzende Weise? Kann ich
als Theatersängerin verlangen, daß man besser
von mir denkt, als von irgend einem andern jungen
Weibe, welches täglich die Besuche eines jungen Mannes empfängt? Wären Sie mir ebenbürtig, dann
würde es vielleicht weniger zu bedeuten haben; aber
jetzt, Herr Graf! — urtheilen Sie selbst."

„Es liegt leider in Ihren Worten eine bittere
Wahrheit; aber gerade darum verlangen Sie eine
Erklärung, welche jedoch vielleicht mit einemmale dem
Glücke, das ich genossen, ein Ende machen wird. —
Von den besten und edelsten Gefühlen meines Herzens
zu Ihnen hingezogen, Nina, suchte ich Ihre Bekannt-
schaft zu machen und fand bald, daß Sie das einzige
Weib seien, welches ich lieben könnte. — Sie wurden
die unumschränkte Herrscherin über alle meine Ge-
danken und Gefühle.

„Ich vergaß die Sängerin und bewunderte nur
das erhabene Weib. Aber meine Liebe ist zu tief und
ernst gewesen, als daß ich in ihrer verzehrenden Gluth
es gewagt haben sollte, die Sprache der Leiden=
schaft zu sprechen. Sie war zu heilig, um in Ihnen
etwas anderes sehen zu können, als diejenige, welche
mein Herz zur Gattin gewählt. — Nina! ich lege
mein Herz und mein Leben zu Ihren Füßen. Werden
Sie Ihr Geschick mit dem meinigen verbinden wollen? —
Auf Ihrer Antwort beruht mein Lebensglück."

„Ich bin nicht gewohnt, zu heucheln und kann
es am wenigsten jetzt. — Wäre ich ein Mädchen mit
einem so glänzenden Namen wie der Ihrige, so würde
ich mich für glücklich halten, mit allen heißen Gefühlen
meines Herzens, Ihre Liebe erwiedern zu dürfen; —
aber kann und darf ich es jetzt?"

„Nina, antworte mir nur aufrichtig: Liebst
Du mich?" fragte der Graf mit Wärme und ergriff
ihre Hände.

Tief erröthend, aber sanft lächelnd flüsterte Nina:
„Ja! von meiner ganzen Seele."

„Dank, geliebte angebetete Nina! denn Deine
Antwort schließt mein ganzes irdisches Glück in sich."

Hugo drückte sie fest an sein redliches Herz.

„Aber Deine Mutter?"

Nina's Stimme zitterte.

„Meine Mutter ist stolz, das ist wahr; aber soll
ich deßhalb mein ganzes Lebensglück opfern? — Du
liebst mich, was bedarf ich denn mehr zu wissen, um
selbst meine Handlungsweise bestimmen zu können?
Keine Macht kann uns jetzt mehr trennen."

Schon am folgenden Tage wollte er bei Nina's Bruder um ihre Hand anhalten; aber sie wünschte, daß er damit warte, bis die Theatersaison und ihr Kontrakt beim Theater zu Ende sei. Hugo fügte sich, obgleich ungern ihrem Willen.

Wieder verging einige Zeit ruhig und glücklich für die beiden, welche im Schatten einer reinen und erhabenen Liebe ihr Leben zubrachten.

Das Gerücht sprach bald davon, daß Nina Adler die Bühne zu verlassen beabsichtige. Als Heinrich eines Tages Graf Hugo begegnet war, als dieser von Nina herauskam, sagte der Doktor zu ihr:

„Die Besuche des Grafen scheinen mir viel zu häufig zu sein; sie werden gewiß Veranlassung zu Gerede geben; Du mußt es ihm sagen."

„Dein Rath, lieber Heinrich, kommt zu spät; ich habe ihm jetzt selbst mein Herz gegeben, und er beabsichtigt, bei Dir um meine Hand anzuhalten."

„Nina! weißt Du denn, welch' stolzes und unbeugsames Weib seine Mutter ist? sie wird bittere Leiden über Dein Haupt heraufbeschwören. Hast Du an alle die Demüthigungen gedacht, welche eine solche Partie Dir zuziehen können?"

„Zu wohl! — und ich glaube sie geduldig ertragen zu können, da es meiner Liebe zu Hugo gilt."

„Hast Du auch Thora's Verlobungstag und die Rache vergessen, welche die Gräfin Dernhjelm an ihrem Bruder nahm, weil er sein Kind adoptirte?"

„Du glaubst also, daß jenes fremde Weib von der Gräfin geschickt war, um Thora durch eine Be-

schuldigung gegen ihre Mutter zu entehren? Das wäre
entseplich!"

Ich bin vollkommen davon überzeugt, denn ich
weiß, daß die Gräfin Thora's Mutter verfolgt hat."

„Aber General Behrend, — was hatte er mit
der Sache zu thun?"

„Das weiß Gott allein; hat Thora sich nie dar=
über geäußert?"

„Niemals; — sie scheint die ganze Begebenheit
vergessen zu haben und ich nehme mich sehr in Acht,
das Thema zu berühren. — Weiß der Graf, wer
das Weib war?"

„Ich glaube gewiß, daß er es weiß, aber es
vielleicht nicht merken lassen will. — Vielleicht aus
Rücksicht auf General Behrend."

Oft wünschte Nina während der Zeit, welche
verstrich, den Lauf dieser Zeit aufhalten zu können,
denn so glücklich fühlte sie sich. —

Giebt es denn auch irgend eine Zeit in unserem
Leben, welche mit derjenigen verglichen werden kann,
wo wir lieben und geliebt werden, — wo diese Liebe,
frei von den Sorgen der Leidenschaften, über alles,
was uns umgibt, ein schönes Licht verbreitet? — Nur
ganz wenige Menschen wissen, was eine solche Liebe
in sich schließt; aber diejenigen, die sie kennen gelernt
haben, rufen gleich einem ausgezeichneten Schriftsteller:

Es gibt nur eine reine Liebe! — obgleich die Nachbildungen derselben unzählig sind.

Nina's letztes Auftreten fand statt gegen Ende Mai. — Thora saß in Gesellschaft ihrer Tante und ihres Bräutigams im ersten Rang.

Nach dem Schluß der Vorstellung gingen Thora und Emil hinunter auf's Theater, wo sie mit Graf Hugo und Heinrich zusammentrafen.

„Ich glaube, daß auch Hugo auf unsere ausgezeichnete Sängerin wartet," bemerkte Thora mit einem feinen Lächeln.

„Nein, ich warte auf meine Braut," antwortete er.

„Mein Gott! was sagst Du, ist es möglich, daß eine zukünftige Gräfin Dernhjelm sich auf dem Theater unter Schauspielerinnen, Lampenputzern und Coulissen aufhält? Das gibt ja einen Flecken an Deinem adeligen Wappenzeichen!" rief Thora ironisch.

„Deine Ironie gleitet an meinem Ohre vorbei, ich werde sofort das Vergnügen haben, sie vorzustellen."

„Auf dem Theater?"

„Gewiß."

„Da ich jetzt Mitglied Deiner stolzen Familie bin, so habe ich Lust — in Ohnmacht zu fallen," scherzte Thora.

In demselben Augenblick kam Nina aus ihrem Ankleidezimmer heraus. Der Graf eilte auf sie zu, ergriff ihre Hand und trat Thora und Emil mit den Worten entgegen:

„Ich habe die Ehre, meine Braut vorzustellen."

Thora erbleichte und mit Schmerz begriff sie

jetzt den Unterschied zwischen der wahren Liebe und dem verworrenen und unzuverläſſigen Gaukelspiel der Leidenſchaft. — Die erſtere macht den Menſchen zu einem Ideal von allem Großen und Schönen; die letztere befleckt die Seele und erniedrigt das Herz.

Emil ſprach, ſich verbeugend, einige Worte; Heinrich aber reichte dem Grafen ſeine Hand.

Darauf ging man zuſammen nach Hauſe zu Nina, wo Thora's Vater, Capitän Ahlrot und die Majorin ſie bereits erwarteten.

Man ſoupirte heiter und ſcherzend, und trank dabei auf das Wohl der neu Verlobten.

Viele bittere und qualvolle Erinnerungen plagten Thora. Wie ganz anders war nicht alles jetzt gegen den Abend, an welchem Nina debütirte; auch damals waren ſie bei ihr verſammelt; aber damals lächelte das Leben voll anmuthiger Hoffnungen Thora entgegen; — jetzt dagegen war dieſes Leben alles beraubt und ihr Herz unheilbar verwundet. Während dieſe Erinnerung Thora peinigte, lächelten doch ihre Lippen und ihre Unterhaltung zeichnete ſich durch Witz und Geiſt aus. — Thora ſuchte durch eine hyſteriſche und übertriebene Heiterkeit den Schmerz in ihrem Innern zum Schweigen zu bringen. Aber das dunkle Feuer in den großen ſchwarzen Augen glich einer verkörperten Verſuchung.

„Thora, Du ſcheinſt ſehr heiter und glücklich zu ſein. Ich würde mich mit meinem Schickſale ausgeſöhnt fühlen, falls Deine Freude w a h r wäre,“ bemerkte Heinrich leiſe.

„Spreche nicht zu mir von Wahrheit. Was iſt

mein ganzes Leben anders, als eine Unwahrheit?" ant=
wortete Thora. Ein dunkler Blick schoß aus ihren
Augen.

Am Tage darauf ließ Graf Hugo sich bei seiner
Mutter anmelden; aber bevor wir über diesen Besuch
Bericht abstatten, dürfte es nöthig sein, einige Worte
über seinen Charakter zu sagen.

Hugo war das einzige Kind seiner Eltern, Fidei=
kommissarius und einziger Erbe des ganzen Oernhjelm=
schen Vermögens. — Von seiner zartesten Kindheit an
suchte die Mutter ihm ihre aristokratischen Ideen ein=
zuprägen; aber ein rächendes Geschick wollte, daß der
junge Graf trotzdem Ansichten huldigte, welche den
ihrigen entgegengesetzt waren. Er konnte niemals einen
Stolz und einen Uebermuth begreifen lernen, welcher
einzig und allein seinen Grund in ererbten Auszeich=
nungen hatte. Seiner Seele waren die Worte un=
seres humoristischen Dichters eingeprägt:

> „Wenig helfen Dir die Ehren,
> Die den Ahnen nur gebühren;
> Von den Thaten, von den hehren
> Keine Dich zum Ruhme führen."

Als Hugo zum Manne herangewachsen war,
ging er seinen eigenen Weg. Er wählte zu seinen
Freunden und Kameraden nur verdienstvolle und aus=
gezeichnete Männer und dabei war keine Rede von

der Geburt. — Hugo hatte niemals eine glänzende
Geliebte gehabt und niemals große Summen auf Spiel
und Schmausereien verwendet; er hatte kein armes
Mädchen verführt, oder den Frieden irgend einer Fa=
milie gestört. Kurz, er hatte nichts von alle dem
gethan, wodurch junge reiche Edelleute sich so oft aus=
zuzeichnen pflegen, oder was unter ihnen zur Tages=
ordnung gehört. Er galt auch bei denselben für einen
Pedanten. Die Zeit des jungen Grafen wurde auf
Studien, Reisen und auf diejenigen Genüsse verwendet,
welche die schönen Künste uns bieten.

Mit wirklichem Aerger betrachtete seine Mutter
die Entwickelung dieser Sitten und Gewohnheiten ihres
Sohnes. Sie hätte es weit lieber gesehen, wenn er
seine Einkünfte auf eine ausschweifende Lebensweise
und andere gewöhnliche Vergnügungen in Gesellschaft
von Seinesgleichen verschleudert hätte, wenn auch diese
Vergnügungen, in moralischer Beziehung, weniger edel
gewesen wären. — Aber wir kehren jetzt zum Besuch
des Sohnes bei der Mutter zurück.

Die Gräfin blätterte in einem eben angekommenen
Modejournal.

„Willkommen, Hugo! — warst Du gestern im
Theater? — Ich sah Dich nicht," sagte die Gräfin.

„Ich war im Theater, meine Mutter," antwor=
tete Hugo und küßte ehrfurchtsvoll die Hand der
Mutter.

„Ja so, wie fandest Du die Sängerin? Sie
singt charmant, jenes Mädchen da. Weißt Du,
ob es wahr ist, daß sie beabsichtigt, von der Bühne

abzutreten? Man behauptet sogar, daß Du dabei
etwas betheiligt sein sollst."

„Meine Mutter bestürmt mich mit Fragen. Ich
werde jedoch versuchen, sie zu beantworten. Ihr Gesang war, wie immer, der Erguß einer schönen Seele."

„Du bist viel zu hochtrabend. — Solche Personen singen nur für's Geld, weil sie von der Natur
eine Stimme erhalten; — siehe, das ist Alles!"

„Sie irren sich, meine Mutter. Nina Adler ist
nur deßhalb Künstlerin und Sängerin, weil sie die
Musik liebt. — Sie ist ein wahrer Engel!"

„Ja, ein Theaterengel, s'il vous plait,"
corrigirte die Gräfin mit Ironie.

„Laß uns nicht um Worte streiten, sondern zu
der anderen Frage, ihr Abtreten von der Bühne be-
treffend, übergehen, worauf ich bestimmt antworten
kann: daß es gestern das letztemal war, daß sie das
Publikum mit ihrem Gesang entzückte."

„So—o! — es ist vielleicht auch nicht unbe-
gründet, was man sich von Deinen häufigen Besuchen
bei ihr zuflüstert.

„Was flüstert man denn?"

„Daß Du jenen bürgerlichen Bastard, die Cousine
der Fräulein Thora zu Deiner Geliebten zu machen
gedenkst. — Nicht so übel, mein Sohn; das kann als
eine gerechte Strafe für meinen ehrvergessenen Bruder
gelten."

„Das ist eine schändliche Verläumdung. — Wohl
ist es wahr, daß ich Nina von ganzem Herzen liebe,
aber gerade darum ist eine solche Handlung unmög-

lich. — Ich beabsichtige im Gegentheil ihr meinen
Namen zu geben, ich . . . ."

„Hugo! wie kannst Du es wagen, ein so un=
verschämtes Gaukelspiel mit Deiner Mutter zu treiben?"
rief die Gräfin und sprang auf mit einem vor Zorn
flammendem Gesichte.

„Verzeihe mir, wenn meine Rede so wenig den
Stempel der Wahrheit an sich trägt, daß d a s, wel=
ches mein fester unabänderlicher Entschluß ist, für
einen unpassenden Scherz aufgenommen werden kann."

„Bist Du denn thöricht genug zu glauben, daß
ich es Dir erlauben würde, eine öffentliche Sängerin,
ein Mädchen aus dem großen Haufen, ein Weib, wel=
ches auszuzischen oder hervorzurufen jeder Matros für
zwölf Schillinge das Recht hat, und dessen Ehrgeiz
nicht weiter hat gehen können, als Deine Geliebte zu
werden, — kurz ein Wesen ohne Namen und An=
sehen — zu heirathen. — Du hast Dich grausam
getäuscht, falls Du einen solchen Gedanken gehegt
hast. Nein, als Deine Mutter b e f e h l e i c h Dir,
solchen Grillen zu entsagen. O, mein Gott! haben
wir denn nicht hinreichenden Schimpf dadurch erlitten,
daß Dein Onkel sein uneheliches Kind adoptirt hat,
ohne daß Du nöthig hast, denselben noch zu ver=
größern?"

„Zum Erstenmale in meinem Leben bin ich ge=
zwungen, ungehorsam zu sein. — Ich liebe dieses
edle und erhabene Mädchen mit einem Gefühl, welches
ebenso stark und warm ist wie mein Leben und dann,
meine Mutter, muß ich handeln, wie mein Herz und
meine Ehre es gebieten. — Es gibt keine irdische

Macht, welche mich bewegen kann, meinen Entschluß zu ändern."

Die Gräfin erbleichte.

„Du willst also durch diese Ehe Deine Ahnen entehren und Deine Mutter tödten?"

„Meine Mutter ist eine Frau und wird als solche mit feinem Gefühle und Takt die Sache auffassen. Den Namen meiner Ahnen ehre ich am besten dadurch, daß alle meine Handlungen eines E h r e n m a n n e s würdig sind. Aber niemals wird dieser Name mich daran hindern, irgend welches Weib zu meiner Gattin zu wählen, das mein Herz für würdig hält; möge es seiner Geburt nach noch so gering sein, wenn nur sein Charakter und seine Sitten rein sind."

„Sind dieß Deine letzten Worte?" fragte die Gräfin mit zitternder Stimme.

„Ja, das ist mein fester Entschluß," antwortete der Graf in ruhigem Tone.

„Höre denn auch den meinigen: Wenn Du es wagst, jenes lumpige Wesen zu Deiner Gattin zu machen, dann verfluche ich Dich."

Mit emporgehobenem Haupte, mit stolzer Miene und in kaltem Tone sprach die Mutter diese entsetz= lichen Worte, welche ihr ein grenzenloser Hochmuth dictirte.

Hugo's Gesicht spiegelte einen bitteren Schmerz wieder und ein krampfhafter Seufzer arbeitete sich aus seiner Brust hervor. Er blickte die Mutter ernst an, und sprach dann mit Entschiedenheit:

„Nein, meine Mutter, das können Sie nicht, denn ich habe kein Recht auf den glänzenden Namen Dern=

hjelm. — Gleich Thora bin ich auch nur ein — Ba=
stard; obgleich ich heimlich dem stolzen Stammbaum
eingeimpft worden bin.

Die Gräfin starrte den Sohn bestürzt an.

„O, meine Mutter, verzeihen Sie mir, daß ich
Sie vor Ihrem eigenen Kinde demüthige."

„Gehe, verlasse mich!" befahl die Mutter mit
eisiger Kälte.

„Sage erst, daß Du Deinem Sohne ver=
ziehen hast."

„Gehe, sage ich! — morgen werden wir uns
sprechen."

Hugo entfernte sich.

Als der Graf fort war, rief die Gräfin in
Raserei:

„Wie kennt er denn mein Geheimniß? — Ah, ich
muß mich an diesem Weibe rächen, welches mir eine solche
Demüthigung verursacht hat. — Eine Gräfin Dern=
hjelm und solches erdulden müssen — wegen einer
Schauspielerin. Ich werde sie, eben so gut wie die
Amalie Heyse, lehren, meinen Interessen nicht zu nahe
zu treten."

Die Gräfin läutete, und befahl, daß ihr Wagen
vorfahre.

Ganz unbekannt mit dem Auftritt zwischen Hugo
und seiner Mutter, saß Nina in dem kleinen einfachen
Salon, welcher für sie und ihren Bruder gemeinschaft=

lich war, als Dora eine ältere Dame anmeldete, welche
sie zu sprechen wünsche; bevor aber Nina antworten
konnte, stand sie bereits in der offenen Thüre.

„Nina erkannte sofort die Gräfin Dernhjelm,
welche sie so oft im Theater gesehen. Bei ihrem Anblick schauderte Nina unwillkührlich zusammen, denn
sie sah voraus, daß diese hochmüthige und kalte Dame
gekommen sei, um den Gegenstand ihrer Liebe zurück-
zufordern. Aber Nina's Herz empörte sich gegen ein
solches Opfer, welches nur von Standesvorurtheilen
diktirt wurde. Sie fühlte sich vollkommen würdig,
Hugo's Gattin zu werden. In diesem Gefühle begegnete Nina mit erhobener Stirne und mit ruhigem
Blicke den verächtlichen Blicken der Gräfin und begrüßte sie mit einem würdevollen und ehrfurchtsvollen
Kompliment.

„Sie sind es also, Mamsell, die Ihren Ehrgeiz
nicht dadurch befriedigt finden, die Geliebte des Grafen
Dernhjelm zu sein, sondern nähren noch die thörichte
Hoffnung, sich seinen Namen erschleichen und die
Stelle einer Gattin an seiner Seite einnehmen zu können?" — begann die Gräfin in einem unbeschreiblich
verächtlichen Tone.

„Frau Gräfin, Sie irren sich; ich bin nie und
kann nie die bloße Geliebte des Grafen werden."

„Welchen Namen wollen Sie denn Ihrem gegenwärtigen Verhältnisse zu ihm geben? — Doch ich bin
nicht hieher gekommen, um mich mit Ihnen in einen
Wortstreit einzulassen, sondern um in meiner Eigenschaft als Mutter von ihm, zu erklären, daß Sie wahnsinnig sind, wenn Sie einen einzigen Augenblick ernst-

lich den Gedanken gehegt haben, mit Graf Oernhjelm
verheirathet zu werden. Wenn es Ihnen auch durch
List und Koketterie gelungen ist, meinen Sohn soweit
zu bethören, daß er in wahnwitziger Raserei Ihnen
ein solches Versprechen gegeben hat, so ist dieß doch
nicht mit mir, seiner Mutter, der Fall. Oder glauben
Sie wirklich, daß ich es zugeben würde, daß eine
Schauspielerin, ein Theatermädchen sich mit meiner
Familie verbände?"

„Frau Gräfin, obgleich ich Schauspielerin und
Theatersängerin bin, so findet sich kein Flecken an
meiner Ehre; nichts, weder in meinem früheren noch
in meinem gegenwärtigen Leben, das mich Ihres Sohnes unwürdig machte. — Nein, Frau Gräfin, in diesem Augenblick fühle ich mich seiner vollkommen
würdig," sprach Nina mit einem so edlen Selbstver-
trauen, daß es die Frau Gräfin zum Aeußersten
brachte.

„Sie, meines Sohnes würdig!" rief sie
mit flammenden Augen. „Sie, welche einer dem Verderben geweihten Klasse angehören. Sie, ein Weib,
welches Jedermann das Recht hat, mit entehrenden
Anerbietungen zu erniedrigen. Sie sprechen von Ehre;
wann haben denn Schauspielerinnen eine solche gehabt? — Ihre Keckheit ist wahrhaft beispiellos."

„Gnädige Frau, Sie vergessen sich, und ich bitte
Sie, mit Ihren Beleidigungen aufzuhören, welche nur
diejenige erniedrigen, die sie ausspricht. — Sie haben
mich besucht, was wünschen Sie, Frau Gräfin?"

Nina's Sprache war eine ruhige, aber ihre Wangen wurden bleich.

„Und das fragen Sie? — Ist denn nicht mein unglücklicher Sohn so verblendet worden, daß er Sie zu seiner Gattin nehmen will, — und Sie fragen noch, was ich will! — Ich will Ihnen sagen, daß diese Ehe nie weder stattfinden kann, noch soll, noch darf."

„Sie wollen es nicht, Frau Gräfin; aber aus welchen Gründen?"

„Weil mein Sohn damit unseren Namen einen unauslöschlichen Schandfleck anthun würde."

„Mein Leben ist rein, meine Ehre unbefleckt; ich kann also niemals den Namen von irgend Jemanden erniedrigen."

„Mamsell," fuhr die Gräfin mit künstlicher Ruhe fort. — „Versuchen Sie, mich zu verstehen, Hugo ist jetzt durch Ihre Jugend, durch Ihren Gesang und Gott weiß durch was geblendet, und sein ange= borner Stolz ist augenblicklich durch seine Neigung zu= rückgedrängt worden, wenn Sie aber einmal seine Gattin geworden sind, dann wird er von seiner ganzen Familie so vielen Unwillen erfahren, daß das verletzte Ehrgefühl schließlich seine Liebe verwischen wird. — Sie haben dann sein ganzes Leben der Demüthigung, der Reue und dem Unglücke geweiht. Und es wird der Tag kommen, wo er seine Verirrung und — Sie verfluchen wird."

Nina zitterte, antwortete aber mit Wärme:

„O nein, Frau Gräfin; Sie kennen nicht den edlen und erhabenen Charakter Ihres Sohnes, wenn Sie glauben, daß er aufhören könnte, mich zu lieben, so lange ich seiner würdig bleibe. Hochmuth gedeiht nicht in einer Seele wie die seinige und niemals, Frau

Gräfin werd' ich aufhören, an seine großmüthige Denk-
weise zu glauben."

„Sie bleiben also fest dabei, seine Gattin werden
zu wollen?"

Die Stimme der Gräfin zitterte.

„Ja, — er besitzt meine Liebe und meine
Treue; nur der Tod, oder er selbst können mich meines
Gelübdes entbinden."

„Sie wollen unter der Maske der Liebe und
der Treue sich in eine der vornehmsten Familien uns'res
Landes hineindrängen."

„Wozu nützt es denn, daß ich hierauf antworte,
Sie werden mich doch nicht verstehen. — Ich bin sogar
bereit mich der erniedrigenden Beschuldigung auszusetzen,
daß ich es aus Ehrgeiz thue; denn ich liebe ihn von
meinem ganzen Herzen."

„Einer solchen erniedrigenden Beschuldigung können Sie entgehen und auch mir einen tödtlichen Schimpf
ersparen, wenn Sie als die Geliebte Hugo's nur Ihrer
Liebe leben. Sie werden dann immer auf meine
Erkenntlichkeit und Freigebigkeit rechnen können . . . .

„Halten Sie ein! gnädige Frau und sprechen Sie
nicht einen Vorschlag aus, der Ihre Lippen erniedrigt.
Hätte Ihr Sohn mich einer elenden Leidenschaft opfern
und mein Leben der Schande weihen wollen, dann,
Frau Gräfin, hätte ich ihn niemals lieben können
und Sie nie Gelegenheit bekommen, mit Ihren Worten
mein Herz zu verletzen. Aber jetzt gebieten mir mein
Verstand und meine Liebe, daß ich nicht wegen eines

unbedeutenden, nichtssagenden Vorurtheils das künftige Glück von Hugo und mir opfere."

„Ist das Ihre einzige Antwort?"

„Ach! gnädige Frau! mein Herz wünschte eine andere Sprache gegen Sie zu führen; aber Sie wollen es nicht; — ich habe also nichts mehr hinzuzufügen."

„Nun gut, wenn Sie nicht von dieser Verbindung abstehen, dann werde ich — den Fluch einer Mutter auf das Haupt meines Sohnes schleudern."

Mit einem Ausruf des Schmerzes verbarg Nina das Gesicht in Ihren Händen.

„Den werden Sie nicht aussprechen kön= nen, meine Mutter!" tönte Hugo's Stimme durch die offene Thüre. Er trat auf Nina zu und sagte in zärtlichem Tone:

„O, Du meine treue Nina! welche mit einer so edlen Standhaftigkeit für unsere Liebe gestritten, weine nicht, meine Mutter kann ihren Sohn nicht verfluchen, weil er das edelste Weib liebt, das er je gekannt."

„Kann ich nicht?" rief die Gräfin.

„Nein!" antwortete Hugo bestimmt; und indem er sich seiner Mutter näherte, flüsterte er ihr zu:

„Ich würde dann dem Namen Oernhjelm entsa= gen, den meines Vaters annehmen und landflüchtig werden."

Die Gräfin wurde blaßgelb und verließ schwei= gend, aber mit stolzer Haltung das Zimmer.

Nina war in ein Fauteuil hingesunken; einige langsame aber bittere Thränen flossen über ihre Wan= gen; Hugo ergriff eine ihrer Hände, welche er ehrfurchts= voll an seine Lippen führte und sagte:

„Geliebte Nina, verzeihe mir, daß ich Dir nicht diesen schmerzlichen Auftritt habe ersparen können."

„Ich weiß sehr gut, daß Du, wenn Du dem, was vorgekommen ist, hättest vorbeugen können, es auch gethan haben würdest; aber mir war diese Prüfung bestimmt."

Nina fuhr fort zu weinen.

„Jede Deiner Thränen, Nina, brennt mir auf dem Herzen, wie ein Vorwurf; denn es ist um meinetwillen, daß Du leidest."

„Hugo, diese Stunde ist bitter; aber sie würde früher oder später gekommen sein. Höre mich deßhalb ruhig an. Wir müssen uns auf einige Zeit trennen! Unterbreche mich nicht, sondern lasse mich bis zum Schluß ausreden, mein Geliebter. Wenn ein Tag kommen sollte, an welchem Du mich nicht mehr liebtest; wenn Deine Liebe nur eine Geburt Deiner Phantasie und nicht ein in Deinem Herzen wurzelndes Gefühl wäre, dann würdest Du auch eines Tages aus dieser Illusion erwachen, und vielleicht es schmerzlich empfinden, daß Du mit einer Sängerin verheirathet seist. Dieses Erwachen würde für uns Beide entsetzlich sein. Darum mußt Du Dein Inneres genau prüfen, während wir einige Zeit getrennt leben. Ich mache eine Reise nach Italien, Du bleibst hier, ohne daß wir während dieser Zeit auch nur Briefe mit einander wechseln."

„Nina, Nina! Welche entsetzliche Rache nimmst Du an mir um meiner Mutter willen!" rief Hugo schmerzlich.

„Rache? — Nein, Hugo, Du kannst nicht an so etwas denken, denn das Gefühl ist mir gänzlich fremd;

aber ich will nicht, daß ein Mißgriff uns einem langen und reuevollen Leben weihen soll. Dieß ist mein
einziger Beweggrund."

„Und wozu eine solche Prüfung, die ja ganz überflüssig ist? Hast Du nicht so viel Vertrauen zu mir,
daß Du weißt, daß ich, bevor meine Lippen die Gefühle
meines Herzens aussprachen, es auch genau geprüft
hatte. Glaubst Du denn, daß ich, welcher nur immer
nach meinem eigenen Gutdünken gelebt, mir auf eine
Ehre etwas einbilden würde, welche nur eine ärm-
liche ist und woran ich selbst gar keinen Antheil habe?
Oder glaubst Du nicht, daß mein Verstand mir sagt,
daß Du weit mehr meiner Liebe, meiner Bewunderung
und meines Namens würdig bist, als irgend ein anderes Mädchen, welches, von aufmerksamen Eltern bewacht, wegen Mangel an Versuchung tugendhaft
ist. Nein, Nina, ich kann es nicht bereuen, denn in
Dir habe ich ein so edles Weib gefunden, daß jeder
Mann mit Grund sich glücklich schätzen könnte, Dir
sein Leben anbieten zu dürfen. Warum denn uns
eine zwecklose Entsagung auflegen, welche uns nur
lange Zeit unseres Glückes berauben wird?"

„Ich glaube fest und vollkommen an jedes Deiner Worte, und darum bin ich auch stark. Aber aus
Achtung vor Deiner Mutter müssen wir unf're Verbindung verschieben und weit von einander leben.
Sie bedarf dieser Zeit, um sich zu beruhigen und an
eine Verbindung zu gewöhnen, die ihr so verhaßt ist.
Du wärest nicht der Hugo, den ich so hoch liebe,
wenn Du nicht ein Jahr deines Glückes um Deiner
Mutter willen opfern könntest."

Noch lange stritten Hugo und Nina miteinander; aber sie trug den Sieg davon.

Drei Wochen darauf reisten Nina und Kapitän Ahlrot nach Italien.

———

Ein Jahr war seitdem verflossen. Es ist im Frühling, wo wir den Leser wieder in das Haus der Majorin Alm einführen. Wenn man in das Entree eintritt, blickt man vergebens nach dem Namen der würdigen Dame auf dem Namensschild. An dessen Stelle prangt in vergoldeten Buchstaben: Emil Liljekrona. Würde aber der Leser nach der Majorin fragen, so wohnt sie eine Treppe höher, in einer geräumigen und eleganten Wohnung. Wir unseres Theils machen einen Besuch im Atelier.

Thora saß vor ihrer Staffelei und arbeitete. Die frische Röthe auf ihren Wangen verbreitete einen anmuthigen Glanz über das Gesicht, die Augen leuchteten voll Inspiration und Geist.

Auf der andern Seite des Ateliers saß Emil ebenfalls vor einem Gemälde; aber er malte nicht. Die Arme über die Brust gekreuzt, betrachtete er seine junge, schöne Frau mit einem Blick, welcher viele einander widerstreitende Gefühle verrieth. Derselbe drückte Zärtlichkeit, Bitterkeit und Neid abwechselnd mit Bewunderung und Schmerz aus.

Thora war so ausschließlich von ihrer Beschäf-

tigung in Anspruch genommen, daß sie gänzlich zu
vergessen schien, daß er anwesend sei.

Endlich stand Emil auf und trat leise hinter
Thora und betrachtete ihre Arbeit.

Ein tiefer, krampfhafter Seufzer arbeitete sich aus
seiner Brust hervor.

Thora fuhr zusammen, drehte sich um und
fragte:

„Ist es Dir unwohl?"

„Nein," antwortete Emil trocken.

„Was fehlt Dir denn, mein Freund?"

Thora stand auf.

„Mir fehlt Alles," antwortete Emil mit Bitter=
keit, „mir fehlen Glück, Frieden und vor allem Eh r e.
Du hast Alles an Dich gerissen und mir nichts ge=
lassen."

„Wieder diese Sprache, welche ich nicht verstehe.
Habe ich Dir denn mehr versprochen als das, was
ich zu erfüllen im Stande war? Ich glaub' es nicht."

„O nein, Du hast im Gegentheil das erfüllt,
was Du nie versprochen hattest. Wir sind jetzt bald
ein Jahr verheirathet gewesen, und welches Jahr!....
Von einer blinden, thörichten Liebe getrieben, verband
ich mein Geschick mit dem Deinigen. Ich hoffte, an
Deiner Seite das höchste irdische Glück zu finden; aber
was habe ich denn gefunden? — Mein Unglück, mein
Verderben. Ich liebte Dich bis zur Tollheit, und Du
schenktest mir eine Neigung, die so launenvoll war,
wie Dein ganzes Wesen. Ich wollte in Dir das Weib,
die Gattin anbeten, fand aber ein Wesen, welches sich
von seinen Pflichten losgetrennt hatte, und von Selbst=

ständigkeit und Emancipation träumte. Wir arbei-
teten zusammen; deine Bilder machten Aufsehen und
wurden preisgekrönt; aber die meinigen blickte man
nicht an. Du wurdest die Meisterin, ich nur der
Pfuscher. Ach, Thora! begreifst Du denn nicht meinen Abscheu vor einem solchen Leben: Von einem
Weibe, von seiner eigenen Frau übertroffen
zu werden, das ist die höchste Erniedrigung. Daß
ich in meiner Liebe getäuscht wurde, das hätte ich ertragen können; aber daß mein Ruf als Künstler durch
Dich gelitten hat, das verzeihe ich Dir niemals."

„Emil, Du bist hart und ungerecht. Vielleicht
haben mich meine Ansichten über die Stellung der
Frau geirrt und dieselbe von einem viel zu erhabenen
Gesichtspunkt betrachtet. Darin habe ich möglicherweise Unrecht gehabt; obgleich ich es noch nicht einsehe. Was aber unsere Bestrebungen als Künstler
betrifft, welche Du zum Gegenstand eines Streites gemacht hast, so ist der Fehler gewiß nicht der meinige
gewesen, es war ja Dein eigener Wunsch, daß wir
uns Beide um den Preis bewerben sollten. Warum
mir die Folgen von dem vorwerfen, was Du selbst
vorgeschlagen hast? Und übrigens, was beweist denn
der Umstand, daß man mich ausgezeichnet hat? Daß
die Forderungen, welche man an eine Frau stellt, ge-
ringer sind, während ich, wäre ich ein Mann gewesen,
vielleicht niemals bemerkt worden wäre. Deßhalb weder darfst, noch kannst Du mir zürnen."

„Dein Bemühen, Dein eigenes Talent herabzu-
setzen, erniedrigt mich nur. Glaubst Du denn nicht, daß
ich selber einsehe, daß Du mir überlegen bist? Betrachte

diese Winterlandschaft, die Du malst, und diejenige, die ich in der Arbeit habe, und Du wirst sofort finden, wie kränkend Deine Entschuldigungen sind," erwiederte Emil heftig.

Thora stellte sich schweigend vor Emil's Bild. Sie bemerkte die großen und unverbesserlichen Mängel an demselben, und seufzte:

„Es mißlingt Dir nur deßhalb, Emil, weil Du ein Genre wählst, welches nicht das Deinige ist. Verlasse dasselbe und werde das, wozu Dich die Natur bestimmt hat: Porträtmaler. Siehe hier Dein Meisterstück," fügte sie hinzu, und zog einen Vorhang zurück, welcher ein Bild verbarg. Es war ein Porträt von Thora, aber so ähnlich, so gelungen, daß man glaubte, sie selbst zu sehen. Emil betrachtete es schweigend. Seine Züge wurden weich und ein zärt- licher Ausdruck verdrängte für einige Augenblicke das Bittere und Unruhige in denselben.

„Thora! Es ist ja Dein Bild, wie wäre es da möglich, daß es mir nicht gelungen wäre?" Darauf fuhr er mit Bitterkeit fort:

„Siehst Du nicht, daß Du und immer Du es bist, welche mir den wenigen Glanz verleiht, der mich umgibt?"

„Emil, ich werde aufhören, zu malen, wenn es eine Quelle von Leiden für Dich ist," und Thora faßte jetzt freundlich die widerstrebende Hand des Mannes.

„Wozu nützt ein solches Opfer? Kann das aus meiner Seele das Bewußtsein entfernen, daß Du mir überlegen bist? Kann das den Durst nach Ruhm stillen, welcher mich verzehrt, dessen Befriedigung Du

aber unmöglich machst? Kann das Deine Meister=
stücke ungeschehen machen? Kurz, wird das mir jetzt
mehr nützen? Nein, Thora, ich bin dazu verurtheilt, in
meinem Herzen den unauslöschlichsten Neid, den bitter=
sten Haß gegen Dich zu nähren, obgleich ich Dich be=
wundern muß als mein schönstes Modell."

Thora warf mit einer verächtlichen Bewegung den
Kopf zurück. Ueber ihre Stirne glitt eine dunkle
Wolke, der Blick wurde kalt und um die Lippen spielte
ein bitteres Lächeln.

"Alles das hättest Du bedenken sollen, bevor Du
unsere Verbindung schloßest; der Werth meiner Arbeiten
war damals schon so hinreichend bekannt, daß Du es
hättest müssen beurtheilen können, ob Du meinem Ta=
lente gewachsen seiest, aber nicht unser Leben in einen
ewigen Wettstreit verwandeln. Dein Modell bin ich
nicht gewesen, und habe mich auch nicht als solches
verheirathet."

Thora's Ton war eiskalt.

"Du warst das Ideal meiner Träume, Du warst
dazu bestimmt, meine Gattin zu werden; aber Du
wurdest meine Rivalin, und bist jetzt die Feindin mei=
nes Rufes. Siehe, das ist die Rolle, die Du gespielt,
das ist das Schicksal, welches Du mir bereitet hast,"
antwortete Emil langsam und betonte jedes Wort. "Ich
besuche in einer Stunde die Ausstellung und will, daß
Du mich begleitest," fügte er hinzu, und ging in den
angrenzenden Salon.

Als Thora allein war, drückte sie ihre beiden
Hände an ihre Brust und dachte:

"Dein Ehrgeiz hat Deine Liebe verjagt, derselbe

wird auch das schwache Band der Neigung zerreißen,
welches mich an Dich gefesselt hat, und dann......"

In demselben Augenblick öffnete sich die Thüre
zum Atelier und ein junger Mann, welcher in einen
eleganten Mantel gekleidet war, trat ein.

„Komme ich ungelegen? Störe ich Eure Gna=
den?" fragte der Eintretende.

„Durchaus nicht, Herr Baron! Aber bleiben Sie
vor allen Dingen einen Augenblick still stehen, ich muß
Ihren Mantel zeichnen; derselbe ist vortrefflich drapirt,"
sagte Thora lachend. Mit einigen flüchtigen Strichen
brachte sie den ganzen Mantel auf's Papier. Als dieß
geschehen war, fragte sie:

„Was führt den Herrn Baron heute hierher?"

„Ihre Weigerung gestern gegen mich bei der Ma=
jorin, den morgigen Ball bei Oberst ***stjerna zu be=
suchen. Warum wird meine Tante nicht die Ehre ha=
ben, Sie zu sehen? Sie hatten doch versprochen, zu kom=
men. Ich könnte nicht leben, ohne mich zu vergewissern,
daß Ihre Weigerung nur ein Scherz sei."

„Ich war zwar gestern entschlossen, den Ball nicht
zu besuchen, aber ich habe mich eines anderen besonnen,
und werde mich einfinden. Entschuldigen Sie, Herr
Baron, daß ich mich jetzt anziehen muß, um mit mei=
nem Manne die Ausstellung zu besuchen."

„Auch ich beabsichtige, dorthin zu gehen. Eure
Gnaden werden mir doch morgen den ersten Walzer
gönnen?"

Der Baron ergriff Thora's Hand und führte sie
an seine Lippen.

„Gern! Leben Sie wohl, Herr Baron."

Thora zog ihre Hand zurück, und der Baron ent=
fernte sich.

Als Thora sich in ihr Toilettenzimmer begab,
dachte sie:

„Das Schicksal hat also beschlossen, daß ich mein
Leben in diesen geistesarmen gauklerischen Träumen
dahinschleppen muß, um meinen Erinnerungen und mei=
ner Heimath zu entfliehen. O Axel! zu welchem trau=
rigem Loos hast Du mich nicht verurtheilt? Und ich
selbst, ich arme Thörin, welche die aufrichtige Neigung
Heinrich's um des Traumbildes der Selbstständigkeit
willen von mir stieß, während ich ganz und gar ver=
gaß, daß die Frau niemals Frieden finden kann, wenn
sie mit ihrem eigenen Manne wetteifert. Nachdem ich
jetzt um meine Liebe, um meine Ehe betrogen
worden bin, was bleibt mir denn jetzt übrig?"

Diejenigen Zimmer in Prinz Gustav's Palast,
welche für die Ausstellung geöffnet waren, wimmelten
von Leuten. Besonders zogen zwei historische Ge=
mälde die allgemeine Aufmerksamkeit auf sich. Eine
Gruppe von Personen hatte sich vor denselben versam=
melt, als Emil und Thora eintraten; er näherte sich
der Gruppe, obgleich Thora ihn bat, nicht hinzugehen
und sie beide der Gefahr auszusetzen, ein unsanftes Ur=
theil über ihre eigenen Arbeiten hören zu müssen."

„Liljekrona's Bild ist nicht ohne Verdienst; aber

neben dem von seiner Frau verschwindet es gänzlich und hat keinen Werth," bemerkte einer der Zuschauer.

„Es ist ein lächerlicher Egoismus von ihm, welchen nur ein mittelmäßiges Talent besitzt, seine Arbeit in eine Reihe mit der ihrigen stellen zu wollen Er müßte doch einsehen können, daß er ihr gegenüber eine untergeordnete Stelle einnimmt," sagte ein Anderer.

„Er ist ein Narr, daß er auch nur den Versuch macht, mit ihr zu wetteifern," ließ sich ein Dritter vernehmen. „Und übrigens, meine Herren, wer weiß, ob nicht die Frau seiner Pfuscherei noch gehörig nachgeholfen hat; denn bevor sie Liljekrona zum Manne nahm, hörte man niemals von ihm als Künstler sprechen. Das ist mehr als wahrscheinlich. Von diesem künstlerischen Paare kann man also sagen: Daß sie ihn, und nicht er sie genommen hat. Denn in Beziehung auf Geist, Talent und Fähigkeiten steht sie weit über ihm," bemerkte ein kleiner Herr, welcher Emil ganz nahe stand.

Es wäre unmöglich, den wechselnden Ausdruck in Emil's Gesicht zu schildern. Mit krampfhafter Heftigkeit drückte er Thora's Arm und flüsterte:

„Hörst Du? Komm, ich will fort von hier."

Beim Ausgehen begegneten sie dem Baron Linden, demselben, welcher kurz vorher Thora in ihrem Atelier besucht hatte. Er grüßte.

„Wollen der Herr Baron die Güte haben, meine Frau zu begleiten? Ein plötzliches Unwohlsein zwingt mich, sie für kurze Zeit zu verlassen," sagte Emil in aufgeregtem Tone.

„Mein Freund, ich begleite Dich und enthebe den

Herrn Baron der Mühe, mein Begleiter zu sein," ant=
wortete Thora.

„Mein Wunsch ist, daß Du hier bleibst," fiel Emil
in einem fast befehlenden Tone ein.

Thora wandte sich langsam gegen den Baron, sie
heftete dabei einen so schmerzvollen Blick auf ihren
Mann, daß derselbe Emil eine Sekunde zurückhielt; dar=
auf stürzte er aber hinaus.

Als er verschwunden war, sprach Thora zum
Baron;

„Haben Sie die Güte, mich nach Hause zu be=
gleiten?"

„Aber, meine Gnädige, wir haben heute die letzte
Ausstellung; es wäre doch Schade, wenn Sie dieselbe
versäumten. Gönnen Sie mir das Glück, während
einer Stunde Ihr Cavalier sein zu dürfen."

„Heute nicht, aber morgen auf dem Ball."

Thora näherte sich der Thüre mit raschen Schritten.

Binnen wenigen Stunden stand sie in ihrem Hauseim=
gang, wo sie den Baron dankend verabschiedete. Leicht
wie ein Geist schlich sie in's Atelier, wo sie ihren
Mann vor ihrem Porträt stehend fand. Leise legte
Thora ihre Hand auf seine Schulter. Emil wandte
sein bleiches, entstelltes Gesicht gegen sie um.

„Was willst Du? Ist es Deine Absicht, mich zu
verfolgen und zu verhöhnen, um sogar in meiner Ein=
samkeit die Triumphe zu feiern, welche Du auf meine
Kosten genossen hast?" fragte Emil mit einem bittern
Lächeln.

„O nein, ich komme, um als Freundin mit Dir
zu theilen......

„Meine Freude!" fiel Emil hohnlachend ein. „Ach, ich begreife vollkommen Deine edle Theilnahme. Du sagtest ja, daß dieses Bild mein Meisterstück sei?"

Emil deutete auf Thora's Porträt.

„Dasselbe wiederhole ich noch! Gewiß hätte das Publikum Deinem wirklichen Talente Gerechtigkeit wider= fahren lassen, wenn Du das Bild auf die Ausstellung gebracht." — „Willst Du von mir hören, was man dann gesagt haben würde? Man hätte es natürlich gefun= den, daß es mir gelungen sei, weil diese schönen Züge die Deinigen sind. Ich will nicht einem Weibe, und am allerwenigsten einem solchen Weibe wie Du, irgend einen Dank schuldig sein, und darum mache ich es jetzt mit meinem Meisterwerke so," schrie Emil und schlug in demselben Augenblick mit der ge= ballten Faust so heftig gegen das Bild, daß die Lein= wand zersprang.

„Mein Gott, Emil! was thust Du?" rief Thora, indem sie sich zwischen ihn und das Bild warf.

„Ich mache diesem verhaßten Bilde und dem Zauber ein Ende, welcher mich noch heute an Dich fes= selte. O! das ist mehr, als ein Mann ertragen kann, um einer ehrgeizigen Frau willen so gekränkt und beschimpft zu werden. Dieser elende Haufen, welcher Dich blind bewundert, und von Deinen lumpigen Bildern entzückt wird, weiß nicht, daß ich mich mit einem Weibe verheirathet habe, welches, nachdem es zwei Gatten von einander getrennt, aus Liebe zu einem verheiratheten Manne wahnsinnig geworden ist."

Ein Ausruf grenzenlosen Schmerzes entschlüpfte Thora und sie stürzte aus dem Zimmer heraus. Emil

hatte die immer blutende Wunde ihres Herzens ge=
troffen.

„Ich bin doch ein elender Mensch, daß ich mich
auf eine solche Weise räche," dachte Emil, als er
allein dastand und wieder zur Besinnung gekom=
men war.

Thora hielt sich den ganzen Tag auf ihrem
Zimmer eingeschlossen.

Als Emil am folgenden Morgen in ihr Atelier
eintrat, saß Thora bereits dort und malte. Sie war
bleich wie Marmor; aber auch ruhig und kalt wie
dieser.

„Verzeihe mir, Thora, daß ich, von meinem
Schmerze hingerissen, Dich so tief verletzte," sprach
Emil und ergriff ihre Hand.

„Du hast nichts abzubitten. Du sprachst nur
eine Wahrheit aus! Das war alles."

„Deine kalte Sprache bringt mich zur Verzweif=
lung. O! wenn Du wüßtest, was ich leide, dann
würdest Du mich beklagenswerth finden."

„Lieber Emil, laß uns nicht davon sprechen. Ich
weiß, daß Du von Deinem unbefriedigten Ehrgeize
viel leidest und leiden wirst; — dem ist nicht mehr
zu helfen. — Begleitest Du mich heute Abend auf
***stjernas Ball?"

„Nein, ich würde doch nur mitleidigen Blicken
begegnen, welche Deine Vorzüge hervorrufen. — Statt
dessen gedenke ich unserm gemeinschaftlichen Leiden ein
Ende zu machen. — Ich weiß jetzt, was mir fehlt;
es ist Schule; darum trete ich am Donnerstag eine
Reise nach Italien an, und werde eifrig arbeiten und

ftudiren, um mich zu einem ausgezeichneten Künftler
auszubilden. Als ein folcher kehre ich fpäter nach
Haufe zurück, um Freude und Ruhm zu erndten.
Ich werde dadurch wenigftens Deines Gleichen, und
brauche nicht, wie jetzt, zu Dir hinauf zu blicken;
was immer in einer Ehe ein Unglück ift, wo die
Frau in dem Manne ein überlegenes Wefen befitzen
follte."

„Du willft mich alfo nicht einmal mit Dir
haben?"

„Deine Gegenwart wird mich nur ftören, und
mich an Deinen Erfolg und an meine Nieder-
lage erinnern. — Außerdem, liebe Thora, was bin
ich denn für eine fo felbftftändige und von allen
häuslichen Pflichten emancipirte Frau, wie Du bift?"

„Emil, Du bift der Mann, deffen Namen ich
trage, deffen aufrichtige Freundin ich immer hatte
fein wollen. — Du könnteft etwas mehr fein, aber
Du willft es nicht. — Nun gut, reife und werde
glücklich; ich denke nicht daran, Dich daran zu hindern, oder Dich zu begleiten."

Es lag in Thora's Ton ein Anftrich von Bitterkeit. — Es that ihr leid, daß fie fo gar nichts für
ihren Mann fei, und fie erkannte mit Schmerzen,
obgleich zu fpät, daß fie viel glücklicher gewefen wäre,
wenn fie fich auf die fchönfte und edelfte Beftimmung
eines Weibes, auf die nämlich, eine zärtliche Gattin
zu fein, befchränkt, und nicht auf eine Selbftftändig-
keit Anfpruch gemacht hätte, welche die Natur felbft
ihr verweigert zu haben fchien.

Warum träumen die Frauen von Emancipa=
tion, welche ihnen ihre schönsten Eigenschaften als
Gattinen und Mütter rauben würde? Haben sie denn
nicht in diesen Verhältnissen Gelegenheit genug zu
einer reichen und edlen Wirksamkeit? Kann denn das
Weib der Nachwelt schöner dargestellt werden, als
durch das Ideal der Mutterliebe, wovon Raphael
uns in seiner Madonna ein so ausdrucksvolles Bild
gegeben? Gewiß wird es sich niemals mit Schwert,
Feder oder Bleistift einen ehrenhafteren Ruf erwerben.
denn es ist als Amazone, Dichterin oder Künstlerin
doch nicht das, wozu eine höhere Macht es be=
stimmt hat.

Oberst ***stjerna's Haus war festlich eingerichtet
und vor dem Thore drängte sich eine Menge Equi=
pagen, welche Ballgäste dorthin brachten. Das Entree
war mit Dienerschaft angefüllt und die Zimmer wim=
melten von eleganten Damen und parfümirten Ca=
valieren.

Im ersten Salon befand sich Baron von Linden
in einem Gespräch begriffen mit einigen andern Löwen
des Tages.

„Weißt Du, Bruder Linden, ob Frau Liljekrona
kommt?" fragte ein schmächtiger Kammerjunker.

„Ganz sicher! — Ich habe ihr Versprechen,"

antwortete der Baron mit einem bedeutungsvollen
Lächeln.

„Man wird sehen, daß Linden uns Andern das
Herz der schönen Dame wegfischt," fiel ein junger
Lieutenant ein.

„Bah, da verschießt er sein Pulver vergebens,"
sprach ein junger Mann mit keckem und stolzem
Blick. —

„Sei nicht gar zu sicher, mein Bruder," fuhr
der Baron fort. „Mein geringes Aeußere ist derge=
stalt nach ihrem Geschmack, daß sie mich porträtirt
hat; — ich habe sie nur deshalb überredet hieherzu=
kommen, weil sie bereits beschlossen hatte, es nicht
zu thun. — Gestern war ich ihr Cavalier auf der
Ausstellung und heute Abend tanze ich den ersten
Tanz mit ihr."

Der Baron blickte die Umstehenden mit selbstzu=
friedener Miene an.

„Er ist ein Teufel in seinem Glück bei Damen,"
bemerkte der Lieutenant.

„Geschwätz — eine so schöne und geistreiche
Frau, wie Frau Liljekrona verliebt sich nicht in Lin=
den," versicherte der Herr mit dem kecken Blick.

„Stille, da haben wir sie! ich habe niemals ein
schöneres Wesen gesehen!" betheuerte der Kammer=
junker. —

„Der Mann ist nicht mit," flüsterte der Baron;
„sie ist eben so schlau, wie hübsch."

Thora war wirklich blendend schön. Mit einem
weißen Atlaskleide, mit weißen Spitzen und mit einer
Garnitur von Juwelen angethan, während das üppige

schwarze Haar in reichen Locken herabfiel und nur mit einer rothen Granatblume geziert war, glich sie einer idealen Erscheinung aus dem Reiche der Dichtung. Sie wurde von Doktor Adler begleitet.

Der erste Walzer war zu Ende und Thora saß von Cavalieren umringt, welche sie mit Einladungen zum Tanze bestürmten, als der Baron plötzlich fragte:

„Haben Euer Gnaden bereits bemerkt, daß mein Onkel heute Abend durch die Anwesenheit eines ausgezeichneten Fremden geehrt wird?"

„Der Name solcher Seltenheiten sollte gleich einem Programme mit der Einladungskarte folgen. Es ist vermuthlich ein grundgelehrter Professor von irgend einer deutschen Universität, dessen Ruf dadurch gewinnt, daß man ihn nicht zu sehen bekommt," antwortete Thora lachend.

„Mit dem, von welchem hier die Rede ist, glaube ich, daß daß Verhältniß ein ganz entgegengesetztes ist."

„Sie wollen also behaupten, daß der gelehrte Professor ein nettes Aeußere hat. Erlauben Sie mir doch, daß ich an Ihren Worten zweifle. Vor meiner Phantasie schwebt schon etwas à la Kant."

Alle Umstehenden und der Baron fragten, ob er die Ehre haben dürfte, die muthmaßliche Copie von Kant vorzustellen.

„Unendlich gern, meine Neugierde ist auf's Höchste gespannt!" versicherte Thora.

„Wenn Euer Gnaden die Augen aufschlagen, so steht er schon in der Thüre gegenüber und betrachtet Sie mit Blicken, welche beweisen, daß die

Schönheit auch auf ihn einen lebhaften Eindruck macht," fiel der Kammerjunker ein.

Thora blickte auf und begegnete den Augen des Fremden. — Jeder Blutstropfen schwand aus ihren Wangen und ein nervöses Zittern schüttelte ihre Glieder; das Herz hörte auf zu klopfen und gleich einer steinernen Bildsäule stand Thora da, ihren Blick fest auf ihn geheftet. Langsam ging er auf sie zu und stand bald an Baron Lindens Seite. — Ganz instinktmäßig und ohne zu wissen, was sie that, stand Thora auf und führte, verwirrt aussehend, die Hand an ihren Kopf.

Der Baron präsentirte:

„Frau Liljekrona und — Oberst Heyse!"

Ob Thora seine Worte hörte oder nicht, wissen wir nicht; denn in demselben Augenblick sank sie ohnmächtig in den Chaiselong.

Ohne an die Umstehenden zu denken, eilte der Oberst zu ihr hin, hob sie in die Höhe und trug sie nach einem angrenzenden Kabinet, indem er nur folgende Worte sprach:

„Schaffen Sie einen Arzt her, meine Herrn!"

„Frau Liljekrona ist krank geworden!" ertönte es von allen Lippen, und einen Augenblick darauf stand Heinrich zugleich mit der Obristin ***stjerna an ihrer Seite.

Mit einer stummen Verbeugung verließ der Oberst das Kabinet.

Im Salon plagte man sich damit, das plötzliche Unwohlsein von Thora beim Anblick des Obersten zu errathen.

Indessen schickte Heinrich nach einem Wagen und ließ Thora nach Hause führen.

––––––––

Die ganze Nacht jagte ein starkes Fieber das Blut mit gesteigerter Raschheit durch Thora's Adern und verscheuchte den Schlaf von ihren Augen. Axels Bild und die Erinnerung an ihr unvermuthetes Zusammentreffen riefen alle stürmischen Gefühle in ihr wach.

„Er liebt mich noch!" sagte sie während der Fieberphantasie zu sich selber; „ich las es in seinen Augen! — O, Gott! Wie soll ich einer Schwäche entfliehen, welche eine Erniedrigung in sich schließt?"

Am nächsten Morgen war das Fieber noch stärker. Thora wünschte eine Unterredung mit ihrem Manne; er war aber bereits ausgegangen.

Schweigend und bekümmert saß die Majorin an Thora's Krankenbett. Manche unbemerkte, aber bittere Thräne rollte über ihre Wangen hinab, während sie die lieben, aber von inneren Leiden und starkem Fieber angegriffenen Gesichtszüge Thora's betrachtete.

Heinrich besuchte die Kranke und verschrieb ihr ein beruhigendes Mittel.

„Hast Du Emil gesehen?" fragte Thora.

„Nein," antwortete Heinrich lakonisch; aber es lag etwas Ausweichendes in seinem Tone, welches nicht das Gepräge der Wahrheit an sich trug.

Erst um die Mittagszeit trat Emil in Reiseklei=
dern zu seiner kranken Frau herein.

„Es war recht unangenehm, Thora, daß Du
Dich gestern erkältetest, besonders da ich gezwungen
bin, abzureisen; aber Du bist in so guten Händen —
in denen der Tante und des Heinrich — daß Du
mich gewiß nicht vermissen wirst," sprach Emil und
küßte Thora auf die Stirne.

„Emil, Du reisest doch jetzt nicht von mir fort,
wo ich krank bin?" rief Thora angstvoll.

„Obgleich ungern, so muß ich es doch; denn
das Billet ist gekauft und meine Sachen an Bord;
das Schiff geht in einer halben Stunde ab."

„Ist es denn möglich, daß Du daran denkst,
von Deiner kranken Frau fortzureisen?" fiel die
Majorin ein.

„Thora's Krankheit, beste Tante, ist ein vorüber=
gehendes katarrhalisches Fieber. Darum leb wohl,
meine geliebte Thora! — Werde bald gesund und
amusire Dich dann recht gut. Von Ystadt aus
schreibe ich Dir," sagte der unbesonnene Ehemann,
welcher jetzt nur von seinem unbefriedigten Ehrgeize
beherrscht wurde.

Ein schmerzliches Lächeln glitt über Thora's
Lippen, als er sie küßte. Sie schlang ihren Arm
um seinen Hals und flüsterte mit sichtbarer An=
strengung:

„Du weißt wahrscheinlich nicht, daß Axel in
Stockholm ist und daß ich gestern mit ihm bei Oberst
***stjerna's zusammengetroffen bin."

„Heinrich hat mir diesen Morgen etwas Derartiges gesagt," antwortet Emil leicht erröthend.

„O, mein Gott! Du reisest doch von mir fort? Du wartest nicht, und lässest mich Dich nicht begleiten?"

Thora schaute bestürzt in den kalten Blick des Mannes.

„Ich habe volles Vertrauen zu Deinem hervorragenden Verstande und zu Deinem Ehrgefühl, welche auch in meiner Abwesenheit Dir sagen müssen, was Deine Pflicht Dir gebietet," und damit stand er auf.

Thora ließ ihren Arm herabsinken und hielt ihn nicht mehr zurück.

„Du beträgst Dich sowohl herzlos als leichtsinnig," sagte die Majorin und zog ihre Hand zurück, welche Emil ergreifen wollte.

„Ich vertraue ja Thora der umsichtigen Pflege der Tante an," antwortete Emil mit einem höhnischen Anstrich und entfernte sich.

Thora verfiel in ein heftiges, fast krampfhaftes Weinen.

Etwas über eine Woche war verflossen und Thora noch nicht hergestellt. Heinrich und sie saßen zusammen im Boudoir und unterhielten sich lebhaft.

„Du willst also nicht meinem Rathe folgen, auf's Land zu gehen, und auch nicht mir das Versprechen geben, ihn unter keiner Bedingung in Deinem Hause zu empfangen?" sprach Heinrich.

„Wozu würde das nützen? Wo ich auch hin= reisen möchte, würde er mich aufsuchen, falls es seine Absicht ist, mich zu sehen. — Ein Versprechen, das ich heute gäbe, würde ich morgen brechen. — Lieber Heinrich, mein Leben ist ein für allemal verloren, und was hat es denn zu bedeuten, ob ich einen Tag früher oder später von dem Schicksal erreicht werde, das mir bestimmt ist? Hätte Emil mich nicht rück= sichtslos in dem Augenblick verlassen, wo er sah, daß mir eine Gefahr drohte, welche zu bekämpfen mein schwaches Herz nicht die Kraft hat, dann würde ich mich zu ihm geflüchtet haben, als zu meiner Stütze, zu meiner Schutzwehr; aber jetzt . . . ."

„Jetzt gedenkst Du jenen Mann wieder zu sehen, welcher in seinem infernalischen Egoismus mit Deinem Herzen sein Spiel getrieben, und Dich betrogen hat."

„Ich denke weder daran, ihn zu suchen, noch ihn zu fliehen; möge der Zufall mein Schicksal entscheiden, merke Dir, Heinrich. Er liebt mich noch; aber Emil — verabscheut mich sowohl wie — das Band, welches uns mit einander verbindet."

„Aber doch hast Du ihn aus freier Wahl vor= gezogen, und selbst dieses Band geknüpft, welches jetzt nicht mehr gelöst werden kann; darfst Du denn Deine Schwüre mit Füßen treten, und Pflicht und Ehre verrathen?"

„Ich verrathe nicht meinen Mann, weil ich da bleibe, wo er mich gelassen hat. — Fragte er nach mir und seinen eigenen Pflichten, als er von einer

kranken und leidenden Frau fortreiste? — Willst Du
vielleicht behaupten, daß ich es allein bin, welche Ver-
pflichtungen gegen ihn, er aber nicht gegen mich, zu
erfüllen hat. — Er hat erst die seinigen vergessen, und
ich — bin ihm nichts schuldig.“

„O Thora! warum besitze ich nicht das Recht,
Dich gegen Dein eigenes Herz zu beschützen?

„Jetzt sind meine Rathschläge und Warnungen
unzureichend, und, — meine Hingebung in Deinen
Augen so wenig werth, daß Du keine Rücksicht darauf
nimmst.“

Es lag in Heinrichs Stimme ein Ausdruck des
Schmerzes. Er stand auf, um zu gehen.

„Sprecke nicht so, Heinrich; denn wie ich auch
handeln möge, so werde ich mich doch niemals Deiner
Freundschaft unwürdig machen,“ sprach Thora und
reichte ihm die Hand.

„Dank für dieses Gelübde,“ antwortete Heinrich,
und beugte sich über die kleine, bildschöne Hand, welche
er in der seinigen hielt. Als aber seine Augen auf
dieselben fielen, strömte ihm das Blut zum Herzen,
und vermehrte den Pulsschlag; — Er ließ sie los,
und stand mit Anstrengung auf. — Heinrich fühlte dabei die ganze Gefahr dieses vertraulichen Gesprächs mit
ihr, welche er so hoch und so heiß liebte.

„Leb wohl, ich muß Dich verlassen,“ sagte er
in einem Tone, der viel zu kalt war, um natürlich
zu sein.

„Hast Du Briefe von Nina gehabt? — Wann
kommt sie nach Hause?“ rief Thora ihm nach, als er
in der Thüre stand.

„Ende Juli reist sie von Rom ab," antwortete
Heinrich, ohne Thora anzublicken.

„Du trinkst wohl Thee bei mir heute Abend?"

„Ich weiß es nicht gewiß, ob meine Zeit es
mir erlaubt."

Damit ging Heinrich.

--- -- --- ---

Ein paar Stunden darauf kam die Kammer=
jungfer mit einer Visitenkarte, und übergab sie
Thora mit folgenden Worten:

„Der Herr wartet selbst auf die Antwort, Euer
Gnaden."

Auf der Karte stand: Oberst Heyser und in
einer der Ecken in französischer Sprache mit Blei=
stift geschrieben: Gönne ihm einen Augenblick!
Thora's ganzer Körper zitterte, und die Wangen
nahmen eine höhere Röthe an. Sie hielt die Karte
schweigend in der Hand.

„Derselbe Herr hat sich jeden Tag nach dem
Befinden Eurer Gnaden erkundigt," erdreistete sich die
Kammerjungfer zu sagen, als ihre Herrin wegen
einer Antwort verlegen zu sein schien.

Bei diesen Worten fuhr Thora zusammen, warf
einen scharfen Blick auf das Mädchen, und ant=
wortete:

„Sage dem Herrn Obersten, daß ich nicht die
Ehre haben kann, ihn zu empfangen."

Lisette wandte sich um, und ging, obgleich sicht=
lich unzufrieden.

Als Thora allein war, stand sie auf, strich
die Locken mit einem unendlich leidenden Ausdruck
von der Stirne, und führte dann die Hand heftig
an das Herz. Einen Augenblick blieb sie so stehen;
sank aber dann in's Sopha zurück, schloß die Augen,
und stützte ihren Kopf gegen die Sophalehne.

Ueber die bleichen Wangen floßen Thränen,
ohne daß eine einzige Muskel des Gesichts sich be=
wegte, oder irgend ein Seufzer ihre Brust hob. So
verging eine ziemliche Zeit.

Der Thürvorhang zum Vorgemach wurde vor=
sichtig bei Seite geschoben, und ein junger Mann von
ungefähr 30 Jahren, und ganz schwarz gekleidet,
stand auf der Schwelle. Er ließ den Vorhang hinter
sich herunterfallen, und blieb mit über die Brust ge=
kreuzten Armen stehen, indem er aufgeregt Thora
betrachtete.

Es waren vier Jahre her, seit er sie gesehen
hatte; sie war aber schöner, als früher. Je länger
er Thora ansah, desto heftiger klopfte sein Herz und
desto mehr flammte das Feuer in seinen Blicken.
Endlich arbeitete sich ein Seufzer aus seiner Brust
hervor. Als Thora denselben hörte, blickte sie auf.
Wie von einer Schlange gebissen, stand sie bei seinem
Anblick hastig auf und blieb stehen. Die Hand ver=
blieb noch fest gegen das Herz gedrückt.

Beide schwiegen.

Thora's Augen lächelten nicht mehr voll Liebe
und Unschuld, sondern es brannte in denselben ein

düsteres Feuer, welches das Herzklopfen Axels ver=
mehrte, und rief noch einen leidenschaftlichen Seufzer
hervor.

Thora sah vor sich denjenigen Axel, den sie
ausschließlich geliebt, ebenso männlich schön, aber von
dem Glanze umgeben, welchen ein durch Tapferkeit
ausgezeichneter Name verbreitet; und auch sie seufzte
unwillkürlich.

Axel brach zuerst das Schweigen und sprach:

„Thora! Warum willst Du mir auf eine so
grausame Weise eine Unterredung verweigern, nach=
dem Du Deinem Schwure untreu geworden und mich
so unglücklich gemacht hast? Erinnerst Du Dich Deiner
Worte: Dir oder Niemanden werde ich ge=
hören. Wie hast Du sie gehalten?"

„Ja, zu gut erinnere ich mich jener Worte,
welche zu dem gesprochen wurden, dessen Verspre=
chungen ich blind vertraute; aber, Herr Oberst, ich
kaufte mich frei von diesem Gelübde mit dem Verlust
meines Verstandes!" antwortete Thora mit einem
Blick voll Schmerz und Stolz.

„Derjenige, gnädige Frau, welcher einst schwur,
daß Thora seine Gattin werden sollte, steht jetzt hier,
um sein Versprechen zu halten. — Einst schrieb ich:
frei — oder niemals wirst Du mich wieder sehen.
Nun gut, mein Anzug muß Thora sagen, daß ich
Wort gehalten."

„Frei?" wiederholte Thora, sprang auf ihn
zu und ergriff seinen Arm. „Frei?" wiederholte
sie in herzzerreißendem Tone. „Nein, Du betrügst

mich wieder," fügte sie hinzu und ließ seinen Arm zugleich los.

„Nein, meine Thora, nein, meine geliebte Gattin, nein!" rief Axel leidenschaftlich, schlang seinen Arm um Thora's Leib und drückte sie an sein heftig pochendes Herz. „Ich bin frei, frei wie der Vogel in der Luft, und Du bist jetzt die Meinige; die Meinige, wenn auch alle Mächte des Himmels und der Hölle sich zwischen uns stellen würden, Du bist..."

„Verheirathet!" antwortete Thora und riß sich von ihm los.

„‚Ich bin verheirathet,‘ sagtest Du mir einmal und mir brach dabei das Herz. — Jetzt bin ich es, welche diese Worte gleich einer Scheidewand zwischen uns hinstellt."

„Du würdest also jenen Mann lieben, welcher Dich so gleichgiltig verlassen hat?"

Axel erbleichte vor Eifersucht.

„Ich liebe Niemanden. — Ich bin um Alles und — von Allen betrogen worden."

Der Ton war eiskalt.

„Thora, es ist nicht so! — In demselben Augenblick, in welchem Du aufhörst, zu lieben, würde auch Dein Herz aufhören, zu schlagen. — Deine Augen reden eine wahrere Sprache, als Deine Lippen. Ich habe in ihnen gelesen, daß Du mich noch ebenso heiß liebst, wie ehemals."

Während Axel so sprach, heftete er seine Augen auf sie; Thora wandte sich aber heftig weg von ihm und eilte nach der Kabinetsthüre.

Axel stürzte ihr nach und ergriff mit einem unendlich schmerzlichen Ausdruck ihre Hand.

„O, nehme Deine Worte zurück und glaube nicht, daß ich mich durch dieselben irre leiten lasse. Eine Liebe wie die meinige ist unerschütterlich; sie stirbt nie, sondern kann nur in Haß übergehen. Thora! lege Deine Hand auf mein treues Herz und zähle dessen Schläge. Es hat von dem Tage an, an wel=chem ich Dich zum ersten Male sah, ausschließlich für Dich geschlagen. Im Wachen oder im Traume, in Europa oder in Afrika, überall trug ich Dein Bild und meine alles Andere verdrängende Liebe mit mir. Sage, kannst Du noch die Deinige verläugnen? Sei, ich bitte Dich darum, wahr! — Laß mich nach so vieler Jahre Treue und nach so rasenden Leiden zu Deinen Füßen die Worte hören, welche alle die Qualen verwischen werden, die ich ausge=standen habe. O! einen Blick, ein einziges Zeichen des Mitleids zum Trost für den marternden Gedanken, der mir fast den Verstand geraubt hat; der Gedanke, daß Du, der theuerste Schatz meines Lebens, einem Andern gehörst.“

Axel hatte Thora's Hände ergriffen und kniete zu ihren Füßen.

Arme Thora! Du warst einem solchen Kampfe nicht gewachsen. In seinen Anblick versunken stand Thora da. Alle Vorsätze, sich wegen des Bösen, das er gethan, an ihm zu rächen, wankten und nur die Liebe blieb zurück, um ihr Herz zu erfüllen. Zur Antwort auf seine Bitten beugte Thora sich unwill=kürlich herab und drückte ihre Lippen auf seine Stirne.

Bevor er es aber verhindern konnte, war sie durch
die Thüre des Kabinets verschwunden und hatte die=
selbe hinter sich verschlossen. Dieses geschah so plötzlich,
daß Axel mit sammt seiner Bestürzung sich allein
auf der Schwelle knieend befand.

Er küßte das Schloß und sprach so laut, daß
Thora es hören konnte:

„Dank, ewig Dank, angebeteter Engel!"

Darauf verließ er das Zimmer.

In ein Sopha hingesunken, lauschte Thora mit
zurückgehaltenem Athem den Worten Axels und dem
Schalle seiner Tritte. Als sie nachher verhallten,
brach Thora in ein heftiges Weinen aus. Sie rief
ihn bei den zärtlichsten Namen. — Sie drückte ihre
glühende Stirne gegen die Sophalehne und wieder=
holte unter Freude und Schmerz seine Worte.

So verging die Zeit.

Gegen Abend ließ sie sich anziehen. Es war an
einem jener Tage, an welchen, einem Uebereinkommen
gemäß, einige Freunde sich bei Thora zu versammeln
pflegten.

Als Lisette die letzte Hand an ihre Toilette legte
wandte sich Thora an sie und fragte:

„Wie konntest Du es wagen, den Obersten her=
einzulassen, nachdem ich erklärt hatte, ihn nicht em=
pfangen zu wollen?"

„Eure Gnaden, ich war gänzlich unschuldig; ich leistete lange Wiederstand, aber endlich schob er mich bei Seite und drang mit Gewalt ein."

„So—o?"

Thora blickte dabei gedankenvoll in den Spiegel und hatte keinen Muth das Mädchen zu schelten, sondern fügte hinzu: „aber lasse so etwas nicht ein andermal passiren," und damit ging sie hinaus in den Salon.

Lisette lächelte vor sich hin und dachte: meine zehn Reichsthaler waren leicht verdient; ich werde es nicht versäumen, mir noch zehn zu verschaffen; ich sah es Ihre Gnaden an, obgleich sie sich natürlich unzufrieden stellte. Es hat keine Gefahr, sie war durchaus nicht böse. — Nun, davon sage ich auch nichts, denn hübsch war er. — Wollen mal sehen, ob er nicht heute Abend hieherkommt . . . .

Axel hatte Thora bereits in ein zweideutiges Licht gestellt und vor ihrer Dienerschaft einen schlimmen Schatten auf sie geworfen.

Es fanden sich bald einige Bekannte ein; aber Axel erschien noch nicht; man sprach von Thora's plötzlicher Krankheit auf dem Balle, von Emil's Abreise u. s. w. Baron Linden war auch dort, sah aber schwermüthig aus. Er hatte für diesen von ihm speciell beabsichtigten Besuch seine Locken in eine eigene melancholische Unordnung gebracht.

Etwas später fand Heinrich sich ein.

Thora's anfänglich lebhafte und exaltirte Gemüthsstimmung wich indessen bald einer kränklichen Mattigkeit, die sich vermehrte, je weiter der Abend vorrückte und je schwächer die Hoffnung wurde, Axel wiederzusehen. In einem Fauteuil zurückgelehnt, hörte sie nur der Conversation zu, als der Bediente anmeldete:

„Obristin * * * stjerna und Oberst Heyse!"

Thora erhob sich mit Heftigkeit; begegnete aber dabei dem vorwurfsvollen Blicke Heinrich's und es gelang ihr durch eine kräftige Anstrengung sich einigermaßen zu beherrschen.

Einen Augenblick darauf trat die Obristin unter einem Schwall von theilnehmenden Worten ein.

„Meine süße Thora," sprach sie weiter, „Du mußt verzeihen, daß ich ohne Deine Erlaubniß Oberst Heyse mitbringe; aber er hat mich so dringend gebeten, ihn Dir nach jenem traurigen Ereignisse vorzustellen, welches mir dasselbe auf dem Balle unmöglich machte, so daß ich, auf alle Gefahr hin, die Verantwortung dafür übernommen habe. Er ist jetzt hier."

Der Obrist verbeugte sich tief vor Thora und sagte mit einer Stimme, welche von Gefühlen vibirirte, die nur sie allein zu verstehen vermochte:

„Ich wagte nicht, ohne eine so beredte Fürsprecherin, wie die Obristin, mich selbst Ihnen in Erinnerung zu rufen, gnädige Frau; obgleich das Andenken an meinen frühern Besuch in Schweden und an die Gastfreundschaft, welche ich damals genoß, ewig in meinem Herzen zurückbleiben wird."

Erröthend antwortete Thora mit einigen verbindlichen Worten. Die Conversation war bald all-

Schwarz, Die Leidenschaften.   13

gemein und recht lebhaft, nur Heinrich blieb verschlossen und still.

„Den eigentlichen Zweck meines Besuchs, süße Thora," begann Obristin *** stjerna, „war, Dich zur Theilnahme an einer Lustparthie zu überreden, welche wir morgen nach Skokloster unternehmen wollen."

„Es werden nur einige Verwandte, Obrist Heyse und wir selbst sein."

„Dazu sag' ich gleich ja."

„Mir in meiner Eigenschaft als Dein Arzt erlaubst Du wohl, daß ich mich in die Sache mische und dagegen protestire," fiel Heinrich ernst ein.

„Warum das? Ich bin ja vollkommen gesund," antwortete Thora; aber ohne es zu wagen, die Augen zum Doktor aufzuschlagen.

„Nein, Thora, Du kannst nicht an einer solchen Lustparthie Theil nehmen, ohne Dein Leben und Deine Gesundheit zu gefährden."

„Es scheint mir, daß der Herr Doktor etwas zu strenge ist, da die Patientin sich selber wohl fühlt. Sind die Aerzte in Schweden solche Tyrannen?" fiel Axel ein.

„Mein Beruf, Herr Obrist, gebietet mir, wenn Sie so wollen, ein unbeweglicher Despot zu sein, wenn der Patient sein eigenes Wohl vergißt. Gewiß wird man meinem Rathe gehorchen."

Heinrich sprach in einem bestimmten Tone; als er schloß, begegneten Thora's Blicke den seinigen. In denselben lag etwas, daß das Lächeln von ihren Lip=

pen verscheuchte, und eine flammende Röthe auf
ihren Wangen hervorrief.

„Nun, Thora, was thust Du?" fragte die
Christin.

„Ich muß wohl gehorchen, da mein Arzt darauf
besteht, mich für krank zu halten." antwortete Thora.

„Wir werden uns also nicht Deiner Gesellschaft
zu erfreuen haben?"

„Gute Julie, der Fehler liegt nicht an mir,
sondern am Doktor."

Thora wandte sich hierauf an den Baron.

Axel wurde düsterer Laune und Thora verstimmt.

Kurz darauf stand sie auf und ging hinaus in
den Saal, während die Andern dann sich von den
Moden der Sommersaison unterhielten.

Thora stellte sich an eines der Fenster, in welchem ein hoher Nerium seinen Platz hatte und gleich
einem Baume seine Aeste über ihrem Haupte aus-
breitete.

„Thora!" flüsterte eine Stimme auf der andern
Seite der Blume und jede Fiber in Thora's Herz
zitterte. Sie blickte auf und begegnete Axel's Auge.

„Thora, Du gehst also morgen nicht mit?"

Ein Blitz schoß aus den Augen Axel's hervor.

„Nein."

Thora blickte nieder.

„Du wagst es nicht?"

Thora schwieg.

„Nein, Du wagst es nicht wegen Heinrich."

Axel's Stimme verrieth einen unterdrückten Zorn.

„Glaubst Du nicht, daß ich nicht vollkommen
die Blicke begriff, welche Ihr mit einander wechseltet?
Sie enthielten ein ganzes Bekenntniß. O Thora, ich
habe also vier Jahre geliebt und gewartet, um zu
meinem Schmerz Dich erst verheirathet zu sehen, und
dann . . .“

„Und dann?“ wiederholte Thora, leicht zusammenschaudernd.

„Daß Heinrich das ist, was ich gewesen und
was Dein Mann für Dein Herz sein sollte.“ Bei
diesen Worten blickte Thora ihn blos an.

Axel war bleich und seine Augen ruhten düster
auf ihr.

„Glaube doch nicht, daß ich vergessen oder verzeihen kann; ich kann nur hassen und mich rächen,“
fügte er hinzu.

„Du, — mich hassen? . . . .

„Ja, falls Du — einen Andern liebtest.“

„Du täuschest Dich, ich habe niemals Heinrich
geliebt.“

„Und der Beweis dafür?“

„Welchen forderst Du?“

Thora's Gesicht drückte jetzt so viel Hingebung
aus, daß Axel sich vorbeugte, um sie zu betrachten.

„Gehe morgen mit.“

Thora's Brust bewegte sich hastig; sie schwieg
und spielte mit den Blättern des Neriums.

„Thora, liebst Du mich?“

Sie sah ihn mit einem Blick an, wie die Sonne
des Südens.

„Dann gehst Du mit?“

„Aber meine bereits ausgesprochene Weigerung," stammelte Thora.

„Nun gut, ich bleibe auch zu Hause."

Axel faßte hinter den Blumen ihre Hand . . . „und ich sehe Dich morgen?"

Thora schwieg; ließ aber ihre Hand in der seinigen ruhen.

„Morgen um zwölf Uhr, nicht wahr — dann darf ich kommen?"

In demselben Augenblick kam Heinrich hinaus in den Saal. Axel ließ Thora's Hand los, fügte aber leise hinzu:

„Gib mir ein Zeichen, daß Du einwilligst. Lasse die Blume aus Deiner Schärpe fallen und ich bin zufrieden."

„Thora, Du vergißt Deine Gäste," ertönte Heinrich's Stimme plötzlich hinter ihr.

Thora fuhr dabei zusammen und steckte die Blume, welche sie bereits aus der Schärpe genommen, wieder an ihren Platz, worauf sie zu den Fremden hinauseilte.

Axel und Heinrich blieben einander gegenüber stehen, während sie Blicke mit einander wechselten, die von allem, nur nicht von Freundschaft zeugten.

„Herr Obrist, haben Sie den Herbst vor vier Jahre vergessen?" begann Heinrich bitter.

„Gerade weil ich denselben nicht vergessen kann, finden Sie mich hier. — Ich bin Wittwer."

„Aber jetzt ist Thora verheirathet."

„Ihre Ehe kann aufgelöst werden."

„Sie gehen ziemlich weit, Herr Oberst, gibt es

denn nichts Heiliges für Ihren Egoismus? — Seien
Sie zufrieden mit dem Unglück, das Sie bereits an-
gerichtet, und glauben Sie mir: Auf die Ruinen
eines Ehebruchs kann nicht das Glück irgend eines Menschen gegründet werden."

„Den Herrn Doktor brauche ich wohl nicht darüber zu belehren, daß die Natur und die Liebe
keine conventionelle Vorurtheile kennt,"
antwortete Axel mit einem verächtlichen Lächeln.

„Wie glauben Sie, daß Thora's Tante Sie empfangen würde, falls sie heute Abend hier gewesen
wäre?"

„Als einen Gast in Thora's Haus."

„Bedenken Sie, Herr Oberst, was Sie jetzt thun
wollen; denn ich werde Thora's Ehre mit meinem
Leben vertheidigen."

Das Blut stieg Axel in den Kopf, es schwoll
seine Stirnader und jede Muskel in seinem Gesicht
verrieth einen inneren Sturm. Er trat Heinrich
einen Schritt näher, und sprach mit gedämpfter
Stimme:

„Stellen Sie sich nicht zwischen Thora und
mich, denn dann ist Ihr Leben verloren. — Vor
vier Jahren schwur ich, daß sie die meinige werden solle
und nicht einen Augenblick im Laufe dieser Zeit bin
ich von meinem Vorsatze abgestanden. Jetzt würde
keine Macht der Welt mir sie entreißen können, und
wenn ich um ihres Besitzes willen über eine Reihe
von Leichen gehen müßte. — Ich will und sie
wird mir gehören."

„Nicht so lange ich lebe," antwortete Heinrich mit flammenden Augen.

„Sie lieben Thora, Doktor; aber sie liebt mich. Mein Spiel ist bereits gewonnen, bevor ich es anfange, Sie werden das Ihrige nie gewinnen."

Axel sprach dieß in kaltem Tone und verließ Heinrich.

Kurz darauf brach die Gesellschaft auf.

„Du bist also nicht zu überreden, dem Doktor ungehorsam zu werden?" fragte die Obristin.

„Zeige, daß der Doktor Unrecht hat, wenn er behauptet, daß Frau Liljekrona krank ist," fiel Axel ein und heftete einen sprechenden Blick auf die Schärpe.

„Ich bin überzeugt, daß Thora mir Recht gibt," sprach Heinrich.

„Ich muß wohl zu Hause bleiben, um mich nicht der Gefahr auszusetzen, daß ich, wenn ich krank werde, ohne die Hilfe Heinrich's liegen bleibe," antwortete Thora mit etwas unsicherer Stimme.

Noch war die Blume an ihrem Platze.

„Sie sind grausam, gnädige Frau," sprach Axel, nachdem die Obristin Abschied genommen und er im Begriff war, sich zu verbeugen.

„Mich oder Heinrich," flüsterte er mit aufgeregter Stimme und einem glühenden Blick auf die Rose in der Schärpe.

Thora blickte ihn an und ließ die Blume fallen.

Als Axel dieselbe aufnahm, strahlte seine Stirne. Er entfernte sich siegestrunken. Doch war sein Jubel zu voreilig; denn er hatte einen Feind, der gefährlicher war, als Heinrich und weit schwerer zu besiegen.

Die oben genannte kleine Scene hatte sich so
rasch zugetragen, daß Niemand dieselbe bemerkte.

An einem hübschen Julitage und sechs Wochen nach
Emil's Abreise von Schweden, promenirte Nina und
Kapitän Ahlrot in Rom auf dem Corso, als sie
Stimmen von Landsleuten, welche hinter ihnen gin=
gen, vernahmen. Onkel Anton und Nina wandten
sich um und riefen beide überrascht:

„Emil!"

„Onkel! Nina!" antwortete Emil heiter und eilte
auf sie zu.

„Wann seid Ihr angekommen? wo ist Euer
Logis? — Das wird eine wirkliche Freude, Thora
umarmen zu dürfen," bemerkte Onkel Anton.

Etwas verlegen antwortete Emil:

„Ich kam gestern nach Rom und bringe herzliche
Grüße von Thora aus Schweden."

„Was? bist Du allein hier?" fiel Nina und
der Kapitän zu gleicher Zeit ein.

„Ja, ich bin nur nach Italien gereist, um mich
auszubilden und meine Kunst zu studieren und beab=
sichtige wenigstens ein Jahr hier zu bleiben."

„Was bedeutet denn das, daß Du nach einer
zehnmonatlichen Ehe von Deiner Frau wegreisest?
Hätte sie Dich nicht begleiten können? Das sieht
ziemlich sonderbar aus," brummte der Kapitän, ohne
auf Emil's Begleiter achtzugeben.

„Ja, das kommt mir wunderlich vor, besonders
da Thora oft gewünscht hat, noch einmal dieses schöne
Land besuchen zu dürfen," stimmte Nina ein.

„Es mag sich ausnehmen, wie es will, so
ist die Hauptsache die, daß sie zu Hause geblieben
ist," unterbrach Emil sie ungeduldig. „Aber ich ver-
gesse, Euch unsern ausgezeichneten Landsmann, Professor B. vorzustellen," fügte er hinzu und wandte
sich an diesen, welcher in einiger Entfernung stand.

Die beiden Herren begleiteten Nina und den
Kapitän bis zu ihrer Wohnung, wo man sich trennte.

„Was sagst Du davon, Nina?" fragte der Kapitän, als sie allein waren.

„Ich kann mir Emil's Benehmen nicht anders
erklären, als daß irgend eine Mißhelligkeit zwischen
den Gatten entstanden ist," antwortete sie gedankenvoll.

„Das Sonderbarste ist, daß er uns nicht auf-
gesucht und keinen Brief von Hause mitgebracht hat;
da doch Gustava weiß, daß wir hier bis zum August
bleiben. Ich werde, hol mich der T—, dem gnädigen
Herrn heute Abend zu Leibe gehen."

Der sonst so fromme Onkel war jetzt ganz auf-
gebracht.

Alle Erklärungen wurden indessen überflüssig;
denn gerade in demselben Augenblick kam ein Brief
an Nina aus Schweden an.

Sie erkannte sofort die Hand Heinrich's und
erbrach denselben sehr eifrig. Hieraus erfuhr man
die Ursache zu Emil's schleuniger Abreise, sowie zu
seiner Abneigung gegen Thora, Axel's Ankunft und

alles, was der Leser bereits weiß. Heinrich schloß
diesen Abschnitt seines Briefes mit folgenden Worten:
.... „Du mußt suchen, Emil zu sehen,
denn seine Reise ging nach Rom. Wende alle Mittel
an, welche ihn zur Vernunft und zum Bewußtsein
dessen bringen können, was seine Ehre fordert, damit
er ohne Verzug hieher zurückkehre, bevor es gänzlich
vergebens ist. Nur ein Thor opfert das, was der
Mensch für heilig hält, den Anforderungen eines klein=
lichen Ehrgeizes. Er wäre doch niemals als Künstler
den hervorragenden Talenten Thora's gewachsen ge=
wesen, und wenn er diesem zwecklosen Streben sein
ganzes Leben widmete. Dagegen überläßt er jetzt
Thora's Frieden und seinen eigenen Namen dem alles
verzehrenden Egoismus Axel's und setzt die blinde
Hingebung, welche Thora zu einem schwachen Rohre
macht, das von den Stürmen der Leidenschaf=
ten leicht gebeugt und vielleicht gänzlich geknickt wird,
allen Gefahren aus."

„Ach, Nina, betrachte das Leben der Menschen
und Du wirst bei einer unparteiischen Prüfung fin=
den, daß unser Charakter der wahre Grund all' un=
seres Unglückes ist. Denke Dich hinein in Thora's,
Axel's und Emil's Leben, und sage mir, was hat
denn bei jedem von ihnen die Ereignisse hervorge=
rufen, die ihnen wiederfahren sind, wenn nicht ihre
eigenen Leidenschaften und der Umstand, daß sie Gott
und die Religion vergessen? Du wirst auch aus der
Vergangenheit schließen können, welche ihre Zukunft
werden wird ...."

Nina wandte alle Mittel an, um Emil zu zeigen,

welch' hohes Spiel er mit seiner Ehre und seiner
Zukunft wagte, sie stellte ihm vor, wie unverantwort=
lich seine Handlungsweise und wie nothwendig es sei,
daß er unverzüglich wieder abreise; aber — alles
vergebens. Nina konnte ihn nicht einmal dazu be=
wegen.

Unter diesen vergeblichen Bemühungen von Sei=
ten des Kapitäns und Nina's vergingen Wochen.

Als Nina und Emil eines Tages allein saßen
und davon sprachen, brach er erbittert aus:

„Höre auf, Nina! — Ich werde niemals jenes
Weib wiedersehen, bevor ich, weit von ihr entfernt,
der Welt zeigen kann, daß ich ein größerer Künstler
bin, als sie! — Es gibt Augenblicke, wo mein Haß
zu Thora mich zu dem Wunsch verleitet, daß sie ihrer
Pflichten vergessen und sich so tief erniedrigen möchte,
daß sie für immer in der allgemeinen Meinung ver=
loren wäre; denn weder Talent noch hervorragende
Vorzüge können den Ruf einer in sittlicher Hinsicht
gefallenen Frau wieder herstellen."

„Du bist unverzeihlich schlecht, weil Du aus ver=
letzter Eitelkeit solche abscheulichen Gefühle hegen kannst,
da Du Deiner Gattin nichts vorzuwerfen hast. Sie
hätte mit ihrem Geiste und ihrem reichbegabten Her=
zen ein besseres Loos verdient, als mit Dir verbun=
den zu werden!"

„Das meinst Du wirklich? Aber laß uns die
Sache ruhig prüfen. Ich habe nichts gegen sie als
Frau zu bemerken, sagst Du. Und doch Alles: Ist
sie denn meine Gattin gewesen? Niemals. Nein, frei
und unabhängig vernachlässigt sie die häuslichen Pflich=

ten einer Frau und lebt ausschließlich in ihrem Ate=
lier, während sie es vergaß, daß es ihre Bestimmung
sei, durch ihre Zärtlichkeit das häusliche Leben zu ver=
schönern, statt die Welt durch ihr Talent in Erstau=
nen zu setzen, oder sich mit mir auf einen Wettkampf
um Auszeichnung einzulassen. Haben wir Männer
nicht auf der Bahn des Ruhms Rivalen genug, ohne
daß wir es nöthig haben, sie in unserem Familien=
leben, in unseren Frauen, wiederzufinden? Du ver=
gißt auch, daß die geistreiche und heißblütige Thora
aus Liebe zu einem verheiratheten Mann irrsinnig
gewesen ist."

Emil warf dabei einen höhnischen Blick auf
Nina.

„Es ist verächtlich, solche Sachen auf's Tapet zu
bringen; machte denn Thora vor Dir irgend ein Ge=
heimniß aus ihrer Liebe und ihrem Unglück? Gab
sie Dir nicht volle Freiheit über Dein Schicksal zu
bestimmen, als sie Dir ehrlich ihre Vergangenheit an=
vertraute und Dir sagte, auf welche Weise sie als
verheirathete Frau zu leben gedächte. Bethörtest Du
sie nicht selbst mit der Vorspiegelung eines von Euch
der Kunst gewidmeten Lebens? Und jetzt wirfst Du
die ganze Schuld auf sie."

„Möglich, daß ich es that, weil sie schön und
ich verliebt war; nachdem ich aber gleich einem ge=
hetzten Krieger mit Thora um Ruhm gekämpft, habe
ich während des Kampfes meine Liebe verloren. Die
Verblendung ist verschwunden, und ich sehe jetzt, nach=
dem ich aufgewacht bin, ein, daß solche Weiber un=
verheirathet bleiben sollten. O! wenn Thora Deinen

weiblichen Sinn und wahrhaft tugendhaften Charak=
ter besessen hätte, wie hoch würde ich sie nicht noch
in dieser Stunde lieben!"

„Das Lob, welches Du auf Kosten Deiner Frau
mir spendest, enthält eine Beleidigung, die ich mir
verbitte. Bei Thora würde weit mehr wirklicher
Edelsinn und weibliche Entsagung zu finden sein, als
bei mir, wenn sie einen Gatten hätte, der ihr mit
Liebe entgegen käme, und nicht wie jetzt, einen ei=
ten Egoisten."

Die Zeit verstrich und brachte für Nina den
Tag näher, an welchem ihre freiwillige Landflüch=
tigkeit aufhören sollte.

Emil brachte fast ausschließlich seine Zeit bei
Nina zu, und das trotz all' der Kälte, welche sie
sowohl, wie der Kapitän, der äußerst erbittert auf
ihn war, ihm gegenüber an den Tag legten. Auf
alle Mahnungen des Kapitäns, daß Emil nicht nach
Rom gekommen sei, um ihm Gesellschaft zu leisten,
sondern um zu arbeiten, entgegnete er, daß er Zeit
genug haben würde, wenn sie abgereist seien.

Emil's Phantasie, welche unaufhörlich nach
Traumbildern jagte, machte jetzt sein leicht entzünd=
liches Herz von einer neuen Neigung klopfen, deren
Gegenstand Nina war. Sein glühender Ehrgeiz war
etwas abgekühlt; und je eifriger er sich seiner neuen
Leidenschaft hingab, desto mehr wuchs sein Haß zu
Thora. Diese war jetzt die Fessel, welche, seiner
Ueberzeugung gemäß, ihn daran hinderte, Nina seine
Hand und sein gar zu unbeständiges Herz anzubie=
ten. Emil dachte in seinem Leichtsinn keinen Augen=

blick daran, daß Nina bereits mit Hugo verlobt sei.
Er betrachtete im Gegentheil ihre Verbindung als
aufgelöst, nachdem Nina so plötzlich Schweden ver=
lassen hatte.

Zwischen Nina und Hugo war das Ueberein=
kommen getroffen, daß sie, falls Hugo's Gefühle nach
einer Trennung von fünfzehn Monaten dieselben ge=
blieben seien, sich gegen Ende August im Hotel ***
in Hamburg treffen sollten.

Als Nina am Tage vor ihrer Abreise aus Rom
mit Packen beschäftigt war, trat Emil ein.

„Die Abreise geht also Morgen vor sich?" fragte
er und warf sich in einen Stuhl.

Der Onkel Anton war ausgegangen.

„Eine sonderbare Frage, da Du es doch die
ganze Zeit über gehört hast," antwortete Nina.

„Nina, ich begleite Euch; es ist für mich nicht
mehr möglich zu leben, ohne Dich zu sehen; ich liebe
Dich aus meiner ganzen Seele, ich......"

„Höre auf, falls Du Dich nicht in meinen
Augen wirklich verächtlich machen willst," fiel Nina
heftig ein.

„Wie ungerecht wäre trotzdem Deine Verach=
tung? Ist es denn ein Fehler, daß ich, von Thora's
Schönheit geblendet, auch gegen Deinen höheren
Werth blind war? Ist es denn ein Fehler, daß ich
gezwungen bin, in Dir das Edle und Vollkommene
anzubeten, oder ist es nicht eher ein entsetzliches Ge=
schick, welches mich mit der gefährlichsten Feindin
eines geträumten Ruhms verbunden und mir dadurch

das Glück geraubt hat, Dich die Meinige nennen
zu dürfen?"

„Gleich allen andern schwachen Naturen schiebst
Du die Schuld für dasjenige auf das Schicksal, was
Du dir selber zugezogen hast. Nachdem Du, von ver=
letzter Eitelkeit getrieben, eine Gattin verlassen hast,
auf welche Du hättest stolz sein müssen, haderst Du
mit dem Schicksal; und endlich glaubst Du wohl, daß
ich, selbst wenn mein Herz frei wäre, einen Mann
ohne Charakter und Grundsätze sollte lieben können,
welcher unbedachtsam den Eindrücken des Augenblicks
nachgibt, sie mögen nun gute oder böse sein; welcher
liebt und haßt ohne Beständigkeit, und ehrgeizig ist,
ohne die Kraft und die Fähigkeit zu besitzen, sich selbst
einen Namen zu schaffen; ein Mann, dessen Gefühle
alle ein Produkt einer überreizten Einbildung und
Phantasie ist? Nein, Du hättest bei mir nie irgend
welche Achtung, sondern höchstens Mitleid erwecken
können."

„Du verhöhnst mich? Nun gut, ich werde Dir
zeigen, daß meine Liebe nicht ein leeres Nebelbild
einer überschwenglichen Phantasie, sondern einer tiefen
Leidenschaft ist. Ich werde Dich begleiten, wohin
Du auch Deine Schritte lenken mögest."

„Lieber Emil, höre auf mit dergleichen Phra=
sen, welche mich nur ermüden und langweilen. Du
kannst doch mich nie dazu bewegen, Dir eine andere
Aufmerksamkeit zu schenken als diejenige, welche man
einer lächerlichen Person schenkt, weil ich noch immer
die Braut des Hugo Dernhjelm bin. Solltest Du
trotzdem thöricht genug sein, mich zu verfolgen, dann

werde ich darin nur einen Schimpf sehen, welchen ich Thora's Mann nie verzeihen werde."

Am Tage darauf reiste Nina mit dem Kapitän ab, und Emil blieb freilich in Rom.

––––––––

Ein Jahr nach Nina's Abreise von Schweden saß die Gräfin Oernhjelm an einem hübschen Juni= Abend in ihrem Salon auf der niedlichen Villa am Thiergarten.

Ein junges, armes Mädchen von adeligem Ge= schlecht leistete ihr Gesellschaft. Das Fräulein las der Gräfin laut vor aus Mémoires des Contemporains.

„Ich habe niemals Jemanden mit so schlechter Betonung wie Constanze vorlesen hören. Ich fühle mich durch ihre Aussprache gänzlich ermüdet," bemerkte die Gräfin mit einem deutlichen Anstrich von übler Laune.

„Meine gnädige Gräfin......" stammelte das Fräulein.

„Sie braucht sich nicht zu entschuldigen, lege das Buch weg; ich will nichts mehr hören."

Das Fräulein legte das Buch weg und nahm eine Handarbeit.

„Was ist die Uhr?" fragte die Gräfin.

„Es ist sieben Uhr, Frau Gräfin."

In demselben Augenblick hörte man einen Wagen vor das Haus fahren, und an der Treppe anhalten.

„Irgend ein Besuch," bemerkte die Gräfin, und ihre stolzen Züge klärten sich ein wenig auf, denn all' ihr Hochmuth konnte doch nicht die Langeweile verscheuchen, welche sie dabei empfand, selbst ein täglicher Gast in ihrem eigenen Hause zu sein.

Ein Bedienter meldete Graf Dernhjelm, und gleich darauf stand Hugo, sich ehrfurchtsvollst verbeugend, vor der Mutter. Ueber ihr Gesicht glitt ein Schimmer von Röthe.

Graf Hugo war es seit dem Auftritt bei Nina verboten gewesen, sich vor der Mutter zu zeigen, sofern er nicht seiner Liebe zu der Ersteren entsagte.

„Wie befindet sich meine Mutter?" fragte Hugo und küßte die Hand der Gräfin.

„Gut, wie Du siehst; aber was führt Dich hieher, da Du meinen Willen kennst?"

„Wenn es meiner Mutter gefällig ist, mir eine Privatunterredung zu gewähren, so wird Alles erklärt werden," antwortete Hugo.

„Verlasse uns, Constanze," befahl die Gräfin; und mit sichtbarem Vergnügen kam diese der Aufforderung nach.

„Jetzt sind wir allein," fuhr die Gräfin kalt fort.

„Meine Mutter! warum jetzt diese kalte Sprache gegen Ihren Sohn, wo er kommt, um Sie zu bitten, das zu vergeben und zu vergessen, was zwischen uns

paffirt ift. Ich brauche nicht zu jagen, wie tief die=
ſes Mißverhältniß mich geſchmerzt hat!"

„Es freut mich, daß es Dich reute; denn es
liegt darin eine ſtillſchweigende Anerkennung, daß
Du auch die Unmöglichkeit einer Verbindung mit
jener Schauſpielerin einſiehſt."

„Meine Mutter belieben, mich mißzuverſtehen.
Ich ſtehe hier vor Ihnen, um Sie demüthig um Ver=
zeihung für das zu bitten, was zwiſchen uns vorge=
fallen iſt; aber nicht dafür, daß ich ein Weib zur
Frau nehme, welches ich für deſſen würdig halte."

„Du gedenkſt alſo? . . . . ."

Die Gräfin ſtand auf, um das Zimmer zu
verlaſſen.

„Bleibe, meine Mutter, ich bitte, wir müſſen
uns jetzt recht verſtehen. — Während meines Aufent=
haltes in Paris vor 3 Jahren, empfing ich von
Marquis Datincourt, bei welchem ich durch eine Em=
pfehlung von Ihnen eingeführt worden war, am Sterbe=
bette deſſelben dieſe Briefe.

Es würde überflüſſig ſein, ihren Inhalt zu wie=
derholen, da ſie von Ihnen geſchrieben ſind.

Genug, Sie beweiſen meine uneheliche Geburt.
Ich bin nicht Graf Oernhjelm, ſondern Marquis Da=
tincourts Sohn. — Dieſes Geheimniß würde mit mir
geſtorben ſein, wenn Sie nicht, meine Mutter, mich
ſelbſt gezwungen hätten, dieſes Thema zu berühren,
um das unrechtmäßige von Standesanſprüchen zu be=
weiſen, welche nicht einmal die Wahrheit für ſich
haben. — Als Sie durch eine moraliſche Tyrannei mich
zwingen wollten, gleich einem elenden Betrüger gegen

Diejenige zu handeln, welche ich von ganzem Herzen
liebe, da schmerzte es mich tief, es nöthig zu haben,
eine solche Waffe zur Vertheidigung meiner heiligsten
Interessen zu gebrauchen; aber nicht zufrieden mit
den Wunden, welche Sie aufgerissen hatten, besuchten
Sie Nina. — Ich will nicht bei jenem Auftritte ver=
weilen, nicht mehr daran denken, daß Sie selbst, meine
Mutter, ihr einen entehrenden Vorschlag machten. —
Ich will alles vergessen, und stehe jetzt vor Ihnen
als ein ergebener Sohn, mit der Bitte, das zu ver=
gessen, was ich Ihnen zu Leide gethan, und übergebe
in Ihre eignen Hände jene unglücklichen Briefe, welche
ich auch in diesem Augenblick wünschte, nie gelesen
zu haben. Meine Mutter, meine geliebte Mutter, auf
den Knieen, zu Ihren Füßen, flehe ich um Ihren Se=
gen zu der Ehe, welche ich zu schließen im Begriff
bin. — Nur noch einige Worte und ich bin zu Ende.
— Nina verlangte, um Ihretwillen — merken
Sie sich das wohl — daß unsere Verbindung um
ein Jahr verschoben werden sollte. Sie wünschte,
daß ich, von ihr getrennt, die Gefühle meines Herzens
prüfen sollte. — Ich habe ihr Verlangen erfüllt; aber
jetzt, — jetzt gibt es nichts in der Welt, das mich
sollte bewegen können, meinen Entschluß zu ändern.
— Meine Gefühle haben während dieses Jahres
nur an Stärke zugenommen. Meine Mutter, machen
Sie aus der Nothwendigkeit eine Tugend, und ver=
folgen Sie nicht meine Gattin mit einem unverdienten
Haß. Das ist die heiße Bitte meines Herzens."

In das Sopha zurückgelehnt, und den Kopf
auf die Hand gestützt, hörte die Gräfin Hugo an

Es wäre unmöglich gewesen, in den kalten Zügen zu lesen, welche Gefühle ihre Brust bewegte; nur ein leises Zucken der Augenbraunen zeigte, daß sie nicht so gefühllos war, wie die unbeweglichen Gesichtszüge andeuteten.

Nachdem Hugo geschlossen, betrachtete sie ihn ein Weile, und sprach dann mit unerschütterlicher Kälte:

„Meinen Fluch hast Du durch Deine Drohung von Dir abgewendet; glaube jedoch nicht, daß Du deßhalb durch Deine Bitten, meinen Segen zu jener verhaßten Ehe erhalten kannst, oder daß ich, so lange mein Herz schlägt, aufhören werde, jenes Weib zu hassen, das sich in meine Familie hineingedrängt hat. — Das ist jetzt mein unerschütterlicher Entschluß, mein letztes Wort."

Die Gräfin stand auf, um den Salon zu verlassen.

„O, meine Mutter, warum diese Härte gegen ein Kind, — und dieser Haß zu einem tugendhaften Mädchen?" rief Hugo.

„Ihre Tugenden sind mir gleichgültig; aber ihre Geburt und gesellschaftliche Stellung erregen meinen Abscheu. — Ich sollte eine frühere Schauspielerin meine Tochter nennen? — Nein, niemals! — behalte Du meine Briefe; sie beweisen nichts, eine edle Geburt verhüllt manches."

Die Gräfin entfernte sich, und Hugo stürzte aus dem Zimmer.

In ihr Kabinet eingeschlossen, hörte jetzt die stolze und unbeugsame Mutter den Wagen von dannen

rollen. Die Hand auf das stolze Herz gedrückt, flü=
sterte sie:

„O, mein Sohn, Du bist jetzt todt für mich,
und das durch Amalias Geschlecht!"

Heiße Thränen floßen über die bleichen Wangen.

Einige Tage darauf reiste Graf Hugo nach
Hamburg, um dort Nina zu begegnen, — und die
Gräfin unternahm vollkommen in Trauer gekleidet,
wie wenn ein Verwandter gestorben wäre, eine Reise
nach Kopenhagen.

Eines Tages im September befand Thora sich
allein in einem kleinen Pavillon, welcher in dem Gar=
ten der Villa am Thiergarten lag, die sie während
der schönen Jahreszeit bewohnte.

Thora lag halb ausgestreckt auf einem Sopha.
Das üppige schwarze Haar wallte frei herab über
Hals und Schulter. Mit einem melancholischen Aus=
druck betrachtete sie eine Copie von Leonardo da
Vinci's Abendmahl, welche ihr gegenüber an der
Wand hing.

Es war einer jener Augenblicke, wo der Mensch
zum ruhigen Nachdenken aufgelegt ist; wo die Leiden=
schaften und Illusionen vor ernsthaften Reflexionen
schweigen; wo die Vergangenheit in ihrer ganzen
Wahrheit vor unsern inneren Blick tritt, und wir mit
Beben, Schmerz und Reue uns selbst fragen: Wie

habe ich die Schätze angewendet, welche die Vorsehung
mir zu meinem eigenen und anderer Glück gegeben
hat? — Wie viele Mißgriffe, Verirrungen und Fehler
haben wir nicht zu beweinen: und wie schlecht haben
wir nicht meistentheils das Gute begriffen, das Gott
an uns verschwendet hat!

Thora war so in ihre Gedanken versunken, daß
sie nicht bemerkte, wie die Thüre sich öffnete, und
Axel eintrat. Er stand stille und betrachtete sie. So
wunderbar sind die Wirkungen unserer inneren Natur,
daß es kaum Jemanden gibt, er möge noch so leichtsinnig sein, welcher nicht durch ein Gesicht, das in
tiefe Gedanken versunken ist, ergriffen wird, — stehen
bleibt, und womöglich in die Mysterien eindringen
will, die sich im Inneren jener Welt bewegen, welche
wir die Seele nennen; in diese Welt, welche von
Natur die unbegrenzteste, obgleich durch Gewohnheit
und Vorurtheile oft eine sehr beschränkte ist.

Auch Axel wurde von einem solchen Gefühl ergriffen, als er Thora in ihr Inneres versunken fand;
er hätte einen Blick in ihr Herz werfen und lesen
mögen, was darin vorging. Ein tiefer Seufzer Thora's veranlaßte ihn indessen näher zu treten.

„Woran denkest Du, meine Thora?“ fragte
Axel und küßte mit Wärme ihre Hand.

„An das Bild dort, — an die Versöhnung, —
an die wahre Liebe,“ antwortete Thora und ließ ihre
Hand in der seinigen ruhen.

Ihre Stimme zitterte vor Schmerz und Sanft-
muth.

„Was dachtest Du dabei?“

Axel setzte sich an ihre Seite.

„Du wirst mich gewiß nicht verstehen; als ich aber den himmlischen Ausdruck in dem Antlitz des Erlösers betrachtete, da kam es mir vor, als wenn ich dann erst recht begriffen, was Liebe sei. — Werde nicht böse, aber ich zweifelte an der Deinigen. — Es drängte sich mir der Gedanke auf: daß Deine Liebe uns veredeln und nicht verschlechtern muß, — daß, wenn man wahr und aufrichtig liebt, es unmöglich sei, den Gegenstand unserer Neigung erniedrigen, oder dazu verleiten zu wollen, daß er Ehre und Pflicht mit Füßen trete. — Dann dachte ich an mich selbst, an meine Leiden und meine Fehler; an meinen Mann und an die Treue, welche ich ihm schuldig bin. Mein Gewißen fragte darnach, ob meine Handlungen sich mit dem Eid vereinigen ließen, den ich vor Gott abgelegt?“

Thora's Stimme war aufgeregt.

„Wozu diese Phantasieen und diese unnöthigen Zweifel an meinen Gefühlen?“ Lege die Hand an mein Herz und zähle die stürmischen Schläge desselben, und Du wirst Dich von der Stärke meiner Liebe überzeugen. — Aber ich, Thora, wie viel mehr Grund habe ich nicht zu Zweifeln, Schmerz und Raserei? — Während der jüngst verflossenen Monate, wo ich, durch eine nie erlöschende Liebe an Dich gefesselt, Dich um Gegenliebe gebettelt, was hast Du mir da gegeben? — Nur Hoffnung und Ungewißheit. — Nicht eine Sekunde hast Du um meinetwillen die Welt vergessen, welche Dich umgibt. — Wenn Du einen Augenblick, von dem Feuer meines Herzens

hingerissen, soweit zu sein schienest, meine Treue zu
belohnen, und ich dann die Arme ausstreckte, um
meine ganze Welt zu umarmen, dann — flohst Du
mich, und ich stand da, von Deinem Eigensinn zum
Besten gehalten. Wahnsinnig vor Schmerz stürzte
ich fort, um Dich nie wieder zu sehen; aber am
nächsten Tage fandest Du mich wieder treu und an=
betend zu Deinen Füßen. So sind Tage, Wochen
und Monate unter einem fortwährenden Kampfe ver=
gangen, der mich fast wahnsinnig gemacht hat. —
Wann, o wann, wirst Du die Meinige werden? —
Was ist das für eine Macht, welche, wenn Deine
Liebe am heißesten ist, Dich fliehen macht, sowie ich
Dich an meine Brust drücken und dankbar zum Him=
mel rufen will: jetzt ist sie die meinige! Was ist
es, das, obgleich Dein Herz an das meinige gefesselt
zu sein scheint, Dich fortjagt und mir das Glück
raubt, von welchem ich Jahre lang träume? — O!
nenne mir jenen Feind, welcher uns trennt."

„Er heißt Mißtrauen!" antwortete Thora
ernst.

„Wenn ich, von Deiner Liebe und Deinen Wor=
ten hingerissen, nahe daran bin Alles, außer Dich,
zu vergessen, dann Axel, tritt plötzlich, wie der Schat=
ten eines Todten, die grausame Täuschung vor mein
Gedächtniß, die Du einst an mir begangen, und ich
rufe: Verrätherei! — Meine Entzückung ver=
schwindet und ich fluche Dich wie mein böses Geschick.
Du sprichst von Leiden. O, Axel, was empfinde
ich denn in solchen Augenblicken, wo ich, nachdem
ich von Dir geflohen, auf meinem Zimmer einge=

schloßen, es bedenke, daß Du jetzt wieder mich ver=
leiten wolltest, meine Pflichten als Gattin zu ver=
geſſen; wie Du ehemals wolltest, daß ich ſie als
Tochter und Weib vergeſſen ſollte."

„Wie kannst Du davon ſprechen, Pflichten zu
vergeſſen, welche die Vorurtheile der Menſchen geſchaffen,
wenn die Liebe ſpricht, welche von Gott geſchaffen
iſt? Weißt Du nicht, daß die Natur derſelben ego=
iſtiſch und gebieteriſch iſt, daß ſie Alles fordert,
wie ſie auch Alles opfert. Sie gleicht einem star=
ken Strome, welcher, allen Hinderniſſen trotzend, ſich
dadurch den Weg bahnt, daß er Alles verſchlingt,
das ſich ihm entgegenſtellt. Ich weiß wohl, daß es
Naturen gibt, welche entſagen können, aber ihre Liebe
iſt lau und ihre Gefühle Traumgebilde ohne Leben
und Kraft; ſie fühlen nicht wie ich. — Die Liebe iſt
bei ihnen eine ſtille bleiche Flamme, nicht ein wilder
verzehrender Brand. Siehſt Du, mein guter Engel,
das Schickſal führte uns zuſammen, damit ich in Dir
mein geträumtes Ideal anbeten durfte. Es war nicht
möglich, daß der Eid, welcher mich an eine andere
band, für meine ganze Lebenszeit ein bindendes Ge=
ſetz für die Forderungen meines Herzens ſein könnte.
Ich ſah und liebte Dich, und betrog Dich, weil ich
nicht mehr ohne Dich leben konnte. Das Schickſal
hielt mich in dem Augenblick zum Beſten, wo ich
mich Deines Beſitzes, und meines Glückes ſicherer
glaubte. Daß ich jetzt, nach Jahre langem Warten,
verlange, daß Du um meinetwillen einen elenden
Narren verlaſſen ſollſt, iſt ja natürlich. — Wenn
man treu und warm liebt, ſo hat man alles ge=

sühnt; man hat sich das Recht erkauft, selbst vom
Fuße des Altars das Weib wegzureißen, um dessen=
willen man das gelitten, was ich gelitten! — Thora
zweifle an allem, an Gott, wenn Du willst; aber
nicht an den Gefühlen meines Herzens für Dich. O,
sage doch, wann soll dieses Herz den Lohn bekommen,
von welchem es so viele Jahre geträumt? — Siehe
mich an, Thora, und antworte wann . . . . ?"

Axel beugte sich über Thora herab, sie athmete
kurz und unruhig; seine Augen ruhten voll Liebe
und flehend auf ihr.

Thora schwieg; aber der Wechsel der Farbe ihrer
Wangen verrieth einen inneren Kampf. Axel schlang
leise seinen Arm um Thoras Leib. Sanft schob Thora
ihn von sich, und flüsterte:

„Wenn Du aufhörtest mich zu lieben, wie Du
es jetzt thust, — dann würde ich sterben; aber doch
kann ich, Axel, nie die Deinige werden, bevor ich
Deinen Namen trage."

Axel sprang auf, ergriff und drückte mit krampf=
hafter Heftigkeit Thora's Hand, und sagte:

„Warum glaube ich, armer Thor, noch daran,
daß es ein Herz in Deinem Marmorbusen gibt? —
Warum will ich nicht Einmal begreifen, daß es nur
ein grausames Spiel ist, welches Du mit meiner
wahnsinnigen Leidenschaft triebst. Leb wohl, Thora,
und sei überzeugt, daß ich Morgen nicht zurückkehre;
dieses abscheuliche Gaukelspiel mit meinen Gefühlen
muß ein Ende haben."

Axel eilte nach der Thür.

„Axel, bleibe!" ertönte Thora's Stimme hin=
ter ihm.

Er wandte sich um.

Auch Thora war aufgesprungen, und stand jetzt
mitten im Zimmer, bleich, aber schön, und mit „einem
Blick, ein Königreich werth."

Zu ihren Füßen stürzend, schlang Axel seinen
Arm um ihren Leib, und sprach leidenschaftlich:

„O Thora, Du machst mich wahnsinnig!" und
dabei drückte er seine brennend heiße Stirne gegen
ihre Brust.

Ein Klopfen an die Pavillonsthüre veranlaßte
Axel aufzustehen; eine Wolke des Mißvergnügens
sammelte sich auf seiner Stirne, als er in einem
Fauteuil Platz nahm. Thora rief dem Klopfenden
ein Herein zu. Es war Lisette.

„Hier ist ein Brief aus Rom; die Majorin hat
ihn mit Friedrich hierher geschickt," sagte das Mäd=
chen, und übergab ihn Thora, worauf sie sich ent=
fernte.

Axel war wieder an Thora's Seite und ergriff
den Brief.

„Du gedenkst doch wohl nicht, in Deiner Ver=
träglichkeit so weit zu gehen, daß Du diesen Brief
liest. Bedenke, daß er Dich verlassen hat, als Du
krank warst, und sich später mit keinem Wort nach
Dir erkundigt hat."

„Axel, gib mir den Brief; er ist in allen Fällen
mein Mann."

„Dein Mann? Er, der Elende?"

„Stille; weder Du noch ich haben ein Recht,

ihn zu schimpfen, gib den Brief her, ich will und muß sehen, was er schreibt."

Mit einer hastigen Bewegung nahm Thora den Brief zurück.

„Aber ich will es nicht," rief Axel heftig und ergriff die Hand, in welcher sie denselben hielt.

„Wozu diesen zwecklosen Streit, Du solltest doch einsehen, daß ich wissen muß, was er zu sagen hat. Vielleicht fordert er seine Freiheit zurück, und schenkt mir die meinige."

Axel ließ Thora's Hand los und küßte sie.

Thora las laut:

„Meine ewig geliebte, tiefbeleidigte Thora!

Vergebens versuche ich es, mit Worten meine Reue zu beschreiben und meine Handlungsweise zu entschuldigen. Ich würde doch keine finden, mit welchen ich mich rechtfertigen könnte, und ich will es nicht einmal, weil ich dann gezwungen werden würde, von der Wahrheit abzuweichen. Ich muß oft einge= stehen, daß, wenn Du streng wärest, ich alles Recht auf Verzeihung verwirkt hätte; aber im vollen Vertrauen zu Deinem Edelmuth bitte ich Dich, das, was ich gewesen bin, zu vergessen; denn ich will suchen, es wieder gut zu machen. Wie soll ich auch Dir meine Dankbarkeit dar= bringen für die großmüthige Art und Weise, auf welche Du alles erlittene Unrecht zu rächen versucht hast. Ach, Thora! gewiß wohnt ein Engel in Dei= nem Herzen.

Ich erhielt von Graf Dernspiel einen Brief, in welchem er mir mittheilte, daß es Dir gelungen sei, eine von mir gemalte Winterlandschaft an die Dres=

dener Gallerie zu verkaufen, und daß dieselbe allgemein gefallen habe. Er sandte mir auch eine deutsche
Zeitung, in welcher mein Name erwähnt wird, als
der eines eben erst aufgetretenen, aber ungewöhnlich
viel versprechenden Talentes.

Meine Verwunderung beim Empfange dieses
Briefes und der Zeitung läßt sich nicht denken; aber
einige Augenblicke des Nachdenkens reichten hin, um
mir den ganzen Zusammenhang zu erklären. Du
warst es, Du allein, welcher ich die Glückseligkeit zu
danken hatte, die während dem Lesen der Lobes-
worte, die man an mich verschwendete, meine Brust
höher hob. Wie und wann soll ich Dir dieses mein
Glück vergelten können?

Ich sehe jetzt klar ein, daß ich, ohne Dich an
meiner Seite zu haben, immer ein unbemerkter und
mittelmäßiger Künstler bleiben werde.

Voll Hoffnung kehre ich deßhalb zurück, und
das Leben lacht mir mit den Freuden der Ehe und
der Liebe entgegen. Ich weiß jetzt, daß Du mich
liebst; denn sonst hättest Du nicht für die Förderung
meines Glückes gearbeitet. Nur die Liebe kann den
Menschen so voll zarter Rücksicht machen. Fast gleich-
zeitig mit diesem Briefe hoffe ich persönlich zu Deinen Füßen meine Liebe und meine Bewunderung
aussprechen zu können.

Ewig Dein

Emil."

Als Thora mit dem Lesen dieses Briefes zu
Ende war, saß sie stumm da.

Axel maß den Fußboden mit hastigen Schritten

und eine dunkle Wolke nach der andern lagerte sich
auf seiner Stirne. Endlich blieb er, die Arme über
die Brust gekreuzt nnd mit blitzenden Augen, vor
Thora stehen.

„Thora, Du hast mich grausam betrogen; denn,
wie er selbst schreibt, so muß man denjenigen lieben,
dessen Schwäche man mit so ausgesuchter Zuvorkom=
menheit befriedigt. Es waren keine traurigen
Erinnerungen, welche mich von Dir scheuchten,
es war Liebe zu diesem Narren, welcher sich glücklich
fühlt bei einer geliehenen Ehre, die Dich meiner
Zärtlichkeit entfliehen machte. Wahrlich, ich muß den
Geschmack der geistreichen Thora bewundern. Da=
durch, daß sie seiner Eitelkeit schmeichelt, erbettelt sie
sich ein klein wenig von seiner Neignng. Ach, meine
Gnädige, Sie sind unübertrefflich.“

„Höre auf mit diesem Hohn,“ rief Thora hef=
tig. „Die geistreiche Thora, wie Du Dich ausdrück=
test, trägt jetzt Liljekrona's Namen und sie weiß auch,
wie schlecht sie die Pflichten einer Frau erfüllt hat.
War ich es nicht, welche sein Leben durch meinen
Ehrgeiz verbitterte. Wen ich liebe, das weißt Du
zu gut; jeder Zweifel daran, der von Deiner Lippe
ausgesprochen wird, ist eine Deiner Stellung zu mir
unwürdige Spötterei.“

„Du hast recht,“ antwortete Axel in düsterem
Tone; „aber, Thora, wenn ich bedenke, daß dieser
Mannn Rechte über Dich besitzt, die ich niemals ge=
habt habe, daß Du ihm gehört hast, während ich
meine Zeit mit Reue und Hoffnung vergeudet habe,

dann erfaßt mich ein grenzenloser Haß zu ihm, und
eine tiefe Erbitterung gegen Dich.“

Es entstand eine Pause.

In Thora's Zügen spiegelten sich Schmerz und
Unruhe. Axel ging einigemal im Zimmer auf und
ab, worauf er wieder vor Thora stehen blieb.

„Gedenkst Du seine Rückkunft abzuwarten?
fragte er·

„Was soll ich denn sonst thun?“

„Du wolltest Dich ja von ihm scheiden lassen;
wenigstens hast Du es mir versprochen. Was ist
denn einfacher, als daß Du sofort mit mir abreisest?
Er wird nach Dir suchen lassen, und wenn Du nicht
binnen einem Jahr Dich einfindest, so ist Eure Ehe
aufgelöst und Du bist mein für Zeit und Ewig=
keit.“

„Du willst also, daß ich gleich einem verbreche=
rischen und leichtsinnigen Weibe mit meinem Liebha=
ber von dannen fliehen soll,“ rief Thora und sprang
auf, indem sie stolz den Kopf zurückwarf. „Es ist
jetzt das zweitemal, Axel, daß Du mir vorschlägst,
durch eine solche Handlung meine Ehre zu brandmar=
ken. Kannst Du denn diejenige lieben, welche Du
so tief erniedrigen willst? Gehe, Axel, gehe, ich werde
mir niemals durch einen entehrenden Schritt das
Recht erkaufen, Deine Gattin zu werden.“ Die Thrä=
nen stürzten aus Thora's Augen und erstickten ihre
Stimme.

„Ach, Du furchtsames und leicht zu erschrecken=
des Kind!“ sagte Axel mit sanfter Stimme, und zog
sie zärtlich neben sich auf's Sopha hinab. „Wäre

ich, meine Thora, ebenso mißtrauisch gegen Dein
Herz, wie Du es gegen das meinige bist, so würde
ich mit vollem Grunde an Deiner Treue zweifeln
können. Man denkt nicht an das Urtheil anderer
Menschen, und opfert sich nicht leeren, nichtssagenden
Vorurtheilen, wenn man liebt. Die ganze übrige
Welt ist dann verschwunden; es gibt nur ein ein=
ziges Wesen, und dieses allein ist unsere ganze
Welt. So, Thora, liebe ich. Was frag' ich denn
nach der Ehre ohne Dich; und was hat selbst die
Schande zu bedeuten, wenn Du die Meinige bist?
Wie kannst Du denn unsere Zukunft einem so un=
sicheren Würfelspiel aussetzen wollen, wie das der
Laune eines exaltirten und eitlen Thoren, dessen In=
teresse es jetzt geworden ist, Dich in seiner Gewalt
zu behalten. Ist es möglich, daß Du unsere Liebe
und Wiedervereinigung einem so unsicheren Resultate
aussetzen willst?"

Mit zurückgehaltenem Athem lauschte Thora die=
sen gefährlichen Worten, welche ihren Ohren schmei=
chelten wie Zaubermusik. Als Axel schwieg, that sie
einen tiefen Seufzer. Thora fühlte sich in den Wir=
bel der Leidenschaft hineingezogen und von seinen
verbrecherischen Sophismen beherrscht; aber noch lei=
stete die Stimme der Ehre Widerstand, obgleich die=
selbe matter zu ertönen begann. Thora ergriff leb=
haft die Hand Axels, schloß sie in die ihrige und
sprach in einem flehenden Tone:

"Sei großmüthig und edelmüthig, Axel; mache
nicht Gebrauch von der gefährlichen Macht, welche
Du über mein schwaches Herz besitzest, um mich, gegen

alles beſſere Gefühl, dazu zu bringen, ſchlecht und
elend zu handeln. Laß mich Emil ehrlich ſagen, daß
ich nicht ohne Dich leben kann, daß er und ich ge=
ſchieden werden müſſen. Es wird dann ein
freundliches Uebereinkommen, und unſere Scheidung
kann ohne allen Skandal ſtattfinden. Nur unter der
Bedingung wage ich es, mit Hoffnung der Zukunft
entgegenzuſehen. Erinnere Dich, was ich bereits ge=
litten, daß ich noch rein und fleckenlos bin. O!
raube mir nicht dieſen meinen letzten und einzigen
Troſt."

„Bitte mich nicht um ein Opfer, das wahnſin=
nig wäre! Was iſt er denn eigentlich, das Dir ſo ge=
fährlich vorkommt? Nur den Augenblick beſchleuni=
gen, wo Du meine Gattin werden wirſt. Daß Du
mich begleiteſt, was liegt denn eigentlich darin? Nur,
daß Du mich über alles Andere liebſt! Wenn Du
dann nachher meinen Namen trägſt, muß jeder
Tadel verſtummen. Jetzt bin ich es, Thora, welcher
zu Deinen Füßen eine Gnade für unſere Liebe bet=
telt," fügte Axel mit hinreißender Wärme hinzu.

„Axel, ſtehe auf, ich kann unmöglich eine Be=
trügerin werden," antwortete Thora, beugte ſich über
ihn und weinte.

„Mache mich nicht wahnſinnig, Thora, mit Dei=
ner Halsſtarrigkeit. Ich wäre geneigt, eher uns beide
zu tödten, als ſeine Rückkunft abzuwarten," rief Axel
wild und ſtand auf.

Thora ſtreckte die Hand gegen ihn aus und flü=
ſterte mit weicher Stimme:

„Sei nicht hart, Axel! Weiß ich denn selbst,
wozu meine Schwäche und meine Liebe mich verleiten
könnten?"

Des langen Zwistes müde, begann Thora schon
zu wanken, und in diesem Kampfe würde gewiß
Axel's unerschütterlicher Wille über ihr schwaches
und exaltirtes Gemüth den Sieg davon getragen haben, wenn nicht Stimmen aus dem Garten sie unterbrochen hätten.

„Hast Du Dich nicht abwesend melden lassen?" fragte
Axel und verzog die Augenbraunen, als die Sprechenden näher kamen.

„Ja, ich erwartete ja Dich," antwortete Thora
und warf einen Blick durch die Sprossen der Fen-
sterläden.

„Ach, mein Gott, Nina!" rief sie und flog
hinaus.

„Verdammt! Dem Siege so nahe zu sein und
ihn doch verlieren; aber, bei meiner Ehre, sie muß
mit mir gehen. Ah, Nina, dießmal sollst Du nicht
meine Pläne durchkreuzen!" murmelte Axel.

Gleich darauf traten Nina, Graf Hugo, Kapitän Ahlrot und Heinrich in den Pavillon, wo Axel
sie kalt und stolz begrüßte.

Thora zeigte so viel Anmuth und Freundlich-
keit, daß sie dadurch einigermaßen die Spannung be-
seitigte, welche das Zusammentreffen mit Axel bei
ihren Verwandten hervorrief. Eine ziemlich unge-
zwungene Conversation kam auch bald in Gang.
Graf Hugo, welcher mit Axel's und Thora's früheren Verhältnissen gänzlich unbekannt war, betrach-

tete diesen nur als einen ausgezeichneten Fremden
und unterhielt sich deßhalb lebhaft mit ihm. Der
Abend verging dem Anscheine nach heiter, und man
trennte sich erst nach dem Souper.

Als Heinrich Abschied nahm, sagte er zu Thora:

„Nina nimmt Nachtquartier bei Dir, und ich
glaube, daß Du am klügsten daran thust, sie morgen
nach der Stadt zu begleiten."

„Warum das?" fragte Thora mit kalter Zu-
rückweisung.

„Weil Graf Falkenhjelm heute von Wien an-
kommt und Dich wahrscheinlich morgen besucht. Er
wird gewiß nicht dieselbe Begegnung wünschen, die
wir heute Abend gehabt."

Thora antwortete erröthend, daß sie nach der
Stadt fahren wollte.

———————

Axel fuhr von Thora mit dem Omnibus und
befand sich bald in seinem Zimmer im Hotel de
Russie. Bei seinem Eintritt in den Salon außerhalb
des Schlafgemachs befand sich dort in einem Lehnstuhl liegend ein junger Bursche in Jockeylivrée. Seine
Gesichtszüge hätte man hübsch nennen können, wenn
sie nicht einen harten und düstern Ausdruck gehabt
hätten. In den dunkeln Augen wohnte eine ganze
Welt von unterdrückten, aber unheilverkündenden Lei-

denschaften. Um die dünnen Lippen spielte ein Zug
bitteren Hohnes.

Als Axel hereintrat, erhob der Bursche den
Kopf, änderte aber nicht seine Stellung, sondern
blickte ihn nur an. Ueber sein Gesicht zog eine Wolke
von Unzufriedenheit.

„Warum bist Du hier? Warum wartest Du
auf mich?" fragte Axel in einem etwas harten Tone.

„Weil ich Dich sehen wollte; weil ich jeden
Abend dasselbe thue," war die Antwort.

„Aber Du weißt ja, daß es mir mißfällt, mich
peinigt und ärgert, Dich unaufhörlich in meinem Weg
zu finden."

„Ich bin ja Dein Diener," antwortete der Bursche
spottend.

„Ja, aber gegen meinen Willen."

„So—o!"

„Laß doch die Comödie endlich einmal ein Ende
nehmen. Warum übernahmst Du diese Rolle und
erzwangst Dir die Erlaubniß mich begleiten zu dürfen?"

„Weil ich Dich liebte! — Du wendest Dich weg
von mir, Du bist mit dieser Erklärung nicht zufrieden, welche ich Dir tausendmal gegeben. — Kann
ich denn dafür, daß meine Liebe stärker ist, als Dein
Widerwillen, daß sie mich zu diesem Schritte zwingt;
obgleich ich ganz gut weiß, daß Du sie niemals ge-
theilt hast, oder theilen wirst. Ich verlange ja
auch nichts von Dir; — wenn ich nur in Deiner
Nähe sein darf."

Axel betrachtete den Burschen prüfend.

„Nein, es wohnt keine Liebe, es wohnt Haß in

Deinem Blick. Du kommst mir wie ein Geist des
Unglücks vor. Eine innere Ahnung sagt mir, daß
Du etwas Böses im Schilde führst. Wir müssen
uns trennen."

„Müssen, sagst Du. — Nein, nicht eher, als
mit dem Tode," antwortete der Bursche langsam,
und stand auf.

„Und warum müssen wir? — Hab ich Dir nicht
treu gedient? — Laßt uns das, was seit der Zeit,
daß unsere Wege sich berührten, passirt ist, uns in's
Gedächtniß zurückrufen. Als Du nach Deinem Auftreten in Lübeck von mir wegreistest, folgte ich Dir
nach, und holte Dich in München ein. — Warum
that ich das?

Nun, weil ich seit unsrem ersten Begegnen geschworen hatte, nur für Dich zu leben. Ich habe Dich
treu wie ein Schatten begleitet, und Deine Schritte
bewacht; weil ich für Dich die glühendsten Gefühle empfand. Du nahmst meine ganze Seele in
Anspruch, Du beschäftigtest alle meine Gedanken.
Durch Trotz und Drohungen erzwang ich mir eine
Stelle bei Deiner Frau. Nun, warum that ich das?
Nur, um Deines künftigen Glückes willen! Ich sah
im Voraus ein, daß Sie Dich mit Leidenschaft lieben
mußte, und ich wußte auch, wie ich sie dann würde
tödten können. Oh, erbleiche nicht, — höre mich
an bis an's Ende! Ich wiederholte ihr so oft, wie
hoch Du Thora liebtest, wie schön sie sei, wie ausschließlich sie Dich beherrschte, und daß Deine Liebe
zu ihr Dich bewogen hatte, im Getümmel des Krieges
Vergessenheit oder Tod zu suchen. Ich zeigte ihr

klar, daß Du niemals, so lange sie lebte, von Algier
zurückkehren würdest. Kurz, ich schilderte es mit so
lebhaften Farben, daß ich mir sagen könnte, jede solche
Schilderung, habe ihr ein Jahr ihres Lebens geraubt.
Drei und ein halb Jahr darauf war sie auch todt!"

„Es ist indessen entsetzlich!" rief Axel zusammenschaudernd.

„Entsetzlich? sagst Du. — Ah, und doch weiß
ich etwas, das noch entsetzlicher ist," fiel der Bursche
düster ein. „Sie gehörte einem Geschlechte, das . . . . ."
hier hielt er an sich, und fuhr mit der Hand über
die Stirne.

„Das . . . . .?" wiederholte Axel, indem er den
Burschen aufmerksam firirte.

„Mit welchem verbunden zu sein, Dein Unglück
war," fuhr Letzterer ruhig fort. Ich wollte nur Dein
Glück, das war die Triebfeder zu meinen Handlungen.

Ohne der Natur irgend eine physische Gewalt
anzuthun, habe ich Deine Fesseln gelöst, und war
auch der Erste, welcher Dich davon in Kenntniß setzte,
daß Du — frei seiest, — daß der Weg zu Thora
Dir jetzt geöffnet sei, — und doch mußte ich wieder
durch Drohungen mir das Recht erzwingen, Dich
wieder begleiten zu dürfen. Siehe, das ist der Lohn
für meine Bemühungen, Dir Dein Glück zu bereiten, dessen Zeuge zu sein, und welches mit zu ge-
nießen ich geschworen habe."

„Stille, Geist der Hölle, Du bringst mich wieder
auf Gedanken, welche mich rasend machen. Du
wolltest Zeugin meines Glückes sein, und Du wußtest
doch, daß sie bereits — verheirathet sei. Elen-

der, Du betrogst mich nur," rief Axel, und faßte den Burschen heftig am Arme. Begreiffst Du, daß ich bei der Erinnerung daran Dich verabscheuen muß, und daß Du von meinen Augen fort mußst."

„Niemals! — Ich würde mich dann dadurch rächen, daß ich Dich um Thora's Liebe brächte; denn ich brauche nur zu ihr zu gehen, und ihr zu sagen, daß Du, nachdem sie wahnsinnig geworden, mich verführtest, mit Dir durchzugehen, weil Du, während der ganzen Zeit, wo sie glaubte ausschließlich von Dir geliebt zu sein, in einem intimen Verhältniß zu mir gestanden hättest. Als Zeuge für die Wahrheit meiner Worte würde ich mich auf Deinen eigenen Bedienten berufen, welcher mich bei Nachtzeit Deine Zimmer verlassen sah. Ich benützte dann die Waffe, von welcher Du nicht gegen mich Gebrauch machen wolltest. Begreife also, daß wir bis zu dem Tage unzertrennlich sind, an welchem Thora die Deinige ist, und Du nicht nöthig hast, mich mehr zu fürchten."

Axel ging in aufgeregter Gemüthsstimmung einige male im Zimmer auf und ab.

Der Bursche folgte ihm mit den Augen.

„Aber wozu dieses ewige Mißtrauen zu mir?" fuhr er fort; „da alle meine Handlungen Dir beweisen müssen, daß ich nur für Dein Glück, und Deinen siegreichen Erfolg lebe."

„Sage mir, warum verschwiegst Du mir in München, daß Thora verheirathet sei? — Warum unterhielst Du, und schürtest Du meine ungestüme Freude darüber, daß ich frei war, und ihr mein Le-

ben und meinen Namen anerbieten konnte, da Du
doch wußtest, daß sie einem Anderen gehörte? Sage
mir, wozu diese Schweigsamkeit?"

„Ich wußte durchaus nicht, daß sie verheira=
thet sei."

„Du vergißt denn Laura's Aufträge bei der
Verlobung, welche sie Dir gegenüber bei ihrer Rück=
kehr nach München erwähnte. Der General hat
mir das Ereigniß mitgetheilt."

„Aber Verlobung ist ja keine Heirath."

„Wenn ich an Dein ganzes Benehmen denke,
dann werde ich fast wahnsinnig vor Raserei. Als
ich von Oberst * * * stjerna's Ball zurückkam, kam es
mir vor, als wenn Du an meinen Qualen einen
Genuß hättest."

„Du täuschtest Dich, ich litt dagegen dabei.
Axel! befehle, und ich werde gern für die Förderung
Deiner Liebe mein Leben hingeben." Als jener son=
derbare Bursche dieses geäußert hatte, stützte er seinen
Kopf auf die Hand.

„Vielleicht thue ich Dir Unrecht," fuhr Axel
fort. „Die Zukunft wird es zeigen."

„Ja, der Tag wird bald kommen, wo ich nach
Jahre langem Warten Dir zeigen werde, wie ich
Dich liebe!" Hätte Axel jetzt den kleinen Jockey an=
gesehen, dann würde er über den von Haß flam=
menden Blick erstaunt gewesen sein.

„Gute Nacht, Axel; wann reisen wir?"

„Ich weiß es nicht," antwortete Axel gedan=
kenvoll.

Eine Woche verging, ohne daß Thora mit Axel zusammentreffen konnte. Graf Falkenhjelm brachte den ganzen Tag bei seiner Tochter zu, und Abends wurden Lustparthieen unternommen. Hierzu kam, daß die Majorin und Nina sich ununterbrochen bei Thora am Thiergarten aufhielten, so daß sie keine einzige unbewachte Stunde hatte.

Thora litt darunter. Jeden Abend schrieb sie an Axel, und jeder solche Brief bewies, daß selbst die Trennung, mehr als irgend etwas anderes, Axel dem Siege über ihr Herz näher brachte. Sie meinte jetzt alles überleben zu können, nur das nicht, von ihm getrennt zu sein.

So standen die Sachen am Tage vor der Abreise des Grafen nach Schonen.

Als Thora um die Mittagszeit von einem Ausflug mit ihrem Vater, der Tante und Nina, zurückkehrte, theilte Lisette ihr mit, daß der Bediente des Obersten mit einem Briefe warte. Thora eilte in ihr Kabinet, und befahl, daß man ihn dorthin führen solle.

Einige Augenblicke darauf las sie folgendes:

„Thora! Wozu dieses Spiel mit meinem Herzen? wozu diese leeren Worte und Phrasen, da Du mir doch keine einzige Stunde widmest? Sage es ehrlich, daß Du mich nicht sehen willst, und ich kehre in's Feld zurück, um — zu sterben. Liebst Du mich aber noch, dann muß ich Dich, wenn auch nur auf einen Augenblick heute Abend sprechen. Bewilligst Du mir nicht diese Zusammenkunft, dann reise ich ab, um niemals mehr zurückzukehren.

Dein unglücklicher Axel."

Hierauf antwortete Thora in einem Billet:

„Auch ich vermag nicht länger, getrennt von Dir zu leben. Tod und Schande lieber, als das Leben ohne Axel! Komm heute Abend in den Pavillon.

Für ewig Deine

Thora."

In einiger Entfernung von der Villa, in welcher Thora wohnte, wartete Axels Jockey auf den Bedienten.

„Gib mir den Brief," sagte er zu dem Letzteren.

„Aber der Oberst befahl mir, ihm selbst denselben zu übergeben," antwortete dieser.

„Gotthard, er hat mich hieher geschickt, um Dir zu begegnen, und gab mir den Befehl, daß Du mit diesem Brief zum Baron X .... gehen solltest."

Obgleich etwas zögernd, so überreichte Gotthard doch Thora's Antwort dem Burschen, und dieser schwang sich auf ein Pferd, welches an einem Baume angebunden stand, und ritt spornstreichs von dannen.

Früh am Abend sagte der Graf seiner Tochter Lebewohl, weil er am andern Morgen abreisen sollte. Die Majorin und Nina blieben jedoch bei Thora. Diese schützte jedoch ein heftiges Kopfweh vor, so daß man sich früher als gewöhnlich trennte, und zur Ruhe begab.

Um eilf Uhr Abends schlich Thora sich still aus dem Hause hinaus in den Garten. Es war ein dunkler und stürmischer Abend, der Wind prasselte in dem abgefallenen Laub, und jagte es wirbelnd um Thora's Haupt. Kein Stern schimmerte herab von dem wolkenbedeckten Himmel, und nur das

Licht, welches sie im Pavillon hatte anzünden lassen, zeigte ihr den Weg. Während sie den kurzen Weg zurücklegte, bemächtigten sich eine düstere Angst und traurige Ahnung des Herzens Thora's. Die Vernunft flüsterte ihr ein warnendes kehre um! zu; die Liebe aber und die Schwäche trieben sie vorwärts. Es kam ihr vor, als wenn Jemand hinter ihr herschliche; wenn sie aber stehen blieb, um zu lauschen, so hörte sie nur das Brausen des Windes in dem dürren Laube. Unruhig, und von ihrer Einbildung geängstigt, erreichte Thora endlich das Ziel, und fand zu ihrer unbeschreiblichen Freude Axel bereits dort.

Thora warf sich an seine Brust mit den Worten:

„Gottlob, mein Axel, daß ich Dich wieder sehe!"

Sie schlang ihre Arme um seinen Hals, und schmiegte sich zitternd an ihn.

„O! was ich gelitten habe, wie ich diese ewig langen Tage, die wir getrennt waren, mich unglücklich gefühlt habe," sprach Axel, und drückte sie fest an sein Herz.

„Auch ich habe jetzt klar begriffen, daß nur der Tod uns trennen kann; ohne Dich zu sehen, kann ich nicht länger leben."

„Du gehst mit mir, ist es nicht so, mein angebeteter Engel?" Und Axel bedeckte dabei Thora's Hände mit seinen glühenden Küssen.

„Ich gehe mit Dir, wohin es auch sein mag," antwortete Thora, ohne sich zu besinnen.

„Treuloses und meineidiges Weib, Du sollst ihm in den Tod folgen!" erscholl eine zornige Stimme.

Erschrocken rißen Thora und Axel sich aus ihrer Umarmung, und richteten ihre Blicke bestürzt dorthin, woher die Stimme kam. Was sahen Sie? — Emil! mit bleichen, von Raserei entstellten Zügen, und neben ihm stand — Cordula mit einem vor Rachgier strahlenden Antlitz. Bei ihrem Anblick fuhr Axel zusammen.

Sie trat einige Schritte an Emil vor, und sprach zu Axel folgende Worte:

„Jetzt, mein Herr, ist der Augenblick gekommen, wo ich zeigen kann, wie sehr ich Sie liebe. Emil wird auf eine würdige Weise meine Gefühle aussprechen, und darum übergebe ich meine Rache in seine Hände. Sollten Sie zufälliger Weise wissen wollen, wer ich bin, und warum ich Ihnen Jahre lang gefolgt, um eines Tages die zermalmende Waffe der Strafe mit Sicherheit gegen Sie schleudern zu können, — so wissen Sie, daß — ich die Tochter des unglücklichen Weibes bin, welche ihre Mutter als Giftmischerin anklagen und verurtheilen ließ. Ich bin Amalia Heyses Kind mit Ihrem Onkel, demselben Onkel, dessen Vermögen es Euch dadurch gelang an Euch zu reißen, daß er ermordet, meine Mutter unschuldig verurtheilt und ich fälschlich für ein uneheliches Kind erklärt wurde. Nehme jetzt den Lohn, welchen das Verbrechen erzeugt. Dieser Augenblick gibt mir Ersatz für Alles, was Sie mir geraubt haben; denn Sie werden sterben, sterben weg von Liebe, Ehre, Tugend und Reichthum; sterben gerade, wo ein Leben voll Genuß, Glück und Glanz Ihnen

entgegen lacht. Ah! in diesem Augenblick gäben
Sie gerne für Thora und Ihr Leben das ganze
Vermögen hin, um welches Sie mich bestohlen haben; aber Sie werden sich nicht retten können. Verstehen Sie? Nichts vermag mehr sie oder Sie zu
retten," rief Cordula mit wilder Freude und stürzte
hinaus.

Emil schloß die Thüre ab und steckte den Schlüssel
in die Tasche; worauf er sich an Thora mit folgenden Worten wandte:

„Es ist also auf eine solche Weise, daß Du
meine Ehre und Deine Pflichten wahrnimmst, — so
entsprichst Du also meinem Vertrauen. Konntest Du
aber denn nicht begreifen, daß ich einst meine gekränkte Ehre und Deinen Eidbruch blutig rächen
würde?"

„Aber was gibt Ihnen denn ein Recht diejenige
Frau, die Sie selbst verlassen haben, auf eine solche
Weise anzureden? Sie sprechen von Rache, Sie!"
sprach Axel in einem unbeschreiblich verächtlichen Tone.

„Was mich dazu berechtigt — fragen Sie?
Nun, das Recht, welches das Gesetz mir über jenes
Weib gibt . . . . ."

„Das haben Sie durch Ihr elendes Betragen
schon längst verwirkt," unterbrach ihn Axel. „Thora
steht noch in diesem Augenblick vollkommen rein und
schuldlos vor Ihnen; aber sie sowohl wie ich haben
keinen höheren Wunsch, als daß sie durch eine gesetzliche
Scheidung von den Banden befreit werde, welche sie
an einen solchen Mann, wie Sie es sind, fesseln."

„Rein und schuldlos? — Welche unvergleichliche

Schamlosigkeit! Sie haben viel zu große Eile gehabt,
als Sie Ihre Rechnung machten und dabei mich —
vergaßen. Ich werde indessen nicht die passive Rolle
spielen, welche Sie mir zugetheilt haben," antwortete
Emil mit fürchterlicher Kälte und Spott. In dem=
selben Augenblick zog er zwei Pistolen hervor. „Be=
trachten Sie diese Waffen, mit denselben werde ich
Recht sprechen und Rache fordern. Ich gehöre nicht
zu jenen frommen Seelen, welche sich ungestraft um
ihre Frau und Ehre bestehlen lassen, und nachher
stumme Zuschauer des Glückes werden, das man
ihnen geraubt hat. Nein, möget Ihr beide den mir
angethanen Schimpf und meine zerstörte Zukunft mit
Eurem Leben entgelten. — Stille, Thora! das erste
Wort das über Ihre Lippen kommt, kostet s e i n Le=
ben. — Bleiben Sie stehen, Oberst, die geringste Be=
wegung, und ich tödte s i e. — Sie sind beide in
meiner Gewalt; höret deshalb ruhig die Worte an,
welche ich hinzuzufügen habe, denn nachher ist es
vorbei zwischen uns."

„Ich will und werde Sie nicht anhören!" schrie
Axel und trat einen Schritt auf Emil zu.

„Zurück!" rief dieser und erhob die Pistole ge=
gen Thora's todtenbleiches Gesicht; „noch einen Schritt,
und ich drücke ab."

Axel stieß einen Schrei ohnmächtiger Raserei und der
Verzweiflung aus. Sein Gesicht wurde blaßgelb, der
Blick wild; er biß sich so heftig in die Lippen, daß
diese bluteten.

„An demselben Tage, an welchem ich meinen
Brief an Sie, meine Gnädige, von Rom absandte,

erhielt ich selbst einen andern von unbekannter Hand
aus Schweden. Ich wurde darin davon in Kenntniß
gesetzt, daß Sie, Herr Oberst, nachdem Sie die schöne
That vollbracht, meine Frau zu verführen, es jetzt
beabsichtigten, sie zur Flucht zu verlocken. Mich, der
ich einige Augenblicke vorher durch die Komödie
Thora's mit deren Bilde überschwenglich glücklich und
vollkommen getäuscht war, versetzte jener Brief in
einen rasenden Zorn. Ich begriff jetzt klar, daß Sie
dadurch, daß Sie mich erst empfinden ließen, was
Sie für mein Glück und meinen Ruf hätten sein
können, mich den ganzen Verlust fühlen lassen wollten,
den ich an Ihnen in dem Augenblicke erlitt,
in welchem ich Ihre Unentbehrlichkeit einsah; aber ich
schwur, mich zu rächen! — Ich bin Tag und Nacht
gereist, um hieher zu kommen, bevor es zu spät und
es Ihnen gelungen war, mir zu entkommen. Ich
kam endlich gestern hier an. Als ich ans Land stieg,
begegnete mir ein kleiner Jockey. Welcher mich darum
ersuchte, mir einige Worte sagen zu dürfen. Der
Bursche war Cordula. Ich nahm ein Zimmer in
einem Hotel und wartete dort den Augenblick ab, in
welchem mein Zorn, gleich einem zermalmenden Don=
ner, Euch treffen würde. Heute um die Mittagszeit
erhielt ich von Cordula die Nachricht, daß Thora heute
Abend hier mit Ihnen zusammentreffen würde." —
Emil fuhr mit der Hand über die Stirne. „In diesem
Augenblicke, Thora, wo keine Macht der Welt Dein
Leben retten kann, siehst Du gewiß ein, daß Du mit
Deiner warmen und treuen Liebe, wie Du sie an ihn
verschwendet hast, mich mit unauflöslichen Banden an

Dich gefeſſelt haben würdeſt; während Du mir dagegen
nie eine wahre Zärtlichkeit gewidmet, ſondern mich
durch Deine Lauheit und durch Deinen Ehrgeiz in
Landflüchtigkeit gejagt und mein Leben zu einer Plage
gemacht haſt. Hätteſt Du mich wenigſtens meinen
Haß und meinen Neid behalten laſſen, ſo würde
Deine Treuloſigkeit mir ein willkommener Vorwand
geweſen ſein, Dich los zu werden; aber jetzt, nach=
dem Dein geheuchelter Edelmuth mich wieder auf
Liebe und Glück hat hoffen laſſen, jetzt gibt es keine
Strafe, die groß genug für Dich iſt. — Nehme mit
Dir ins Grab meinen ganzen Abſcheu und den Lohn,
welchen Dein unbeſonnenes Leben verdient."

In demſelben Augenblicke wurde der Schuß ab=
gefeuert und Thora fiel, in der einen Seite getroffen,
in ihrem Blute gebadet, zu Boden.

Beim Abfeuern des Schuſſes hörte man heftige
Schläge an die Pavillonsthüre, auf welche indeſſen
keiner von denen darinnen Acht gab; denn als Thora
von Emil's Kugel fiel, ſtürzte Axel mit wahnſinnigem
Gebrülle auf dieſen los, wurde aber dabei von Emil's
zweitem Schuß im Kopfe getroffen. Beim Knalle des=
ſelben wurde die Thüre geſprengt und zu gleicher
Zeit, wo Axel rücklings fiel, ſtürzte — General
Behrend, Cordula mit ſich ſchleppend, herein. Er
blieb bei dem Anblicke, der ihm hier begegnete, wie
verſteinert ſtehen, und rief Cordula, deren Arme er
faßte, voll Entſetzen zu:

„Unglückliche! was haſt Du gethan? er war —
Dein Bruder!"

Dritte Abtheilung.

Unter allen Thieren übt der
niedrig gesinnte Mensch seine
Rache mit der größten Grausamkeit aus!

Drei Jahre sind eine lange Zeit, wenn wir
in die Zukunft blicken, aber eine sehr kurze, wenn
wir zurückblicken. — Und doch, wie mancher Schmerz
wird nicht vergessen, wie manche Wunden werden
nicht geheilt, wie manche Freude entsteht und verschwindet nicht im Laufe dieser Zeit?

Drei Jahre waren seit dem oben beschriebenen
blutigen Ereignisse verflossen.

Wir führen jetzt den Leser bei Graf Hugo
Oernhjeln auf dem stattlichen Bredahof im südlichen
Schweden ein. An einem dunkeln Oktoberabend saßen
in einem kleinen aber geschmackvollen Gemach eine
junge Dame und ein Herr von einigen und dreißig
Jahren von einem fast düsteren Aussehen. Auf dem
Fußboden spielte ein hübscher und lustiger Junge von
ungefähr zwei Jahren.

„Nun, meine gute Nina, fühlst Du Dich fortwährend eben so glücklich, wie damals, als wir uns
zuletzt sahen?"

„Ach, Heinrich, womöglich noch glücklicher; besonders da ich, seit Du hier Provinzialarzt geworden
bist, für mich selbst keinen Wunsch mehr habe, der
nicht erfüllt wäre. Oft kommt es mir vor, als ob
das Glück mich egoistisch gemacht hätte, weil ich für
meinen Theil mich so vollkommen glücklich fühle, obgleich Personen, welche ich liebe, so grenzenlos unglücklich sind.

„Aber Du hast ja keine Schuld an ihrem Unglücke."

„Thoras Leiden sind doch so aufregender Natur
gewesen, daß man sie nie darf vergessen können. ——
Bedenke, daß sie zu allen ihren übrigen Verlusten
noch den Tod der Tante Alm hinzuzufügen hat, welche
bei den gräulichen Ereignissen am Thiergarten vom
Schlage getroffen wurde. Auch athmen ihre Briefe,
obgleich sie kurz sind, eine Gemüthsstimmung, welche
beweist, daß sie nicht vergessen kann. Wie fandest Du
ihre Gesundheit?"

„Leider kann ich mich gar nicht darüber äußern,
weil Thora alle Fragen, die darauf Bezug haben,
unbeantwortet läßt, und gleichsam zu fürchten scheint,
daß man argwöhnen möchte, sie sei nicht gesund. Ich
meines Theils fürchte viel von den Rosen, welche
jetzt so verrätherisch auf Thora's Wangen blühen."

„Die Wunde, welche sie durch den Schuß
Emil's erhielt, hat also keine schweren Folgen hinterlassen?"

„Nicht im geringsten, denn keiner der edleren
Theile wurde verletzt."

„Es freut und schmerzt mich zu gleicher Zeit,

nach einer Trennung von drei Jahren Thora wieder
zu sehen," bemerkte Nina gerührt.

Jetzt trat Graf Hugo, einen offenen Brief in
der Hand haltend, herein.

„Wir können jeden Augenblick Onkel und Thora
erwarten. Er schreibt, daß sie zu gleicher Zeit mit
diesem Briefe abreisen," sagte der Graf und küßte
Nina.

Einige Augenblicke darauf meldete der Bediente,
daß zwei Reisende eine Privatunterredung mit Doktor
Adler wünschten.

Heinrich bat den Bedienten, die Fremden auf
seine Zimmer zu führen und ging selbst kurz darauf
fort, nachdem man seine Verwunderung über diesen
Besuch geäußert, da Heinrich seine Stelle noch nicht
angetreten hatte.

Als der Doktor in seine Zimmer hinaufkam,
fand er dort einen älteren Herren und eine Dame,
deren Antlitz durch eine tief über dasselbe herunter-
gezogene Reisehaube verborgen wurde.

„Entschuldigen Sie, daß wir kommen und Sie
stören; aber Kummer und Gewissensbisse verstehen es
ebenso wenig, wie eine Krankheit, die passende Gelegenheit abzuwarten," sagte der Fremde. „Ich hoffe,"
fügte er hinzu, „daß Sie, obgleich wir uns nur ein
paarmal gesehen, doch mich wieder erkennen werden,
denn unser erstes Zusammentreffen war mit Ereignissen von so aufrührender Natur begleitet, daß sie
nie vergessen werden können."

„Herr General, Sie sind mir unauslöschlich in der
Erinnerung geblieben. Aber, auf welche Weise kann

ich irgendwie zu Diensten sein?" fragte der Doktor, und lud seine Gäste ein, Platz zu nehmen.

„Es sind bloß einige Aufklärungen, um welche ich Sie ersuchen möchte; weniger für mich selbst, als um einen Auftrag ausrichten zu können, welchen ich auf mich genommen habe."

„Ich stehe zu des Herrn Generals Diensten."

„Wo hält sich Frau Liljekrona auf, und wie kann ich mit ihr zusammentreffen?"

Bei dieser Frage fuhr Heinrich zusammen.

„Herr Doktor, ich muß sie treffen, und ihr Aufenthalt kann Ihnen nicht unbekannt sein," fiel der General ein.

„Zuletzt hat sie sich in Kopenhagen aufgehalten, aber sie ist von dort abgereist," antwortete Heinrich.

„Wohin?"

„Herr General, ich halte mich nicht für berechtigt, es zu sagen; weil eine Begegnung mit Ihnen zu sehr die Wunden aufreißen würde, an welchen ihr Herz blutet."

„Beweinen wir nicht eine und dieselbe Person? was kann denn mein Anblick Entsetzliches für sie haben? — Herr Doktor, ich muß unter allen Umständen mit ihr sprechen. Ich habe einem Sterbenden versprochen, selbst seiner noch lebenden Gattin seine letzten Worte zu überbringen."

„Emil?" rief Heinrich.

„Ja."

Der General fuhr dabei mit der Hand über die gefurchte Stirne, und fügte hinzu:

„Er starb vor einigen Wochen in München, bei

mir. Noch mehr. Ich habe der Urheberin von all
diesem Kummer, der so manches Herz vernichtet hat,
versprochen, daß sie, bevor sie vor einen höheren
Richter tritt, zu den Füßen der unglücklichen Frau
Liljekrona um Verzeihung betteln darf."

Der General machte dabei eine Bewegung mit
der Hand und deutete auf seine Begleiterin, die mit
gesenktem Haupte in einiger Entfernung saß; ihr
Gesicht wurde so vollkommen beschattet, daß Heinrich
die Züge nicht unterscheiden konnte.

„Und endlich," fuhr der General fort, „habe ich
selbst einige Mittheilungen zu machen."

In demselben Augenblicke trat ein Bedienter ein
und sagte:

„Die Frau Gräfin befahl mir, dem Herrn Doktor
zu sagen, daß Graf Falkenhjelm und Frau Liljekrona
eben jetzt angekommen sind."

Heinrich warf einen unruhigen Blick auf den
General.

Die fremde Dame sprang auf und rief:

„O, mein Gott, Thora!" und dabei hob sie
ihren Kopf so weit in die Höhe, daß der Lichtschein
auf ihre Züge fiel.

Der Doktor trat ihr überrascht ein paar Schritte
entgegen und stammelte, kaum seinen eigenen Augen
trauend:

„Cordula! ist es möglich?"

„Herr Doktor," fiel der General ein, „lassen
Sie Ihre Verwunderung bei Seite, es wird Ihnen
bald Alles klar werden. Erweisen Sie mir die ausgezeichnete Güte, bei Graf Dernhjelms Familie um

Gastfreiheit für uns auf ein paar Tage zu bitten, da ich einsehe, wie unpassend es ist, gleich bei Frau Liljekrona's Ankunft, ihr mit unseren Fragen entgegenzutreten; aber es muß doch geschehen, und darum finde ich mich gezwungen, durch Sie um ihre Gastfreundschaft zu bitten."

„Ich gehe sofort, um den Wunsch des Herrn General meiner Schwester und meinem Schwager vorzutragen, und ich begreife vollkommen, daß das am Sterbebette gegebene Versprechen erfüllt werden muß," antwortete Heinrich sich verbeugend und ging.

Am Tage nach der Ankunft Thora's auf Bredahof ging Nina ganz früh Morgens zu ihr hinein.

Thora's Aeußeres hatte sich bedeutend verändert; jedoch ohne daß man sagen konnte, daß sie etwas an ihrer fesselnden Anmuth verloren hätte. Sie war zwar nicht mehr jene blendende Schönheit, welche stürmische Leidenschaften erregte, aber ihr feines, leidendes Gesicht, mit den großen, kummervoll träumenden Augen, war so edelschön, daß man unwillkürlich dafür eingenommen wurde. Die reine Röthe auf den abgemagerten Wangen schien mit ihren Rosen es verbergen zu wollen, daß der Tod sich in ihr Herz eingeschlichen.

Thora reichte Nina die Hand mit einem freundlichen, obgleich traurigen Lächeln.

„Wie befindest Du Dich, Thora? Dein Husten gestern Abend beunruhigte uns," bemerkte Nina herzlich und setzte sich.

„O, liebe Nina, der hat nichts zu bedeuten, ich merke ihn selbst nicht," antwortete Thora und ging auf ein anderes Thema über.

„Es ist eine Person zum Besuch bei uns angekommen, welche mit Dir zu sprechen wünscht; aber ich bin in großer Verlegenheit, wie ich dich darauf vorbereiten soll," begann Nina.

Ein leichtes Zittern fuhr durch Thora's Körper, als sie sagte:

„Nina, es gibt nur eine Person, deren Anblick zu ertragen ich nicht Kraft genug zu besitzen fürchte; es ist Emil!"

„Er ist es nicht, sondern . . . ." Nina schwieg.

„Ach! dann sind alle Andern mir gleichgültig."

„Alle? denke genau nach!"

„Ja, alle, alle!"

Thora's Stimme zeugte von der Wahrheit ihrer Worte.

„Auch General Behrend?"

„Er? — O, mein Gott! Du hast mich also erhört. — Weißt Du, Nina, in diesen Jahren, während welchen sich mein Vater in fremden Ländern herumgeschleppt hat, habe ich blos einen Wunsch gehabt, den nämlich, daß das Schicksal mich mit dem General zusammenführen möchte; aber es fehlte mir an Muth, denselben gegen meinen Vater auszusprechen. Jetzt werde ich denn endlich, vor meinem Tode, in all die Dunkelheit, welche mich umgibt, klar hineinblicken."

Angenehm von der Freude überrascht, welche
Thora bei dem Gedanken an diese Begegnung an
den Tag legte, beeilte Nina sich, dem General mit=
theilen zu lassen, daß Thora auf seinen Besuch vor=
bereitet sei und ihn mit Vergnügen empfangen würde.

Etwas später fand er sich, von Heinrich begleitet,
bei Thora ein. Der General blieb einige Augenblicke
stehen und betrachtete sie, während eine Thräne der
Rührung in seinem sonst so strengen Auge schim=
merte.

„Verzeihen Sie, gnädige Frau, mein sonderbares
Benehmen; aber Ihr Aeußeres erinnert mich zu leb=
haft an das einzige Weib, welches ich geliebt — an
Ihre Mutter," sprach der General.

Thora ergriff seine Hand und sagte:

„O, was habe ich nicht Alles bei Ihnen abzu=
bitten! — Ich, welche, ohne es zu wissen, Ihrer
Tochter ihren Mann, und Ihnen — sie geraubt habe.
Können Sie der Urheberin aller dieser Leiden ver=
zeihen? Ich war nicht vorsätzlich eine Verbrecherin.
Und wie schrecklich bin ich nicht bestraft worden!"

Thora vermochte nichts mehr zu sagen.

„Gnädige Frau, der einzige Schuldige war Axel;
aber der ist jetzt todt."

„Ja — gemordet! durch mich!" rief Thora
mit einer Verzweiflung, welche zeigte, daß die Zeit es
nicht vermocht hatte, den Schmerz zu mildern, welcher
sie verzehrte. In Thora's Gesicht spiegelten sich Qua=
len ab, welche zu groß waren, als daß man sie mit
Worten sollte beschreiben können.

„Armes Kind!" flüsterte der General und führte ihre Hände an seine Lippen.

Als es Thora nach Verlauf einiger Minuten gelungen war, sich zu beruhigen, fuhr sie fort:

„Herr General! während dieser letzten Jahre, die so traurig dahingeschwunden sind, habe ich mich nur mit der Vergangenheit beschäftigt, ohne damit in's Reine zu kommen; ich bin aber dagegen vollkommen überzeugt, daß Sie Licht über manches verbreiten können, welches sowohl mich selbst, wie meine mir gänzlich unbekannte Mutter betrifft. Sollten Sie mir meinen Wunsch erfüllen wollen, damit ich einiges über ihr Schicksal erfahre?"

„Dieses Verlangen entspricht vollkommen meiner eigenen Absicht; weil ich dann Gelegenheit bekomme, zu erklären, wie ich, ein Fremder, mich in Ihre Familienverhältnisse habe mischen können."

Der General setzte sich und Heinrich machte Miene weg zu gehen; aber auf Thora's Verlangen blieb er.

Endlich begann der General:

„Wahrscheinlich wissen Sie, gnädige Frau, daß Ihr Großvater, der Kronenvogt Ahlrot, in seiner zweiten Ehe mehrere Kinder hatte?"

„Ja," antwortete Thora, „Tante Alm und Onkel Anton waren Kinder aus der ersten Ehe."

„Ihre Tante, eine strenge und unbeugsame Frau, hatte, soweit ich gehört, drei Töchter; ist das so?"

„Ja, man hat es mir gesagt und ebenso auch, daß sie, nach Onkel's Tod, längere Zeit auf ihrem Hofe lebte, welcher zum Gute des Grafen Falkenhjelm gehörte und daß sie dort ihre Töchter erzog."

„Auch ich habe diese Nachrichten von dem Gra=
fen, Ihrem Vater, eingeholt, obgleich erst in späteren
Jahren. Den Namen ihrer Familie oder den Ort,
wo sie erzogen worden war, nannte Ihre Mutter
niemals. Eine Frage dürften Sie so gut sein, zu
beantworten, bevor ich fortfahre: Wie haben die Ma=
jorin Alm und ihr Bruder ein so ansehnliches Ver=
mögen besitzen können, da Ihr Großvater ein so un=
bedeutendes hinterließ?"

„Sie besaßen dasselbe nach den Großeltern ihrer
Mutter, welche sie nach dem Tode der Mutter erzog."

„Und Sie wissen nichts von dem Schicksal Ihrer
Mutter?"

„Nichts, Herr General. Man hat meine Fragen
in dieser Hinsicht nie beantwortet."

„Nun gut, dann fahre ich fort: Amalia, Ihre
Mutter, war die jüngste von den drei Schwestern.
Mit einer Schönheit begabt, deren bezaubernde Eigen=
schaft sich auf Sie verpflanzt hat, hatte die Natur sie
auch mit einem glühenden Herzen und einer lebhaften
Phantasie ausgerüstet, welches bewirkte, daß das fast
klösterliche und gar zu regelmäßige Leben, das die
Mutter zum Prinzip bei der Erziehung der Mädchen
gemacht hatte, Amalia als eine drückende Sclaverei
vorkam. Die anhaltende Arbeitsamkeit, welche zum
Gesetz im Hause geworden war und niemals durch
etwas anderes, als durch Andachtsübungen unterbro=
chen wurde, schien Amalia's lebhafter Seele einer
Tortur zu gleichen. Diese freudenleere Lebensweise
erregte ihren Abscheu und machte, daß sie die Hei=
math als den unerträglichsten Ort auf der Erde be=

trachtete. Sie sehnte sich davon, wie der gefangene
Vogel nach der Freiheit. So erreichte sie ihr 17. Jahr,
als die Hochzeit der Majorin Alm Anlaß zu einer
Reise nach der Hauptstadt gab, wo dieselbe gefeiert
werden sollte. Unbeschreiblich glücklich reiste Amalia
mit ihrer Mutter und ihren Schwestern von Ystad
mit dem Dampfschiff nach Stockholm ab. — Als die
andern während der Reise seekrank wurden, hielt
Amalia sich allein auf dem Deck auf, weil der Qualm
in dem Salon ihr lästig war. Der Kapitän an Bord,
ein alter Bekannter von ihrer Mutter, stellte Amalia
dem jungen Grafen Falkenhjelm vor, welcher ein
Sohn des Eigenthümers von Ljungstadt war, unter
dessen Herrschaft der Pächterhof Ihrer Mutter gehörte.
Der Graf war liebenswürdig und hübsch und so unschuldig Amalia auch war, so sah sie doch bald ein,
daß ihr Aeußeres auf ihn Eindruck machte. Auf
der Reise macht man leicht Bekanntschaften und bald
unterhielten sich die beiden jungen Leute, als wenn
sie sich schon lange gekannt hätten.

Bei der Ankunft in Stockholm wußte sie in
Folge dessen, daß der Graf sich nur einige Wochen
dort aufhalten und dann nach Ljungstadt hinunterreisen
würde; sowie auch, daß er jetzt von einer Reise nach
dem Continent zurückkäme u. s. w. Während die
Familie sich in der Hauptstadt aufhielt, traf Amalia
auch einigemale mit ihrem Reisekameraden zusammen.
Nach der Hochzeit schlug die verheirathete Halbschwester
vor, Amalia bei sich zu behalten, was die Mutter
zugab; aber zu aller Ueberraschung erklärte das Mädchen nach Hause zurückkehren zu wollen. Genug, sie

reiste und ihre ältere Schwester blieb. Der Sommer
ging vorüber; zwischen Amalia und dem jungen Gra=
fen, welcher sich jetzt auf Ljungstadt aufhielt und sich
mehreremals Gelegenheit verschafft hatte, mit ihr zu=
sammen zu kommen, entwickelte sich eine heftige Liebe.
Die Schwester des Grafen, eine verheirathete Gräfin
Dernhjelm, welche sich auch auf dem Lande bei den
Eltern aufhielt, entdeckte die Verbindung der jungen
Leute und theilte sie dem alten Grafen mit. — Es
fand eine Erklärung zwischen Vater und Sohn statt,
wobei der Letztere unvorsichtig genug äußerte, daß er
beabsichtigtige, sich mit Amalia zu verheirathen. Es
hätte beinahe ein Auftritt stattgefunden, als die Gräfin
Dernhjelm dazwischen trat und dem Vater versprach,
sich der Sache anzunehmen. Es vergingen einige
Wochen. Die Liebenden sahen einander seltener. —
Endlich gelang es der Gräfin Dernhjelm, den Bruder
zu einer Reise nach der Hauptstadt zu bewegen, da=
mit sie während der Zeit die Einwilligung des Vaters
zur Verbindung mit Amalia auswirken könnte. Der
Bruder ging vollständig in die Schlinge, die sie ihm
legte und — reiste. Jetzt wandte sich die Gräfin
direkt an Amalia und spiegelte ihr vor, daß, wenn
sie die Gräfin auf eine Reise in's Ausland begleitete,
welche auf den Herbst bestimmt war und ein Jahr
dauern sollte, so würde es nachher leichter sein, den
stolzen Vater zu seiner Einwilligung zu bewegen.
Viel zu jung und zu verliebt, um Mißtrauen zu der
Schwester von ihm hegen zu können, welcher ihr Herz
besaß, nahm Amalia den Vorschlag mit Entzücken an.
Die Gräfin besuchte auch ihre Mutter, aber ohne ein

Wort von der Liebe der Amalia und des Bruders zu
sprechen, schlug sie ihr blos vor, die Tochter auf eine
Reise in's Ausland mitnehmen zu dürfen; aber die
strenge und um ihr Kind besorgte Mutter verweigerte
dieses auf das Bestimmteste. Der Kummer Amalia's
war grenzenlos; alle die hübschen Luftschlösser, welche
sie gebaut, stürzten zusammen vor der Unbeweglichkeit
ihrer Mutter. Die vornehme Familie, die ein zu
großes Interesse daran hatte, sie aus dem Wege zu
schaffen, machte sich dann einer wirklich niedrigen Handlung schuldig. Man brachte die Tochter auf den Gedanken, ohne Erlaubniß ihrer Mutter ihre Heimath
zu verlassen. Drei Wochen darauf reiste Gräfin Dernhjelm mit ihrem Manne ab und an demselben Tage
verschwand auch Amalia. Sie hinterließ jedoch einen
Brief an die Mutter, in welchem sie um Verzeihung
für den Schritt bat, den sie gethan und erwähnte
auch, wohin und mit wem sie reiste; dabei flehte sie um
einige Worte, als einen Beweis, daß die Mutter ihr
nicht gar zu sehr zürne.

Graf Dernhjelm, welcher in irgend einer speciellen
Mission nach Bayern reiste, nahm den Weg direkt
nach München. Dort angekommen, erhielt Amalia
einen Brief von ihrer Mutter, welchem ein anderer an die Gräfin beigeschlossen war. Dieser Brief
befand sich unter Amaliens Papieren. Hier folgt der
Inhalt desselben:

„Ein Kind, welches — wie Du — aus seinem
elterlichen Hause flieht, hat dadurch sein Recht auf
dasselbe verwirkt. Du hast es ohne meine Erlaubniß
aus freien Stücken verlassen, nachdem Du durch einen

Liebeshandel Deine Ehre befleckt hattest. Nun gut,
trage jetzt auch allein die Folgen davon. Kehre nie=
mals mehr zu mir zurück; denn ich erkenne Dich nicht
mehr an, und werde nicht einmal erlauben, daß Dein
Name in meiner Gegenwart von Deinen Geschwistern
genannt werde. Hoffe nicht auf Verzeihung; Du
kannst sie niemals erhalten. Habe darum selbst
Ehre genug in Deiner Brust, um nicht unsern ehr=
lichen Namen dadurch zu erniedrigen, daß Du den=
selben trägst und lasse auch nicht ein Wort aus Dei=
nem Munde kommen, welches andeutet, daß Du mir
das Leben zu danken hast; ich werde es nie zugeben.
Du bist und verbleibst todt für mich, sowohl wie für
Deine Geschwister und ich verlange, daß Du auch
uns als todt für Dich betrachtest.

Dein Verführer, der junge Graf, ist hier gewesen,
um von mir zu erfahren, wohin sein Opfer den Weg
genommen; aber ich habe seinen Eltern, welche da=
durch, daß sie Dich fortgeschafft und auf diese Weise
die Folgen Deines Fehltrittes verborgen, mir eine
offene Schande erspart haben, versprochen, es ewig
zu verschweigen, wo Du Dich befindest.

Irgend einer Unterstützung von mir oder einer
Erbschaft nach meinem Tode, bedarfst Du nicht; denn
Deine Schande hat Dir ja eine solche von seiner
Familie verschafft.

Agatha A—.

P. S. Schreibe mir nicht; Du gewinnst dadurch
nichts, da sowohl ich, wie Deine Geschwister Deine
Briefe unerbrochen zurückschicken."

„Sie sehen hieraus, gnädige Frau, welche Farbe

die Eltern des Grafen der unschuldigen Liebe des
Sohnes und Amalia gegeben. Durch jene abscheuliche
Erfindung gelang es ihnen, sich selbst zu entschuldigen
und ihren Handlungen einen Schein von Edelmuth
zu verleihen."

Der aristokratische Egoismus ist furcht=
bar; denn für ihn gibt es nichts heiliges —
und nichts, was niedrig genug wäre!

Die Verzweiflung der armen Tochter zu schildern,
als sie den fast grausamen Brief der Mutter las,
wäre vergebens. Sie hatte sich durch eine Vorspie=
lung blenden lassen, deren ganze Unzuverlässigkeit sie
erst jetzt einsah; denn die Gräfin Oernhjelm hatte ihr
Benehmen gegen sie gänzlich verändert. Nachdem sie
weit genug entfernt waren, um es wagen zu können,
erklärte die Gräfin, daß eine Verbindung zwischen dem
Bruder und Amalia gänzlich unmöglich sei, sowie auch,
daß man sie nur mitgenommen hätte, um einen sol=
chen Scandal vorzubeugen u. s. w. Nebenbei ließ
die Gräfin alle ihre Handlungen streng bewachen und
ausspioniren, so daß Amalia ohne ihr Wissen nicht
das Allergeringste unternehmen konnte. Indessen hiel=
ten sie die Hoffnung und der Glaube an ihn, den
sie so innig liebte, noch aufrecht. In vollem Ver=
trauen, daß der junge Graf endlich ihr zu Hilfe kom=
men würde, wenn er nur erführe, wo sie sei, schrieb
sie heimlich einen Brief an ihn; aber dieser wurde
wahrscheinlich von der Gräfin aufgefangen, denn der=
selbe kam ihm nie zu Handen und Amalia wurde seit
der Zeit noch genauer bewacht. — Aus Achtung vor
dem Willen der Mutter ließ Amalia sich von der

Zeit an Ahl nennen und nahm nie mehr den Na=
men der Familie an. Als Mamsell Ahl lernte ich
sie auch kennen."

Der General hielt einen Augenblick inne.

„Ich war zu jener Zeit Adjutant des Thron=
folgers und kam in dieser Eigenschaft oft in Berüh=
rung mit der Dernhjelm'schen Familie, wo ich jenes
schöne, aber so tief betrübte Mädchen sah und liebte,
welches als Gesellschaftsdame und Vorleserin bei der
Gräfin in Diensten stand.

Etwas über ein Jahr war verflossen. Eines
Tages kam von Schweden die Nachricht von der Hei=
rath des jungen Grafen Falkenhjelm mit einem rei=
chen, hochgeborenen Fräulein. Die Gräfin ließ dann
Amalia zu sich rufen und theilte ihr ohne alle Vor=
bereitung mit, daß der Bruder jetzt verheirathet sei;
sie fügte ferner hinzu, daß sie für sie eine jährliche
Pension ausgeworfen habe, so daß es von Amalia
selbst abhänge, ob sie in Bayern bleiben, oder nach
Schweden zurückkehren wolle; daß aber die Gräfin
wünschte, daß sie je eher je lieber ihr Haus verließe.
Der Schlag traf das arme Mädchen so schonungslos,
daß sie leblos zu Boden stürzte. Als Amalia wieder
zur vollen Besinnung erwachte, lag sie allein in ihrem
Zimmer auf einem Sopha. Gänzlich zerschmettert
von Schmerz bei dem Gedanken an die Treulosigkeit,
deren Opfer sie geworden, und daß sie auch von ihm
verrathen worden sei, den sie so innig liebte, wurde
Amalia's Herz von Verzweiflung ergriffen. Verlassen
und verstoßen von allen, blieb ihr nichts übrig als
der Tod. Sie wollte fort aus diesem Hause, aus

dieſer Welt, wo ſie bereits ſo viel gelitten, und be=
ſchloß ihrem Daſein ein Ende zu machen. Ohne ſich
zu beſinnen, eilte ſie auf die Straße und lenkte ihre
Schritte nach dem Iſarfluß.

Um dieſelbe Zeit promenirte ich mit dem Regie=
rungsrath Heyſe längs dem Ufer des Fluſſes, als
wir plötzlich ein Weib nach demſelben hinunter eilen
ſahen. Heyſe ſtand nächſt dem Rande, als ſie, ohne
auf ihn Acht zu geben, vorüber eilte.

Es gelang ihm gerade in dem Augenblick, ſeine
Arme um ihren Leib zu ſchlingen, als ſie ſich in das
Waſſer ſtürzen wollte. Nach einem faſt raſenden
Kampfe von ihrer Seite, um ſich loszureißen, bekam
ſie Krämpfe, die mit einer Ohnmacht ſchloßen, wo=
rauf wir ſie nach Heyſe's Wohnung am Iſarthore
brachten.

„Ach! gnädige Frau, dieß iſt nur ein kleiner
Tropfen aus dem bitteren Kelche, welchen Amalia zu
leeren verurtheilt war. Aber bevor ich weiter gehe,
muß ich über einige von meinen eigenen Familien=
verhältniſſen Rechenſchaft ablegen, weil ſie nachher
mit den Ihrigen in Berührung kommen. Ich bin
aus einer alten adeligen, aber armen Familie in
Baiern. Wir waren zwei Kinder, eine Schweſter,
Leona, und ich. Leona wurde mit einem jüngeren
Bruder des Regierungsraths Heyſe verheirathet, wel=
cher Kapitän in einem Huſarenregiment war und nur
ein mittelmäßiges Vermögen beſaß. Der Regierungs=
rath war dagegen als älteſter Sohn ſehr reich.

Leona hatte nur ein Kind, einen Sohn von

vier bis fünf Jahren, welchen ihr reicher Schwager, der unverheirathet war, zu seinem Universalerben auserſehen hatte. Ich war auch verheirathet, aber mit einem Mädchen, das einem der reichſten und mächtigſten Häuſer Baierns angehörte. Vor mir lag eine ruhmvolle Laufbahn, Königsgunſt und Aus=zeichnung. Ich kehre jetzt zu Amalia zurück.

Als wir ſie in Heyſe's Wohnung geſchafft hat=ten, entdeckte ich, daß es die ſchwediſche Geſellſchafts=dame der Gräfin ſei, und theilte es Heyſe mit. Bei ihrem Wiedererwachen phantaſirte ſie und legte dabei ein wahrhaftes Entſetzen vor der Gräfin an den Tag. Alle Mittel, ſie zu beruhigen und zur Ver=nunft zurückzubringen, waren vergebens. Sie er=krankte an einem heftigen Nervenfieber. Ich ſchlug jedoch vor, daß man ſie zu Oernhjelm's zurückbringen ſollte; aber Heyſe wollte nichts davon hören, weil ſie einen ſolchen Abſcheu vor ihnen zeigte, ſondern gab zur Antwort: Wenn Amalie geſund geworden, ſollte ſie die Gräfin beſuchen, aber bis dahin bliebe ſie unter ſeinem Schutz. Tage und Woche vergingen, während Leben und Tod um das junge Mädchen kämpften; aber das Leben ſiegte und ſie wurde nach und nach geſund. Man hätte jetzt mit ihr davon ſprechen können, zur Gräfin zurückzukehren; aber es war zu ſpät, denn Oernhjelms hatten bereits München verlaſſen.

Sechs Monate darauf war Amalia mit dem Regierungsrath verheirathet.

Bei dieſen Worten fuhr der General mit der Hand über die Stirne. Heyſe, ein Mann von em=

pfindlichem und mißtrauischem Gemüth, aber von
einem treuen und edlen Charakter, liebte seine junge,
schöne Frau mit der glühenden Leidenschaft eines
Jünglings, und Amalia schien, während der zwei
ersten Jahre ihrer Ehe, Trost und Ersatz für ihre
Leiden gefunden zu haben. Doch entfiel ihr nie ein
Wort von dem Namen, oder der gesellschaftlichen
Stellung ihrer Verwandten, ausgenommen gegen ihren
Mann, dem sie treulich eine vollständige Schilderung
ihres vergangenen Lebens gegeben hatte. Sie war
und blieb für alle, ausgenommen für ihn, Amalia
Ahl. Ich führe dieses an, um die Schwierigkeiten
zu erklären, mit welchen ich bei den Nachforschungen
zu kämpfen hatte, die ich später anzustellen genöthigt
war. Nach zweijähriger Ehe gebar Amalia einen
Sohn, er starb aber kurz nach der Geburt. Der
Kummer über diesen unvermutheten Verlust griff ihre
Gesundheit an. Die Aerzte riethen Heyse, daß sie
sich einer Gräfenberger Kur unterwerfen lassen sollte,
und sie reisten beide dorthin, von meiner Schwester
Leona begleitet. Ein unglücklicher Zufall wollte, daß
Amalia dort mit dem Grafen Falkenhjelm zusammentraf, welcher mit seiner jungen Frau ebenfalls die
Bäder benutzte. Die fast erloschene Flamme loderte
wieder bei beiden auf, und es kam zu einer Erklärung, welche nur Oel in's Feuer goß. Obgleich dabei Keiner von ihnen sich eines andern Fehlers
schuldig machte, als desjenigen der Untreue des Herzens, so wurde doch Heyse's Eifersucht rege gemacht,
und er reiste plötzlich mit Amalia nach München ab.
Die Harmonie zwischen dem Gatten war jetzt gestört.

Er litt an der Eiferfucht, und fie an einer un=
glücklichen Liebe. Leona, welche von einem faft lei=
denfchaftlichen Eigennutz beherrfcht wurde, hatte mit
heimlichem Abfcheu den reichen Schwager eine Ehe
fchließen fehen, welche ihren Sohn um die Erbfchaft
brachte, auf welche fie für ihn gerechnet; fie weckte
zuerft die Eiferfucht in Heyfe's Herz und fchürte die=
felbe mit einer infernalifchen Gefchicklichkeit, ohne daß
eine der beiden Parteien es ahnte. Die Folge war,
daß Heyfe Amalia ungerecht und mit Härte behan=
delte. Alles, was fie that, um ihn zu beruhigen,
und die Schuldlofigkeit Amalia's zu beweifen, fchei=
terte an den geheimen Intriguen der Leona. Ich
fprach Amalia felbft, und fie verficherte mich unter
Thränen, daß fie zwar den Grafen liebe und es ihm
auch geftanden habe; daß aber nie einen Augenblick
ein Gedanke an Betrug gegen diefen Mann, dem fie
fo viel Dankbarkeit fchuldig fei, in ihrer Seele ent=
ftanden fei. Ach, gnädige Frau, wenn je die Züge
eines Menfchen das Gepräge der Wahrheit trugen,
fo war es bei ihr in dem Augenblicke der Fall, wo
fie diefe Verficherung gab. Ich, welcher auch in
meinem Innerften eine thörichte Liebe für fie nährte,
ich hatte nicht weniger als der Mann, von den
Qualen der Eiferfucht gelitten; als ich es aber fie
fagen hörte, da war es unmöglich, an ihren Worten
zu zweifeln. Nach diefer Unterredung gelang es mir,
Heyfe zu bewegen, gegen Amalia felbft alle feine
Zweifel auszufprechen, und das Verhältniß wurde
dadurch etwas beffer. Es fah jetzt aus, als wenn
wieder fröhliche Tage für fie beginnen, ja ihnen ent=

gegenlächeln sollten; aber es war eine Ruhe, welche Sturm verkündete.

Als Heyse eines Tages seinen Bruder besuchte, und Amalia zu Hause geblieben war, ließ Graf Falkenhjelm sich anmelden. Amalia antwortete, daß sie den Grafen nicht empfangen könnte; aber es war zu spät, denn er war gleich nach dem Bedienten eingetreten, ohne die Erlaubniß abzuwarten. Sie werden späterhin erfahren, durch welche teuflische Intrigue die Anwesenheit des Grafen in München veranlaßt worden sei. Während der Graf gegen den Willen Amalia's zu ihr hineindrang, unterhielten ich und Heyse uns mit Leona. Plötzlich bemerkte sie:

„Weiß Jemand von ihnen, daß Graf Falkenhjelm seit einer Woche sich hier aufhält?"

Heyse wurde unnatürlich bleich und erhob sich von seinem Platz. Ich konnte nur mit Mühe ein Nein herausbringen.

„Das wäre sonderbar," fuhr Leona fort; er ging eben vorüber, und bog in die Theatinerstraße hinein.

Zur Aufklärung muß erwähnt werden, daß Heyse seit seiner Heirath in der genannten Straße wohnte.

Alle Furien des Verdachts erwachten mit voller Raserei in Heyse's, und, warum es verbergen, auch in meiner Seele. Ohne ein Wort zu sagen, nahm er seinen Hut und entfernte sich. Ich wurde durch die Anwesenheit meiner Frau zurückgehalten. Als Heyse zu Amalia hereintrat, fand er den Grafen auf den Knieen zu ihren Füßen. Alle ihre Schwüre und

Versicherungen von ihrer Unschuld dienten jetzt zu nichts; er glaubte bestimmt, daß sie schuldig sei, daß sie von dem Aufenthalt des Grafen in München ge= wußt und schon früher mit ihm zusammengetroffen sei. Der Graf reiste und Amalie blieb zurück, um Buße zu thun für die Gefühle ihres Herzens.

Einige Zeit darauf entdeckte die Unglückliche, daß sie Mutter werden würde. Obgleich vollkommen schuldlos, wurde sie doch von ihrem Manne auf eine ent= setzliche Weise verkannt. Er wollte das Kind, welches sie gebären sollte, nicht für das seinige anerkennen.

Leona heuchelte mit der beispiellosesten Falsch= heit die wärmste Theilnahme für Amalia, und die größte Anhänglichkeit für ihren Schwager; sie wurde deßhalb von Beiden als eine Freundin empfangen, in deren Schoß sie ihre Sorgen niederlegten. Absicht= lich und ohne daß Heyse es merkte, vertheidigte sie Amalia auf eine solche Weise, daß sein Verdacht sich in eine bestimmte Ueberzeugung von der Strafbarkeit seiner Frau verwandelte. Inzwischen ermunterte und tröstete sie Amalia. Eines Tages nach einem bitte= ren Auftritt der beiden Gatten kam meine Schwester bei ihnen an. Heyse ließ Leona mit Amalia allein. Etwas später meldete ihnen ein Bedienter, daß der Regierungsrath einen schweren Anfall von seinem Krampfhusten bekommen hätte. Sie eilten beide zu ihm hinein. Mit Mühe konnte er von seiner Frau die Tropfen verlangen, welche er bei dergleichen Ge= legenheiten zu nehmen pflegte. Sie holte sie vorher, und befahl dem Bedienten, nach einem Löffel zu gehen. Während Amalia wartete, setzte sie die Flasche von

sich, ging hin zu Heyse, ergriff seine Hände und
führte sie mit den Worten an ihre Lippen:

„O! glaube mir, wenn ich Dich bei Gott ver=
sichere, daß ich gänzlich unschuldig bin."

Gerade als sie diese Worte aussprach, kam der
Bediente wieder zurück und hörte dieselben. Amalia
beeilte sich, die Tropfen abzuzählen, gab aber nicht
darauf Acht, daß die Flasche vertauscht worden war.
Während sie damit beschäftigt war, trat Heyse's Pri=
vatsekretär Kaspar Stolz ein; er sowohl wie der
Bediente und Leona sahen sie ihrem Manne von den
Tropfen geben. Zwei Stunden darauf war Heyse
todt. Er starb an Gift. Am Tage darauf war
Amalia als seine Mörderin angeklagt. Man obdu=
cirte die Leiche und fand den Verdacht bestätigt. Man
stellte eine Nachsuchung im Hause an und fand dabei
in Amalia's Chiffonière eine Flasche, welche ein rasch=
tödtendes Gift enthielt. Das unglückliche Weib wurde
verhaftet.

Der General schwieg, Heinrich war vor Ent=
setzen stumm, und Thora weinte.

„Ich habe niemals," fuhr er fort, „jenen Augen=
blick vergessen können, wo sie als Gefangene aus
ihrem Hause gebracht wurde. Verzweifelt rief sie
mir zu: Tristan! verlasse mich nicht, ich bin gänzlich
unschuldig! Ach, gnädige Frau! Ich selbst war fast
wahnsinnig vor Schmerz, und doch glaubte ich, daß
sie die Ursache von Heyse's Tod sei. In's Gefängniß
eingeschlossen, wartete sie den Ausgang der Gerichts=
verhandlungen und ihre Niederkunft ab. Man machte
alles zur Anklage gegen Amalia, ja sogar ihre letzte

Versicherung gegen ihren Mann von ihrer Unschuld.
Meine Schwester und mein Schwager verfolgten den
Prozeß mit fanatischem Eifer, das noch ungeborne
Kind wurde von ihnen als eine Frucht ihrer Untreue
erklärt, welches auch der Verstorbene nie als das seinige habe anerkennen wollen. Man häufte einen
Scandal auf den andern, um es wahrscheinlich zu
machen und den Beweis zu liefern, daß Amalia, aus
Furcht vor ihrem und des Kindes künftigem Schicksal, sich den Mann vom Halse geschafft. Auch Kaspar bezeugte, daß Heyse Amalia und ihren Liebha-
ber überrascht hätte. Es würde für mich unmöglich
sein, all' die Niederträchtigkeit wieder zu erzählen,
welche bei dieser Gelegenheit angewendet wurde. Diese
eifrige Verfolgung erregte bei mir Zweifel daran, daß
Amalia wirklich schuldig sei, und ich besuchte sie darum kurz vor ihrer Niederkunft im Gefängniß. Die
Unterhaltung, welche ich mit ihr hatte, überzeugte
mich vollkommen, daß sie unschuldig sei, aber leider
gab es nichts, womit man das juridisch beweisen
konnte. Sie gab zu, das keine andere als sie selbst
die Flasche in der Hand gehabt, durch deren Inhalt
ihr Mann den Tod erlitten, sowie auch, daß dieselbe
sich später in ihrer Chiffonière versteckt vorgefunden
habe; obgleich sie sich es nicht erklären konnte, auf
welche Weise sie dorthin gekommen sei. — Sie von
dem Gesetze freigesprochen zu bekommen, war und
blieb eine Unmöglichkeit; das sah ich ein. Ich machte
deßhalb nur den Vorschlag, daß ich ihr Kind,
wenn es zur Welt käme, zu mir nehmen und er-

ziehen wollte; aber mit edler Festigkeit schlug sie mein Anerbieten aus und sagte:

„Nein, Tristan, dieses Kind, dessen Geburt man durch eine doppelte Schande hat brandmarken wollen, werde ich nie, so lange mein Herz schlägt, von mir lassen. Der Verlust desselben würde mir die Kraft rauben, mein unglückliches Schicksal zu ertragen; aber wenn ich zum Tode verurtheilt werde, werde dann ein Vater für mein armes, verlassenes Kind.

Ich ging von Amalia fort, das Herz von den peinigendsten Qualen erfüllt, und lenkte meine Schritte zu meiner Schwester. Leona hatte am Tage vorher eine Tochter bekommen. Da sie noch sehr schwach war, besuchte ich nur ihre Kinder, deren Zimmer sich im untern Stockwerk befanden. In traurigen Gedanken versunken setzte ich mich an der Wiege des kleinen Neugeborenen, als Axel, Leonas Sohn zu mir hinkam, und mit der Naivität eines 7jährigen Verstandes sagte:

„Weißt Du was, Onkel? jetzt bekomm ich all' Onkel Heyses Geld.“

Es schauderte mich unwillkürlich bei diesen Worten; ich hob aber den Jungen auf meine Kniee und fragte:

„Wer hat Dir das gesagt?“

„Mama,“ antwortete der Junge. „Sie sagte neulich, als sie mich küßte: jetzt wirst Du sehr reich, mein Junge.“

Ich fragte, was das sei. Dann sagte Mama, daß ich alles, alles Geld des Onkels bekommen würde. „Denke Dir den Spaß, wenn ich den Fußboden ganz

damit belegen, und auf lauter, lauter hübschen Gold=
stücken tanzen darf." Dabei klatschte der Junge in
die Hände.

Ich setzte ihn von mir mit wirklichem Entsetzen;
denn ich hatte bereits einen schrecklichen Verdacht und
den Beschluß gefaßt, mich an diesem abscheulichen
Eigennutz zu rächen. Am Tage darauf gebar
Amalia eine Tochter, und Leona's kleines Mädchen
war verschwunden.

Der General lehnte sich zurück in den Stuhl
und athmete schwer.

An demselben Tage, an welchem Amalia's
Tochter das Licht erblickte, kam auch meine Frau mit
einem Kinde nieder, welches einige Stunden darauf
starb. Ich ließ jetzt das kleine Mädchen der Ersteren
den Platz des todten Kindes einnehmen, ohne daß
Jemand, außer meiner Amme, es wußte. Aber, da=
mit es gelänge, ohne zu gleicher Zeit die bereits hin=
reichend unglückliche Amalia gänzlich zu vernichten,
mußte die Tochter meiner Schwester die Stelle des
geraubten Kindes einnehmen. . .

„General," rief Thora entsetzt, „Ihre Tochter war
also meine Schwester!"

„Ja," antwortete der General.

„O mein Gott!" schluchzte Thora, und verbarg
das Gesicht in ihren Händen.

„Ach, gnädige Frau, ich glaubte gerecht gehan=
delt zu haben; vergaß aber dabei, daß es den
Menschen immer mißlingt, wenn er sich
die Rollen der Vorsehung anmaßen will.
Ich rief durch diese meine Handlung nur Ereignisse

hervor, welche keine menschliche Voraussicht vorher
hätte berechnen können.

„Leona und mein Schwager, welche beide aus
schmutzigem Geize mit so großer Feindseligkeit Ama=
lia verfolgten, um für ihre Kinder ein Vermögen zu
rauben, welche dem der letzteren gehörte, wurden jetzt
von der Strafe getroffen, eines der ihrigen verlieren
zu müssen; ein Verlust, der um so entsetzlicher war,
weil sie nicht das Schicksal desselben kannten. Ich
hoffte durch diesen Kummer sie zum Nachdenken dar=
über zu bewegen, wie schlecht sie gegen Amalia und
ihr Kind gehandelt hätten; aber eine solche Hoffnung
war ein thörichter Irrthum und zeigte nur, daß ich
nicht die niedrige und elende Leidenschaft in Anschlag
gebracht, welche sie beherrschte. Selbst hatte ich das
tief in seinen Rechten gekränkte Kind in ein Vermö=
gen und eine Stellung eingesetzt, welche weit diejenige
übertraf, welche man ihm geraubt.

Einige Wochen darauf starb meine Frau und
nach ihrem Tode wurde Amalias Tochter die einzige
Erbin eines fürstlichen Vermögens, welches, weil es
ein Fideikommiß war, auf ihr ältestes Kind überging.
Meine Schwester und mein Schwager waren in tiefe
Trauer versunken; als alle ihre Nachforschungen sich
als erfolglos erwiesen; das Mädchen war und blieb
fort. Endlich fiel nach Verlauf eines Jahres das
Urtheil über Amalia." Der General schauderte zu=
sammen.

„Sie wurde verurtheilt, das Leben zu verlieren,
und ihr Kind, als ein uneheliches, aller Erbschaft
nach Heyse für verlustig erklärt....."

Der General hielt inne, und ein trauriges Schweigen trat ein.

„Am Tage darauf," fuhr der General fort, „waren sowohl Amalia wie ihr Kind aus dem Gefängnisse verschwunden, ohne daß ich, oder sonst Jemand wußte, wohin. Wer ihr zu der Flucht behilflich war, sollte ich erst 20 Jahre darauf erfahren.

„Die Jahre schwanden mir nachher dahin, ohne irgend eine andere Unterbrechung, als diejenige, welche Avancements und Auszeichnugen mir schenkten, während mein Inneres von Kummer zerfleischt wurde; denn ich beweinte das Weib, welches mein Herz so hoch liebte, und auch das Kind, welches ich eigenmächtig aus den Armen meiner Schwester gerissen, und in die Welt hinausgeworfen, einer ungewissen, und vielleicht unglücklichen Zukunft entgegen gehend.

„Alle meine zärtlichen Gefühle concentrirten sich in einer gränzenlosen Anhänglichkeit an die von mir angenommene Tochter. Vier Jahre nach der Flucht Amalia's starb mein Schwager, und gleich nach ihm Kaspar Stolz, welcher in der Anklageverhandlung gegen Amalia die Hauptrolle gespielt hatte. Er nahm sich, wie man damals glaubte, selbst das Leben durch Gift. Leona machte kurz darauf eine unvermuthete, und für mich unerklärliche Reise nach Schweden. Ihren Sohn, Axel, einen lebhaften, hübschen und vielversprechenden Jungen, nahm ich während der Abwesenheit der Mutter in mein Haus. Die Vorliebe, welche ich immer für ihn gehegt, erhielt jetzt eine bestimmte Richtung, und ich wünschte für die Zukunft eine Verbindung zwischen ihm und Laura,

der Tochter Amaliens. Ach, gnädige Frau, zum
Zweitenmale wollte ich den Gang der Ereignisse lenken, und über das Schicksal Anderer entscheiden; aber auch dafür sollte ich grausam bestraft werden. Ich meinte damals, daß ich
auf eine ganz vollkommene Weise, das Unrecht gegen
Amaliens und Heyses Tochter wieder gut gemacht
hatte; denn sie kam dadurch sowohl in den Be-
sitz des Namens, wie auch des Vermögens des Vaters. Axels kindische Laune und Charakter hatte ich
leider viel zu wenig Zeit zu studieren, weil mein
Dienst als militärischer Befehlshaber mir nur wenige
Augenblicke für das Familienleben übrig ließ.

„Einige Monate nach Leonas Abreise erkrankte
Axel an einem heftigen Fieber; die Nachricht davon
bewog die Mutter, schleunigst zurückzukehren, da sie
in der ganzen Welt nie Jemanden geliebt hatte, als
sich selbst und ihr Kind. Die Zeit verfloß, die
Kinder wuchsen auf bis zur Mannbarkeit, und ich
sah mit Befriedigung eine zärtliche Neigung sich
zwischen denselben entwickeln, welche meine Pläne zu
begünstigen versprach. Bei Laura mit ihrem warmen und glühenden Herzen wurde diese Neigung zu
einer durch das ganze Leben gehenden Leidenschaft;
bei Axel dagegen war sie aber wahrscheinlich schon
damals eine Rolle, die aus Ehrgeiz und Eigennutz
gespielt wurde? Das sind Zweifel, welche ich nicht
zu lösen vermag. Meine Schwester fiel einige Zeit
nach der Verlobung in eine langsame und zehrende
Krankheit, welche Schuld daran war, daß die Heirath
um ein paar Jahre aufgeschoben wurde, um ihre

Wiederherstellung abzuwarten; als aber die Aussichten
dazu immer schwächer wurden, so überredete sie mich,
die Hochzeit stattfinden zu lassen. Am Tage vor der=
selben ging ich zu Leona, um einige Angelegenheiten
mit ihr zu besprechen, welche auf die bevorstehende
Feier Bezug hatten. Als ich aber in das Schlaf=
zimmer hineintreten wollte, sagte mir die Kammer=
jungfrau, daß die gnädige Frau befohlen habe,
Niemanden hineinzulassen. Ich schob das Mädchen
bei Seite, weil ich meinte, daß das Verbot mir nicht
gelte, und lenkte meine Schritte durch ein größeres
Gemach, welches außerhalb ihrem Zimmer lag. Der
Schall von meinen Tritten erstarb auf den weichen
Teppichen. Bei den heruntergelassenen Thürvorhän=
gen angekommen, streckte ich bereits die Hand aus,
um sie in die Höhe zu heben, als die Stimme meiner
Schwester, welche Amaliens Namen aussprach, mich
veranlaßte, dieselbe zurückzuziehen, und mich auf dem
Flecke festnagelte. Welche gräßliche Entdeckung sollte
ich jetzt nicht machen!"

Der General schwieg; seine Brust bewegte sich
unruhig. Nach einer Weile fuhr er wieder fort:

„Meine Schwester legte vor ihrem Sohne eine
grauenhafte Beichte ab; der Inhalt derselben war
folgender: durch Heyses Heirath mit Amalia hatte
Leona, welche in ihrer eigennützigen Berechnung ge=
täuscht wurde, einen unauslöschlichen Haß zu derjeni=
gen gefaßt, welche ihr alle Aussicht auf die Erbschaft
nach dem Schwager geraubt. Sie schwur, daß sie
nicht eher ruhen würde, bevor sie dieselbe wieder für
ihren Sohn zurückgenommen hätte. Als Amalia ihr

erstes Kind gebar, war es Leona, die es durch Gift
aus dem Wege räumte. Als Heyses Familie, von
Leona begleitet nach Gräfenberg reiste, und dort mit
Graf Falkenhjelm zusammentraf, war sie es, welche die
Liebe des Grafen und der Amalia ausspionirte, und
Heyse entdeckte, sowie auch derselben einen verbrecherischen Anstrich gab, obgleich sie recht wohl wußte,
daß Amalia ihre Treue unbefleckt bewahrt hatte. Sie
unterhielt und nährte Heyses ungerechten Verdacht. Um
endlich das Verstoßen Amaliens bewirken zu können,
schrieb sie einen anonymen Brief an Graf Falken-
hjelm und schilderte darin mit empörenden Farben die
Stellung Amaliens, und die Grausamkeit, mit welcher
Heyse sie angeblich behandelte. Sie schloß damit, den
Grafen aufzufordern zu Amaliens Rettung herbeizu-
eilen. Von Unruhe und Angst getrieben, fand der
Graf sich in München ein, um sich nach dem wahren
Sachverhalt zu erkundigen, und trat darum gegen
Amaliens Willen zu ihr herein, als er gerade in dem
Augenblick von Heyse überrascht wurde, wo er von
den verneinenden Antworten, die sie ihm gab, getrieben, sie auf seinen Knieen bat, einen harten und
ungerechten Mann zu verlassen, und mit ihm nach
ihrem Vaterland zurückzukehren. Der Ausgang wurde
indessen nicht so, wie Leona ihn berechnet; denn Heyse
liebte Amalia zu hoch, um sie verstoßen zu können.

Rasend sah Leona ein, daß alle ihre Pläne in
dieser Beziehung an Heyses Neigung scheitern würden,
welche es ihm nicht erlaubte, seine Frau der allgemeinen Verachtung preiszugeben. Leona faßte darum
den Entschluß, mit einem Schlage den Streit wegen

der Erbschaft abzumachen, und diese der Amalia und
ihrem ungeborenen Kinde auf eine andere Weise zu
entreißen. Sie beschloß eben Heyse zu vergiften, und
die Schuld auf Amalia zu wälzen.... Heyses Pri-
vatsekretär, ein Mensch von elendem, und geizigem
Charakter, wurde unter der Vorspielung einer freige-
bigen Belohnung in diese niederträchtigen Intriguen
gegen ein wehrloses Weib eingeweiht. Lange suchte
sowohl Leona wie ihr Mitschuldiger nach einer gün-
stigen Gelegenheit für die Ausführung ihrer That,
als endlich das Ereigniß mit den Tropfen Leona eine
solche verschaffte. Während Amalia mit ihrem Manne
sprach, vertauschte Leona die Flasche, und machte dadurch die unschuldige Gattin zur Mörderin ihres
Mannes......"

„O Gott! das war ja entsetzlich!" rief Thora
und schauderte vor Grauen zusammen.

„Und diese Furie war — meine Schwester
— die Folgen davon kennen wir — Kaspar, welcher durch sein Zeugniß Amalie und ihr Kind gestürzt, hatte doch nicht den Muth, das arme Opfer
hingerichtet zu sehen, sondern half ihr zu der Flucht,
nachdem es ihm gelungen war, den Gefängnißwärter
zu bestechen. Bevor aber Kaspar sich von ihr trennte,
mußte sie schwören, daß sie niemals nach München
zurückkehren, oder die Familie nennen würde, welche
sie verfolgt hatte. Vier Jahre darauf theilte Kaspar
in einem Anfall von Gewissensbissen alles dieß Leona
mit. Mit seinem Tode besiegelte Leona ihre Sicherheit, und ließ ihn ihren übrigen Opfern folgen. Darauf reiste sie nach Schweden, um auch Amalia aus

dem Wege zu räumen; aber mehr davon im Ver=
laufe der Erzählung. Dieß war der Inhalt des Be=
kenntnisses, welches sie, zitternd vor dem Gedanken
an den nahe bevorstehenden Tag der Abrechnung vor
Axel ablegte. Sie wollte jetzt noch gut machen, was
gut zu machen sei. Axel sollte in Schweden Amalia
oder ihr Kind aufsuchen, und ihnen etwas von dem
geraubten Vermögen zurückgeben. Solcher Beschaffen=
heit war das Bekenntniß, welches ich, von dem Vor=
hange verborgen, mit anhörte. Daß ich jetzt un=
möglich mehr Laura mit dem Sohne der Mörderin
ihres Vaters verbinden konnte oder wollte, das kann
Jeder leicht begreifen. Ich ging hinein zu Leona,
die Seele von Grauen erfüllt, und sagte ihr, daß
meine Tochter niemals Axels Gattin werden würde.
Erschüttert und erbittert kehrte ich nach Hause zurück,
und erfuhr dort, daß meine Schwiegerältern, Graf
Scheks, von ihren Gütern angelangt wären, um am
Tage darauf der Hochzeit ihrer Enkelin beizuwohnen.
Meine Lage war eine peinliche; aber mit einem un=
widerruflichen Entschluß in der Seele grüßte ich sie,
und theilte ihnen nach einigen kurzen Vorbereitungen
mit, daß die Verbindung zwischen Axel und Laura
nicht stattfinden könne. Die Worte waren kaum aus=
gesprochen, als Laura aus einem benachbarten Zim=
mer hereinstürzte, in der heftigsten Verzweiflung zu
meinen Füßen niederkniete, und um Gnade für ihre
Liebe bettelte; die Alten unterstützten sie hierin erst mit
Bitten, und dann mit Drohungen und Befehlen;
aber ich mußte unbeweglich sein, und verließ sie alle

in einer aufgeregten Gemüthsstimmung, um mich
mit dem grauenhaften, noch in meinen Ohren klingen=
den Bekenntnisse, in meinem Zimmer einzuschließen.
Der Tag verging, ohne daß ich den Muth hatte,
Laura wiederzusehen, oder irgend einen entscheidenden
Schritt vorzunehmen. Die Nacht brach herein, ohne
daß ich auch nur Ruhe suchte. Ungefähr um 1 Uhr
klopfte es an meine Thüre, ich öffnete, und mein
Kammerdiener stand vor mir.

„Was willst Du?" fragte ich etwas rauh.

„Herr General, Mamsell Agatha (Laura's Kam=
merjungfrau) führte um 10 Uhr Lieutenant Heyse
hinauf auf das Zimmer des Fräuleins, und er ist
noch nicht wieder herausgekommen; ich hielt es für
meine Pflicht, dieß zu melden."

„Ich stürzte auf den Burschen los, faßte ihn
am Kragen, und rief:

„Du lügst!"

„Der Herr General kann sich selbst von der
Wahrheit überzeugen. Ich bin außerdem nicht der
Einzige, der es gesehen hat; die Dienerschaft des gnä=
digen Grafen, und die Thorwache können dasselbe
bezeugen."

Ohne ein Wort hinzuzufügen, nahm ich den
Weg nach Laura's Zimmer durch dasjenige der Kam=
merjungfer. Freilich machte sie einen schwachen Ver=
such, mich daran zu hindern; aber ich riß die Thüre
auf . . . . . Gnädige Frau, ich kam, um Zeuge des
ersten Schurkenstreichs Axels, und des Falles des von
ihrer Leidenschaft irre geleiteten Mädchens zu sein.
Gott allein weiß, wozu mein rasender Zorn mich

hatte verleiten können, wenn nicht meine Schwieger=
eltern auf die Angabe einiger ihrer Domestiken hin,
sich ebenfalls eingefunden hätten, und den Schuldigen
zu Hülfe gekommen wären. Nach einem Strome
von Vorwürfen von Seiten der Alten, welche meinen
halsstarrigen Entschluß, die Verbindung aufzuheben,
als die Ursache von allem betrachteten, forderte Graf
Schek, daß die Trauung am folgenden Tage statt
finden sollte. Laura lag zu meinen Füßen in Thränen
gebadet, aber Axel stand vor mir, mit Trotz auf
seiner Stirne, und Keckheit im Blicke. Ich hatte
keine Wahl mehr; denn ich sah zu gut ein, daß ein
fortgesetztes Weigern nur die unrettbare Schande
Laura's mit sich bringe. Endlich sprach ich mit hef=
tiger Anstrengung:

„Nun gut, unglückliches Kind, mögest Du ihn
bekommen; aber bedenke, daß das Glück, welches Du
Dir dadurch erzwungen hast, daß Du Deinen Vater
gekränkt und rücksichtslos verletzt hast, niemals von
Dauer werden kann, und Sie, Axel, welcher mich
durch eine niederträchtige Handlung haben besiegen
wollen, Sie erregen in meiner Seele eine so tiefe
Verachtung, daß ich Sie niemals als einen Verwand=
ten betrachten kann oder will. Ich bin nicht mehr
für Sie Laura's Vater, nicht mehr ein Bruder Ihrer
Mutter; ich bin nur General Behrend, — und ver=
biete Ihnen mich als einen Verwandten in Anspruch
zu nehmen, weil ich nichts davon wissen will, daß
es in meiner Familie einen Mann gibt, der so ganz
und gar ohne alle Ehre ist wie Sie.

Die Hochzeit fand also gegen meinen Willen

statt; aber keine Macht der Welt konnte mich bewegen, derselben beizuwohnen. Ich reiste von München
fort und Graf Schek vertrat meine Stelle.

Zwischen mir und Axel fand keine weitere Erklärung statt. Doch sah ich deutlich ein, daß die Intrigue in dem Kopfe meiner sterbenden Schwester entstanden war, um mir die Einwilligung zu der Heirath abzunöthigen und dabei gab sie noch einmal
ihrem grenzenlosen Eigennutz nach. Die Angabe
meines Kammerdieners in der Nacht, — alles war
eine wohlgelegte Schlinge, in welcher ich hängen
bleiben mußte. Drei Monate darauf starb Leona,
und ein Jahr später reiste Axel nach Schweden, um
das Gelübde zu erfüllen, welches er der Mutter gegeben. Er war damals schon bedeutend kälter gegen
seine Frau geworden.

Auf dieser Reise und für ihren speziellen Zweck
nahm er den Namen seiner Mutter an, weil er mit
Grund befürchtete, daß es ihm unter seinem wirklichen
Namen schwer fallen würde sich denjenigen zu nähern,
welche er suchte.

Nachdem ich Axels Charakter beobachtet, zweifelte
ich an seiner Redlichkeit bei der Ausführung seines
Auftrags, und ließ ihn durch seinen Bedienten Gotthard ausspioniren. Auf diese Weise erhielt ich Kenntniß davon, daß er ausschließlich mit seiner Neigung
zu Ihnen, Gnädige Frau, beschäftigt gewesen. Während er sich solchergestalt dem Rausche der Leidenschaft hingab, ohne an die Pflichten zu denken, welche
er mit Füßen trat, stand Laura alle Qualen getäusch-
ter Liebe aus, ohne von ihrem Manne eine einzige

Zeile zu ihrem Troste zu erhalten. Oft kam sie
und warf sich zu meinen Füßen, indem sie mich wei=
nend anflehte, ihr den Verlorenen wieder zuzuführen,
oder sie zu begleiten, damit sie ihn selbst aufsuche.
Ach, meine Gnädige Frau, ich war hart gegen das
arme Kind; aber sie hatte ja auch meine Gefühle
tief verletzt, indem sie durch ihre Schande mich zu
einer Einwilligung gezwungen, welche ich verabscheute.
Hätte Laura nicht ihr kleines nur einige Monate al=
tes Kind gehabt, so wäre sie sicherlich allein abgereist,
um denjenigen wieder zu finden, der sie jetzt gänzlich
vergessen hatte. — Endlich reiste ich selbst nach
Schweden, weil ich von Gotthard wußte, daß Axel
nichts weiter that, als sich seiner zügellosen Liebe
hinzugeben. Ich kam nach Stockholm und bewog
Axel, mir die Sache zu überlassen. Da er aber
fortfuhr, sich hier aufzuhalten und Laura in ihren
Briefen mich auf die allerrührendste Weise daran
mahnte, ihn zu ihr zurückzuführen, so erwirkte ich im
Herbste einen Befehl von der Regierung, welcher ihn
innerhalb einer bestimmten Zeit nach München zu=
rückrief. Dieser Befehl schien mir um so nothwen=
diger, als Axel sich alle Mühe gab, es zu verbergen,
daß er verheirathet sei; welches bewies, daß er nicht
ehrlich gegen die Familie handelte, in deren Schooß
er sich aufhielt.

Als Axel mir den Auftrag betreffs Amalia
überließ, folgten einige Aktenstücke und Aufzeichnungen
mit, welche jene während ihrer Gefangenschaft gemacht
und die durch die Fürsorge Caspers in die Hände
meiner Schwester gerathen. Daraus entnahm ich

das, was ich am Beginn meiner Erzählung mitge=
theilt habe; da sie aber an keiner Stelle ihren Fa=
miliennamen niedergeschrieben hatte, so waren sie mir
leider von wenigem Nutzen. Ich besuchte freilich
Gräfin Dernhjelm; sie that aber, als wenn sie nichts
wüßte. — Erst im Herbst erhielt ich bei der Rückkehr
des Grafen Falkenhjelm Nachricht von ihrem spätern
Schicksal und — Tod.

Nach ihrer Rückkunft in Schweden war es Amalia
mit vieler Mühe gelungen, Graf Falkenhjelm auszu=
kundschaften, welcher sich damals in der Hauptstadt
aufhielt und eben Wittwer geworden war. — Ihn,
den eigentlichen Urheber all ihrer Leiden, wählte sie
auch zu ihrem Beschützer, weil sie es nicht wagte,
sich an ihre Verwandten zu wenden, da die Mutter
noch lebte und sie sich nicht vor ihr sehen lassen wollte,
nachdem sie als Mörderin angeklagt und verurtheilt
worden war. — Zwei Jahre darauf erblickten Sie
das Tageslicht und weitere zwei Jahre waren ver=
flossen, als der Graf beschloß, sich mit Amalia zu
verheirathen.

Um diese Zeit kam meine Schwester nach
Schweden. Sie suchte die Gräfin Dernhjelm auf,
welche sich auf Bredahof, einige Meilen von Ljung=
stad, aufhielt, auf welchem letzteren Hofe Graf Fal=
kenhjelm wohnte und Amalia bei sich hatte. — Leona
kam am Tage darauf bei der Gräfin an, wo diese
erfahren hatte, daß der Bruder Amalia zu heirathen
beabsichtigte, und fand sie im höchsten Grade aufge=
bracht, und in Folge dessen auch im höchsten Grade
bei der Nachricht von der Criminalgeschichte entzückt,

in welcher es gelungen, Amalia's Verurtheilung zu
bewirken.

Da die Gräfin wußte, daß der Bruder sich
augenblicklich in Malmoe aufhielt, so reiste sie, von
Leona begleitet, nach Ljungstad und traf dort Amalia,
welche beim Anblick ihrer erbittertsten Feindinnen
sofort in Ohnmacht fiel. Als sie wieder zur Besin=
nung kam, befand sie sich allein mit der Gräfin,
welche durch die Drohung, sie als eine verurtheilte
und flüchtige Verbrecherin auszuliefern, sie zwang,
sie fort von Ljungstadt zu begleiten und sich eidlich
verbindlich zu machen, weder je mehr Graf Falken=
hjelm wieder zu sehen, noch ihn wissen zu lassen,
wohin sie gegangen sei.

Nachdem Amalia alles dieß versprochen, machte
die Gräfin sich verbindlich, sie hinzubringen, wohin
sie wolle und für ihren Unterhalt eine gewisse jähr=
liche Summe zu bezahlen. — Von Ihnen, meine
gnädige Frau, war nicht die Rede; die Gräfin hatte
in ihrem Eifer, Amalia fortzuschaffen, vergessen, daß
Sie existirten. — Nur eine Stunde wurde Amalia
zur Ordnung ihrer Abreise eingeräumt. Die Unglück=
liche benützte dieselbe dazu, einen Brief an den Grafen
zu schreiben und Sie seinem Schutz mit dem Ersuchen
anzuvertrauen, daß Sie bei ihrer Halbschwester, der
Majorin Alm, erzogen werden möchten. Darauf
reiste sie, von einem der Gräfin ergebenen Diener
begleitet, nach Stockholm, und Leona stand nun als
die Betrogene da, weil die Gräfin versprochen hatte,
Amalia an sie auszuliefern. In der Hauptstadt wurde
ein bequemes, aber abgelegenes Logis für sie und ihre

Tochter Cordula gemiethet. — Kurz darauf suchte sie ihren Bruder, Kapitän Ahlrot, auf, und vertraute ihm, ohne jedoch den Namen der Familie zu verrathen, welche sie so grausam verfolgt hatte, ihre ganze traurige Geschichte an.

Der Kapitän übernahm die Kosten für ihren Unterhalt und schickte der Gräfin das Geld zurück, welches diese für sie ausgesetzt hatte. Zum zweiten Male hatte also die Gräfin Amalia zum Opfer ihrer Hauptleidenschaft: des Hochmuths, gemacht. Amalia lebte in klösterlicher Eingezogenheit, ohne mit der Welt in Berührung zu kommen, und ohne andere Gesellschaft als die ihrer ältesten Tochter, ihres Bruders und ihrer Erinnerungen.

Sie sah nie Graf Falkenhjelm wieder, und hielt also das der Schwester gegebene Versprechen. Durch den Kapitän hörte er oft von Ihnen sprechen.

Bei ihrem Tode hinterließ sie die achtzehnjährige Cordula, welche der Kapitän als sein eigenes Kind annahm.

Dieß, meine gnädige Frau, ist die Geschichte Ihrer Mutter, welche ich theils selbst kannte, theils von Graf Falkenhjelm erfahren habe.

Die Genugthuung, welche meine Schwester ihr zu geben gedachte, kam zu spät. Jetzt blieb indessen diejenige übrig, welche ich dem vertauschten Kinde schuldig war; aber auch diese kam zu spät; denn Cordula war, ohne daß man wußte wohin, aus der Heimath geflohen, welche sie nach dem Tode Amalia's erhalten.

Ich kehrte also, über die Resultatlosigkeit meiner Reise niedergeschlagen, nach München zurück."

Der General schwieg, und auch Thora schwieg, denn sie war heftig aufgeregt.

Heinrich bemerkte endlich:

„Aber auch in Beziehung auf Cordula dürfte der Herr General einige Aufklärungen geben können."

„Gewiß, aber leider nur um die Erfahrung zu bestätigen, daß eine verbrecherische Mutter meistentheils entartete Kinder gebärt.

Diese entsetzliche Erbschaft von den Gebrechen der Eltern legte schon vor der Geburt bei dem Kinde den Grund zum Charakter und Schicksal des heranwachsenden Menschen.

Von einer so grausamen, egoistischen, eigennützigen und herzlosen Mutter, wie meine Schwester war, konnten nur Kinder mit Axel's und Cordula's Natur geboren werden. Und Sie, gnädige Frau, so gut wie Laura, mußten mit allen Schwächen Ihrer Mutter als Erbschaft, wie sie, sich nothwendig ein Leben voll Leiden schaffen."

„Ach, Herr General, Sie vergaßen die entsetzliche Rolle, welche der Zufall, oder das Schicksal in unserem Leben spielt."

„Was man Zufall nennt, gnädige Frau, ist nur die Berührung unseres Lebens mit den äußeren Ereignissen, welche zufällig mehr oder weniger glücklich auf uns einwirken; aber unsere Fähigkeit, uns von diesen das Gute anzueignen, hängt im Allgemeinen wesentlich von unserem Charakter, das heißt, von unseren angeborenen Naturanlagen und von der Richtung und Uebung ab, welche sie durch unsere Stellung und unsere Erziehung erhalten.

Nur dann, wenn der Mensch keinen bestimmt ausgesprochenen Charakter hat, hängt sein Leben vom Zufall ab.

Unsere Geschicke werden besonders durch unsere größeren oder geringeren Fähigkeiten, unsere Leiden= schaften mit unserer Vernunft zu beherrschen, gere= gelt; obgleich wir in unserer Einbildung oft so weit gehen, auch diejenigen Fälle Zufall oder Schicksal zu nennen, in welchen wir aus Schwäche, Mangel an Charakterfestigkeit, oder aus Gedankenlosigkeit uns von den Ereignissen haben überrumpeln lassen.

Doch, wozu diese Erklärungen? Sie, als Frau, werden doch niemals im Stande sein, eine solche Wirklichkeitslehre zu begreifen, welche eben dar= auf hinausläuft, daß ein vernünftiger und mo= ralisch guter Mensch die Ereignisse selbst mehr in seiner Gewalt hat, als der große Haufe ahnt, und es versteht, selbst das Unglück zu sei= nem Vortheil und seiner Veredlung zu benützen.

Aber lassen Sie uns zu dem übergehen, was ich noch meinen Mittheilungen hinzuzufügen habe, das sich ausschließlich um Cordula dreht.

Als ich im Frühling, nachdem Axel nach Mün= chen zurückgerufen worden war, dort hinkam, traf ich ihn nicht mehr, sondern nur Laura in Trauer ver= sunken, und bei ihr eine junge Schwedin, Namens Mamsell Ström, als Gesellschafterin.

Axel hatte seinen Abschied aus dem Kriegsdienst

genommen und sich nach Algier begeben, um an dem afrikanischen Kriege Theil zu nehmen. Mamsell Ström war von einem schwedischen Chargé d'affaires Laura rekommandirt worden, welche sich an dieselbe sehr angeschlossen zu haben schien.

„Und diese Dame war . . . . . ?" fiel Thora ein.

„Cordula," antwortete der General. „Es war ihr, unter der Vorspiegelung zu Ihrer Flucht mit Axel beitragen zu wollen, gelungen, ihn zu überreden, daß sie Sie begleiten dürfte.

Axel war, als er abreiste, der vollkommenen Ueberzeugung, daß Cordula Sie mit sich gebracht; aber bereits auf der Rhede von Calmar, wo das Dampfschiff sich aufhielt, erfuhr er, daß nur die Erstere am Bord sei.

Nach einem heftigen Auftritt zwischen Axel und Cordula trennten sie sich in Lübeck, aber die letztere, welche durch den Verkauf einer Garniture von Juwelen sich selbst mit Geld versehen hatte, setzte die Reise nach München fort.

Zwei Tage nach ihrer Ankunft schrieb sie an Axel und drang darauf, bei seiner Frau als Gesellschaftsdame angenommen zu werden.

Er besuchte sie und schlug ihr auf's Bestimmteste ihr Begehren aus.

Cordular drohte dann damit seiner Frau seine Liebe zu Thora mitzutheilen, und nach einer heißen Debatte gab Axel nach.

Damit es nicht schiene, als wenn Axel mit ihrer Anstellung bei Laura etwas zu thun hätte, bat er einen schwedischen Diplomaten, sie zu empfehlen.

Auf diese Weise kam sie in meine Familie.
Durch das Geschenk der Garniture hatten Sie eine
entsetzliche Feindin gegen sich selbst und uns gewaffnet.

Bevor ich weiter gehe, werde ich mit einigen
Worten Cordula's Motive beleuchten. Mit der Er=
innerung an ihre freudeleere Kindheit erwachte in
ihrem Herzen ein verzehrender Neid gegen alle, welche
glücklicher waren, als sie. Das Unglück, welches sonst
jedes zärtliche Kind seiner Mutter näher bringt, rief
bei Cordula nur Kälte und Bitterkeit hervor. Ihr
egoistisches Herz sah in der Mutter nur die Urhebe=
rin ihres freudelosen Lebens. Am Tage nach dem
Begräbniß derselben suchte sie Morgens die Ver=
schlüsse der Todten durch und stieß dann auf Ama=
lien's Trauschein und verschiedene Briefe von Graf
Falkenhjelm, welche an Amalia nach ihrer Flucht von
München geschrieben waren, während sie sich in
Ystadt aufgehalten hatte. Aus ihrem Inhalt ent=
nahm sie genug, um einzusehen, daß die Mutter
unschuldig des Mordes angeklagt gewesen sei. In
diesen Briefen kam auch der Name Behrend vor.

Cordula zerstörte sie, ohne Jemanden von ihrem
Inhalte etwas wissen zu lassen. Nach diesen Ent=
deckungen wurde sie noch kälter und bitterer. Der Gedanke,
daß das Urtheil, welches über ihre Mutter gefällt
war, ihr Name und Vermögen geraubt, legte den
Grund in ihrer Seele zu einem unauslöschlichen Haß
gegen diejenige Familie, welche die Ursache davon war.

Sie wurde von Kapitän Ahlrot wie sein eigenes
Kind behandelt; aber dieß befriedigte nicht ihren Hoch=
muth. Sie beneidete alle, vor allem aber die schöne, reiche

und vergötterte Thora; ohne eine Ahnung davon zu
haben, daß sie nahe Verwandte seien; denn als der
Graf Sie, gnädige Frau, der Pflege der Majorin
übergab, hielt man Sie allgemein für die Tochter der
unverheiratheten Schwester, welche sie in ihrem Hause
bei sich hatte, und welche kurz darauf starb.

Der Name Behrend rief gleich bei Axel's Ein=
tritt in Ihre Familie alle Cordula's finstere Charak=
terzüge wach. Behrend war der Name des Bruders von
demjenigen Weibe, welche in den Briefen des Grafen
als die Urheberin von allen ihren größten Leiden
galt. Cordula's Haß nahm jetzt den Charakter einer
heftigen Leidenschaft an. Als sie Verdacht schöpfte,
daß Axel die Absicht hatte, Sie mit sich zu nehmen,
benutzte sie diesen Plan als ein Mittel, um ihren heimlichen
Wunsch zu befriedigen, nach München zu kommen, und
Licht in der dunklen Geschichte zu erhalten, in welche
das Leben ihrer Mutter gehüllt war — und sich
dann zu rächen. Dieses, gnädige Frau, waren die
Motive; die Wirkungen wurden solche, wie die sind,
zu welchen eine lange und brennende Rachgier sie
entwickeln kann. In München erhielt sie Kenntniß
von Amalia's Criminalgeschichte und von dem Ur=
theil, welches sie selbst zu einem unehlichen Kinde
stempelte. Obgleich sie durch Graf Falkenhjelm's
Briefe wußte, daß dieß eine niedrige Erfindung sei,
so bekam doch ihr Haß dadurch eine größere Entwick=
lung; derselbe richtete sich gegen den Grafen, als die
eigentliche Ursache dieses Urtheils, — gegen Thora,
als seine Tochter und gegen mich und Laura, als
Verwandte von Leona. Sie wollte sich an mir und

dem Grafen durch unsere Kinder rächen, und das
gelang leider zu gut. Sie nährte in Laura's Brust
eine fast wahnsinnige Eifersucht, welche die Arme der-
gestalt quälte, daß sie drei und ein halbes Jahr dar-
rauf starb. Ein halbes Jahr vor ihrem Tode unternahm ich eine Reise nach Schweden, dazu von meiner
Sehnsucht veranlaßt, die verschwundene Tochter Leona's
wieder zu finden; aber dießmal brachte ich Laura
mit mir, weil ihr Seelenleiden und ihre schwache Gesundheit es mir nicht erlaubten, daß ich mich von
ihr trennte. Sie war mir durch ihren Kummer wieder lieb geworden. Wir reisten ab, ließen aber Cordula zurück. Im Laufe des Herbstes trafen wir in
Stockholm ein. Ich machte einen Besuch bei Kapitän
Ahlrot, traf ihn aber nicht zu Hause, sondern
ließ meine Karte und meine Adresse zurück. Am
folgenden Tage besuchte er mich. Obgleich während
meines Gesprächs mit dem Kapitän ich die Thüre
zwischen meinem und Laura's Zimmer verschloß, so
fing sie doch genug davon auf, weil dasselbe deutsch
geführt wurde, um daraus schließen zu können, daß
Sie die Tochter derselben Amalia seien, welche in
München als Giftmischerin verurtheilt worden war.
Auch hörte sie, daß Ihre Verlobung ein paar Tage
darauf gefeiert werden sollte. Wir logirten in der
Königsstraße, und die Wirthin des Hotels sprach ge-
läufig Französisch. An demselben Tage, an welchem
die Verlobung stattfand, ging ich für einige Augenblicke aus, und Laura blieb allein zu Hause. Als
ich zurückkam, war sie mit der Hotelwirthin ausgegangen. Ich fragte die Aufwärterin, wohin sie ge-

gangen seien; aber sie wußte es nicht, denn sie hat=
ten französisch gesprochen; das einzige, was sie ver=
standen, war das Wort „Königshügel", welches sie
sie öfters hatte nennen hören. Eine unruhige Ahnung
ergriff meine Seele, und obgleich es mir nicht bekannt
war, daß Laura etwas von Axel's und Ihrer Liebe
wußte, so eilte ich doch nach Ihrer Wohnung und
trat in demselben Augenblick in dieselbe ein, als
sie die abscheuliche Beschuldigung gegen Ihre verstor=
bene Mutter schleuderte. Sechs Monate darauf hatte
Laura aufgehört zu lieben und zu leiden; sie starb
bei unserer Rückkunft nach München.

Ohne mein Wissen hatte Cordula Axel von sei=
ner wiedergewonnenen Freiheit in Kenntniß gesetzt.
Er kehrte nach München zurück, hielt sich aber nur
kurze Zeit dort auf, um seine eigenen und seines
Sohnes Angelegenheiten zu ordnen. Nachdem er mir
Laura's Kind anvertraut hatte, reiste er nach Schwe=
den, überzeugt, dort sein Glück zu finden.

Cordula, welche ein eifriges Interesse für seine
Reise und für seine Wiedervereinigung mit Ihnen
an den Tag legte, gelang es ihn zu überreden, daß
sie ihn hierher begleiten durfte.

Sie wußte indessen, daß Sie verheirathet seien;
war aber jetzt überzeugt, daß Axel sich sowohl wie
Sie in's Verderben stürzen würde.

Es verging einige Zeit, als ich eines Tages im
Herbst einen Brief erhielt, unterzeichnet: C o r d u l a
H e y s e. Dieß überzeugte mich, daß sie in meiner
Nähe gewesen, ohne daß ich es geahnt. Jedes Wort
darin athmete Haß und eine versteckte, boshafte Dro=

hung gegen Axel. Sie klagte mich und meine ganze
Familie als die Urheber ihrer Leiden an. Ich reiste
sofort nach Schweden, um ihr zu sagen, daß sie die
Tochter meiner Schwester sei, und um dadurch wo
möglich dem Bösen, das sie im Sinne hatte, vorzubeugen. Mit demselben Dampfschiff, auf welchem ich
in Schweden ankam, traf auch Liljekrona dort ein.
Ich suchte sofort Axel auf; aber ein unglücklicher Zufall wollte, daß ich ihn nicht antraf. Ich schrieb ihm
einige Worte mit der Bitte, daß er mich sofort besuchen möchte; aber Cordula unterschlug das Billet.
Am folgenden Abend um eilf Uhr ward mir folgender Brief übergeben:

„Wenn General Behrend erfahren will, wie
Cordula Heyse sich rächt, dann möge er morgen
die Villa der Frau Liljekrona am Thiergarten besuchen."

Ohne einen Augenblick zu verlieren, nahm ich
schleunigst einen Wagen und fuhr, von einem Bedienten begleitet, zu Axel. Gotthard sagte mir, daß
er bereits vor einer Stunde nach dem Thiergarten
geritten sei. Ich befahl ihm mit uns zu fahren, und
uns den Weg nach Frau Liljekrona's Sommerwoh-
nung zu zeigen. Als wir in der Allee ankamen,
sahen wir Licht im Pavillon, und dorthin lenkte ich
meine Schritte; traf aber ganz in der Nähe ein
Weib, welches vor mir fliehen wollte. Gotthard packte
sie indessen und sagte:

„Das ist, bei Gott, die schwedische Mamsell."

„Licht her, befahl ich meinem Bedienten, welcher
eine Wagenlaterne trug.

Es war Cordula. Ich ließ die Thüre sprengen
und trat in demselben Augenblick in den Pavillon,
als Axel, von Liljekrona's Kugel durchbohrt, zu Bo=
den sank."

Der General schwieg; Thora barg das Gesicht
in ihren Händen.

„Der erste klare Gedanke, welcher in meinem
Kopfe entstand, nachdem ich Cordula zugerufen: Un=
glückliche, es ist Dein Bruder! — war der, wo
möglich Ihr Leben, gnädige Frau, zu retten, und
Emil der Strafe zu entziehen, welche seiner wartete.
Während einer der Bedienten nach einem Arzte eilte,
und der Andere hinging, um Ihre Verwandten zu
wecken, gelang es mir Emil in meinen Wagen zu
schaffen, worauf ich ihn bat, mit mir nach Hause zu
fahren, weil Niemand dort den Mörder meines
Schwestersohnes suchen würde. Am Tage darauf
war er am Bord auf dem Svithjöd und auf dem
Wege nach Lübeck. Nachdem Axel begraben und Sie
außer Gefahr waren, nahm ich Cordula mit mir und
kehrte nach meinem Vaterlande zurück, wo Liljekrona
mich erwartete. Er blieb in München und ernährte
sich durch Portraitmalen. So waren drei Jahre
verflossen . . . . . ."

„Und Emil, wo ist er jetzt?" fragte Thora
leicht zusammenschaudernd.

„Gnädige Frau, es ist nur sein Wunsch auf
dem Sterbebette, der mich noch einmal dazu bewegen
konnte, nach Schweden zurückzukehren. Ich bringe
Ihnen seinen letzten Gruß . . . . . ."

„Todt?" rief Thora in einem faſt verſtörten Tone.

„Ja, geſtorben an Gewiſſensbiſſen und Heimweh, ein Opfer ſeines thörichten Ehrgeizes," antwortete der General düſter. „Sein letztes Geſuch an mich war, daß ich ſeine Bitte um Verzeihung Ihnen vor-tragen und zu gleicher Zeit dieſen Brief und dieſen Ring überbringen möchte." „Sagen Sie ihr," ſagte er, „daß ich ſterbe mit dem Herzen voll Liebe und Reue, meine Lippen auf dieſen Ring gedrückt, welcher unſere Geſchicke mit einander vereinigte." Ach, gnä-dige Frau! Er hatte viel gefehlt, aber auch viel ge-litten."

In Thränen zerfloſſen, nahm Thora den Ring, führte ihn an ſeine Lippen und flüſterte:

„Wir haben Beide gefehlt; möge der Allgütige uns das, was wir verbrochen, vergeben. — Friede mit Deinem Staube, armer Emil!"

„Auch den habe ich, ſeinem Wunſche gemäß, nach dem Lande ſeiner Väter gebracht, und dort ruht er jetzt auf demſelben Kirchhofe, der auch Axels Staub birgt."

Mit einer Bewegung unbeſchreiblicher Dankbarkeit reichte Thora dem General die Hand. Er hielt ſie feſt und ſagte:

„Aber der andern Schuldigen, werden Sie auch der verzeihen?"

„Herr General," antwortete Thora ſanft, „ich habe ſelbſt ſo Vieles abzubitten und zu ſühnen, daß mein Herz nicht anders kann, als auch ihr verzeihen. — Wie ſollte ich die Vergehen Anderer ſtrenge beurtheilen können; ich, die ich so oft den Fuß über einen Abgrund erhoben habe, welcher dort hin führt."

Ueber das Zusammentreffen Thora's mit Cordula wollen wir hinweggehen. — Das sanfte und versöhnliche Gemüth der Einen war ein sprechendes Gegenstück zu den düstern, trübseligen und hoffnungslosen Gewissensqualen der Andern. Während die Leiden das Leben Thora's zerstörten, wie der Sturm ein Rohr zerknickt, fanden sie bei Cordula eine starke Natur, welche, unter einem harten Kampfe mit dem Egoismus, ein hohes, wenn auch bitteres Alter erreichen sollte.

Einige Tage darauf reiste der General wieder nach München und nahm Cordula mit. — Ein Paar Jahre später trat Cordula zur katholischen Kirche über und ließ sich in ein Kloster aufnehmen, um durch Buße die nagenden Qualen in ihrem Innern zum Schweigen zu bringen.

Niemals kann die Rache eine andere Belohnung mit sich bringen, als Reue und Verzweiflung.

———

Nach der Abreise des Generals verging die Zeit ruhig in Nina's friedlichem Hause. Einige Wochen vor Weihnachten zog Graf Hugo mit seiner Familie hinein nach Malmö, wo die gräfliche Familie jeden Winter zuzubringen pflegte.

Thora's Kummer hatte einen milderen Charakter

angenommen, und es kam bisweilen vor, daß ein
mattes Lächeln die wehmuthsvollen Züge aufklärte;
aber ihr Leiden schlich sich unvermerkt weiter, denn
die Rosen auf den Wangen wurden immer reiner
und die Ringe um die Augen immer dunkler. Keine
sichtbaren Schmerzen beschwerten sie, als nur eine
zunehmende Mattigkeit und Abneigung gegen alle
Anstrengungen. So vergingen vier Monate. Freilich lauschte Heinrich mit Unruhe dem langen und
heftigen Athmen der Thora; wenn er aber mit ihr
darüber sprechen wollte, wich sie immer aus.

Eines Abends gegen Ende Februar waren sie
um ein herrliches Kaminfeuer in Nina's Arbeitszimmer versammelt. Man sprach von der Geschichte des
Kaiserreichs von Thiers, welche Thora und Nina
zusammen lasen.

„Napoleon's Herrschsucht stürzte ihn," bemerkte
Heinrich.

„Ach nein! es war das Schicksal," fiel
Thora ein.

„Das Schicksal? Was meinst Du damit? Es
gibt kein Schicksal; in unserem Inneren, in unserem
Charakter tragen wir das ganze Wohl und Wehe
unseres Lebens."

„Wie kannst Du so schief raisonniren?" rief
Thora; „Du huldigst also dem Satze, daß der
Mensch selbst sein Schicksal schafft? Welch'
grausamer Irrthum! Ich würde im Gegentheil tau-
send Beispiele dafür anführen können, daß wir alle
einem unvermeidlichen Fatum unterworfen sind,
welches im Voraus den Gang unseres Lebens be-

stimmt, und schon an der Wiege die Leiden und
Freuden festgesetzt hat, die wir durchmachen sollen.
O welch' entsetzliches Räthsel ist nicht das Schick=
sal!"

„Daß es eine erhabene Vorsehung und eine
Alles umfassende Macht gibt, welche die Welt regiert,
leugne ich keineswegs; daß es aber für den Menschen
ein anderes Schicksal als dessen eigenen Cha=
rakter giebt, muß ich bestreiten. Wir sind, be=
haupte ich, selbst durch unsere Leidenschaften
Schöpfer unserer Leiden."

„Ich würde Dir leicht beweisen können, daß es
sich so verhält."

„Nun, laß hören."

„Denke nur an mein erstes Zusammentreffen
mit Axel und an die Ereignisse, welche daraus
folgten."

„Warum, Thora, dieses Beispiel nehmen? Ich
kann nur darauf antworten, daß das Schicksal eine
ziemlich launische Macht wäre, wenn es im Voraus
Dich, ein gutes und unschuldiges Mädchen, dazu be=
stimmt hätte, auf eine so grausame Weise betrogen
und unglücklich zu werden."

„Du vergißt, daß es Menschen gibt, welche
durch ihre Geburt schon in der Wiege dem Unglück
anheimgefallen sind," sagte Thora mit einem schmerz=
lichen Lächeln.

„Thora, das ist in dem Sinne, wie Du es
meinst, ein falscher und unrichtiger Sophismus, durch
welchen Du den Gang des Lebens zu erklären suchst,"

unterbrach sie Hugo. Es geschieht nichts mora=
lisch Böses in der Welt, das der Mensch sich nicht
selbst zugezogen hat; denn in der Naturordnung gibt
es nur Gutes. Von der göttlichen Weisheit, welche
Alles so vollkommen eingerichtet hat, dürfen wir
durchaus nicht unsere Leiden herleiten."

„So kann derjenige sprechen, dessen ganzes Leben
eine einzige glückliche Stunde gewesen, aber nicht die=
jenige, welche gesehen hat, wie ein einziger Augen=
blick alle ihre Hoffnungen, ihren Glauben und ihre
Zukunft zerstörte. Was sie vom Leben denken muß,
das mag der Höchste sagen."

Thora sprach mit bitterem Schmerz:

„Sie muß glauben, daß das Unglück eine
Folge von ihren eigenen Verirrungen, oder
von einer leichtsinnigen Sorglosigkeit war, und muß
es als eine gerechte Strafe mit Ergebung tragen,"
sprach Hugo ernst.

„Ist das auch Deine Meinung, Heinrich?"
fragte Thora.

„Ja," antwortete Heinrich langsam. „Das
Gute trägt seine eigene Belohnung in sich, und das
Vergehen in seinen Folgen seine Strafe. So ist die
Naturordnung in der moralischen wie in der physischen
Welt. Es gibt keine Ausnahme von diesem allge=
meinen und ewig gültigen Gesetz."

Es entstand eine Pause.

Hugo schlug Nina vor, Etwas zu singen, um
Thora zu erheitern, was sie auch in dem angrenzen=
den Salon that, wohin Hugo ihr folgte.

Während er mit Entzücken jener Stimme lauschte, der er sein gegenwärtiges Glück zu danken hatte, nahm Thora das unterbrochene Gespräch mit Heinrich wieder auf.

„Sage mir, glaubst Du denn," sprach Thora, „daß all' mein Unglück durch mich selbst hervorgerufen ist?"

„Warum dieses Thema wieder aufnehmen?"

„Darum, Heinrich, weil ich einmal klar sehen, einmal wissen will, was ich glauben muß, und weil ich überzeugt bin, daß nur Wahrheit über Deine Lippen kommt."

„Nun gut, weil Du es so willst. Rufe denn Dir nur die Schicksale Deiner Mutter in's Gedächtniß und vergleiche sie mit Deinem vergangenen Leben. Du wirst dann fest überzeugt werden, daß wenn Du nicht allen Deinen Gefühlseindrücken blind nachgeben, sondern statt dessen sie unterdrückt hättest, Dein Leben sich ganz anders gestaltet haben würde. Denke auch an die Uebereinstimmung in Leona's, Cordula's und Axel's Charakter, und sei versichert, Thora, daß unsere Leidenschaften, wenn wir sie uns beherrschen lassen, der Ursprung des meisten Unglücks sind, das wir auszustehen haben."

„Es war nicht mein Fehler, daß ich betrogen wurde."

„Nein, gewiß nicht, aber es war Dein Fehler, daß Du leichtsinnig oder unbesonnen und vielleicht mit Wohlgefallen Dich dem aussetztest, und nicht

einsehen wolltest, daß in Axel's Handlungsweise etwas
Unredliches lag. Hättest Du einen einzigen Augenblick auf die Warnungen Anderer gehört, oder von
Deiner eigenen Vernunft Gebrauch gemacht, dann
wärest Du nicht so vollständig von ihm betrogen
worden."

„Aber, mein Gott, ich hätte ihn ja doch unter
allen Umständen geliebt, und wäre also doch ein
Opfer jenes Schicksals geworden, welches Axel
in unser Haus führte."

„Aber gerade darin, daß Du Dich in den äußeren Menschen verliebtest, ohne auf den zu deutlich
an den Tag gelegten Charakter Rücksicht zu nehmen,
lag sowohl bei Dir, wie bei Deiner Tante, ein un-
verzeihlicher Fehler. Du bist nicht das Opfer eines
unvermeidlichen Schicksals; Axel's Egoismus
und Deine thörichte Schwäche waren zusammenge-
nommen die Urheber Eures Unglücks."

„Ach, ich muß doch glauben, daß diese ein
Fatum bildeten, denn sonst kann ich den Anblick der
Vergangenheit nicht ertragen."

Heinrich ergriff jetzt Thora's Hand und sagte
mit Wärme:

„Thora, es ist besser, die Wahrheit in ihrer
ganzen Nacktheit zu sehen, als zu suchen, unsere Fehler hinter einer Verirrung zu ver-
decken! Im ersteren Falle können wir uns retten,
aber im letzteren sind wir immer bereit, sie zu wiederholen — um nachher die Schuld auf ein unsanftes Schicksal zu schieben. Nur schwache

Seelen scheuen es, ihren Handlungen auf den Grund zu gehen, und können sie deshalb nie verbessern. Aber Du, Thora, stehst zu hoch über der Menge, um das nöthig zu haben."

„Es ist ja doch jetzt zu spät, das, was geschehen ist, zu ändern."

„Aber niemals, um es zu bereuen, zu beweinen und abzubitten."

Nina's und Hugo's Eintreten unterbrach das Gespräch.

Eine Zeit von einigen Wochen verging, während welcher Thora's Krankheit so bedeutende Fortschritte machte, daß Heinrich eines Tages gegen sie äußerte:

„Du bist sehr krank, und willst doch nichts thun, um Deine Gesundheit wieder herzustellen."

„Ach! wozu sollte denn das nützen? Der Wurm, welcher an meinem Leben nagt, kann nicht weggenommen werden, denn er heißt — Gewissensbisse!"

„Spreche nicht so, Thora! noch kann dem Uebel abgeholfen und alle Fehltritte können gesühnt werden!"

„Meinem Uebel ist nicht zu helfen, denn es wird mir nie gelingen, zu vergessen."

„Aber es ist die Pflicht eines jeden Menschen, sein Leben zu schonen und zu bewahren."

„Heinrich, meine Lebenslampe ist ausgebrannt und wird bald erlöschen; mir bleibt nur noch übrig, mit Reue und Gebet zu Gott meine Zuflucht zu nehmen und — zu sterben. O, daß ich es verstanden, dieses in dem Augenblick der Versuchung und der Leidenschaft zu thun; ich würde dann jetzt nicht nöthig haben, unter Gewissensbissen Gott um Vergebung anzurufen."

Einige Zeit darauf erwartete Nina eines Morgens vergebens Thora beim Frühstück, und ließ nach ihr fragen. Die Kammerjungfer gab zur Antwort, daß die gnädige Frau noch nicht geläutet hätte.

Es verging noch eine Stunde; da aber Thora nichts von sich hören ließ, so ging Nina zu ihr hinein. Auf dem Bette lag jetzt Thora, bleich wie Schnee und kalt wie die Nacht des Nordens. Sie schlummerte den ewigen Schlaf . . . .

So starb Thora in der Blüthe ihrer Jahre, ein Opfer ihrer Verirrungen und — einer unbezwinglichen Leidenschaft, nachdem sie sich selbst ein Leben voll der bittersten Qualen geschaffen.

Nina lebte wieder ihr glückliches Leben an der Seite des Gatten, welchen ihr Herz gewählt, und im Bewußtsein eines reinen, leidenschaftlosen Wandels, geliebt und gesegnet von ihrem Manne und ihren Kindern.

Heinrich, viel zu charakterfest, um den Gegenstand der Gefühle seines Herzens wechseln zu können, blieb unverheirathet.

Die Gräfin Dernhjelm, immer gleich unbeugsam stolz und hochmüthig, verlebte ihre letzten Tage, von demjenigen verlassen, der ihr am theuersten war, dessen vernünftige Ansichten und edles Herz sie aber nie hatte verstehen, und ihm deshalb auch nicht verzeihen können. So schaffen wir unsere eigenen und Anderer Leiden, indem wir uns zu Sclaven unserer Leidenschaften machen.

CPSIA information can be obtained
at www.ICGtesting.com
Printed in the USA
LVHW101701061222
734631LV00003B/215

9 783368 413453